凤凰

那些人 那些事

范诚 著

岳麓書社 · 长沙

目 录

一 人物

一　人物

陈宝箴在凤凰的仁政

清末杰出的政治革新家陈宝箴先生一生与湖南结缘，与湖南人结缘。他在湘的任职，是从湖南辰永沅靖兵备道开始，又是在湖南巡抚任上结束的。

陈宝箴（1831—1900），字相真，号右铭，江西义宁（今修水）人。“少负志节，诗文皆有法度，为曾国藩所器”（《清史稿·陈宝箴传》）。1852 年，他参加乡试，中举人。后跟随父亲陈伟琳办团练，抵御太平天国。不久来到湖南，参加易佩绅部队，驻扎湖南龙山、湖北来凤一带。石达开西征来犯，易佩绅部队饥饿疲惫，陈宝箴受命到永顺募集粮草。“粮至不绝，守益坚，寇稍稍引去”。接着回到江西，在湘军将领席宝田幕中任职。为席宝田献策，生擒了太平天国幼主洪天贵福和大臣洪仁玕，“事宁，叙知府，超授河北道”。

清光绪元年（1875），陈宝箴以花翎盐运使衔署理分巡湖南辰永沅靖兵备道，司职于凤凰厅。这样，一家人来到湘西凤凰，住凤凰道台衙门。

陈宝箴是一个注重实干、能力很强的人，到任后，便实行了一系列仁政。

他一踏进凤凰城，便接到状纸，状告境内欧阳家族横行乡里，无恶不作，且与官府勾结，百姓怨声载道。经过明察暗访，他在掌握充分证据后，一举铲除了欧阳家族，百姓拍手称快，社会秩序顿时稳定。

湘西九山半水半分田，山多田少，土瘠民贫，老百姓吃饭都成问题。他根据自己家乡修水一带农民以红薯为主粮的特点，教当地百姓大种红薯，以解决粮食问题。同时，还教百姓植茶种竹，绿化荒山，增加经济收入。

陈宝箴倾听老百姓的意见和建议，采用开明的民族政策，缓解了苗汉之间多年的民族矛盾，使各民族和睦相处，安居乐业。

凤凰城为明清军事重镇，屯军众多。军粮运进，山货外出，皆从陆路，山高路险。城西虽有沱江，但水流湍急，江中怪石林立，舟船不能直通城下。陈宝箴决定组织民工开凿沱江，疏通水运。他多方筹措经费，甚至动员全家包括母亲在内节衣缩食，减少应酬开支，挤出自己的薪金资助疏江工程。他交代厨工佣人多买蔬菜，少买荤菜。厨工佣人私下议论，说他故作清廉。陈宝箴闻之一笑，以诗作答："嚼来却是菜根甜，不是官家食性偏。淡泊生涯吾习性，并非有意钓清廉。"他克己奉公，挤出薪金资助疏江，极大地鼓舞了当地百姓。经过 7 个月的努力，工程告竣。从此"自泸溪北通沅水，舟楫辐辏城下，兵民大欢"，结束了凤凰城下不通舟船的历史，大大便利了凤凰与外部的交通。

陈宝箴在凤凰任职只有一年四个月时间，任满离职，回长沙待命。后任浙江、湖北按察使，湖北布政使，直隶布政使等。1895 年，调任

陈宝箴当年疏通的沱江，如今成为凤凰最亮丽的景观

湖南巡抚。他以“变法开新”为己任，推行新政，使湖南维新风气大开，成为全国最有生气的省份。“戊戌变法”后，因推荐杨锐、刘光第、谭嗣同、林旭，罪及举主，父子被革职，永不叙用。

他在凤凰任职时间虽然很短，但对凤凰的建设和发展影响是深远的。黄永玉称陈宝箴先生的政治生涯，“是从我们凤凰县开始的”。特作碑铭《华彩世家》，刻于凤凰道台衙门前街头，以彰显陈宝箴先生的不朽功绩及其家族人才辈出的荣耀。

1895 年陈宝箴任
湖南巡抚推行新政时照片

陈宝箴先生驻凤凰时，还有一个收获，那就是光绪二年（1876）二月十七日，凤凰道台衙门后院东厢房，陈宝箴先生的孙子、陈三立先生的长子、中国未来的大画家陈衡恪（陈师曾）诞生于此。

陈衡恪青年时期与鲁迅一起就读于南京江南陆师学堂附设矿路学堂，后与鲁迅及六弟陈寅恪东渡日本留学，入日本高等师范攻读自然科学。回国后任江西教育司长等职。1913 年后，至北京从事图书编辑工作，并任教育部编纂，参与倡导成立中国画研究会。他是中国近代优秀的山水、花鸟、人物画家，又是中国近代风俗画的开创者，是卓越的诗人与新文化思想的传播者。

他与齐白石交谊极深，曾劝齐白石变法，自创风格。时年 56 岁的齐白石得力于他的启导，为一生艺术的转折点“衰年变法”提供了思想和实践基础。齐白石后来一改原来风格，成为国画大师。

1923 年，陈衡恪逝世于北京，享年 48 岁。他的英年早逝是中国画坛的巨大损失，梁启超先生称之为“中国文化界的大地震”。

吴自发与三潭书院

在凤凰县吉信镇，至今保存着一座古老的书院，那就是闻名遐迩的三潭书院，它是旧时湖南四大书院之一，也是中国苗族地区最大的书院。

吉信镇位于吉首市至凤凰县的中间地段，旧时叫“得胜营”。曾是一座古老的兵营，后演变为集镇。周围居住着汉、苗、土家等民族群众。因为地处交通要道，人口较多，经济繁荣，为凤凰的一方重镇。

三潭书院建在吉信镇靠近万溶江的一个山头。始建于清同治十三年（1874），创建者吴自发，号诚斋，苗族，凤凰得胜营人。

清道光十四年（1834），吴自发出生于得胜营板参苗寨一个贫苦农民家庭。幼时家贫，父母带他到得胜营万寿宫后山开荒种菜谋生。13岁时，父亲去世，母亲含辛茹苦把他抚养成人。

当时万寿宫旁有一家私塾，吴自发儿时随母亲上街卖菜，经常路过，总要逗留在窗外听私塾老师讲书，不肯离去。塾师见他聪颖好学，便要他母亲送他去就读。他母亲谈及家境困难，塾师便免费收他入馆。由于他家中实在困难，他白天读书，晚上跟镇上青年上山打猎，捕捉野兔、山鸡之类上市出售，以改善家庭生活。因为他文武兼习，20岁时，身材高大，嗓门洪亮，健步如飞，在青年中很有威望。

咸丰五年（1855），吴自发参加镇压贵州苗民起义，历经多年征战，官至贵州贵东兵备道。《凤凰厅志·光绪志》记载“吴自发，布政使衔遇缺，题奏道署理镇远思州两府，政绩最多。两署贵东道事，赐花翎黄马褂勖勇巴图鲁”。

吴自发生长在得胜营苗区，当官后，回乡探亲，在与亲朋故旧闲谈中，对自己读书不多深表遗憾。同时，对故乡苗汉杂居，文化落后的现状深感忧虑，便决心在家乡兴办教育培养人才，提高家乡子弟的文化素质。恰好，清朝廷曾发放一笔平蛮阵亡士兵抚恤银，其中有部分无人领受。吴自发将其运回凤凰得胜营，用于修建书院。并将修书院剩余的银两购田160亩，作为书院聘请老师和助学的费用。书院初名“新吾书院”，意在表达他对家乡的期望。

光绪六年（1880），年迈的吴自发辞官归隐故里，伫立于书院门前，远眺山脚下万溶江的罗布潭、杨柳潭和漆树潭，流水潺潺，瀑布层叠，瑞气氤氲，碧波粼粼，睹景怀情，于是将书院改名为“三潭书院”。

三潭书院正面

三潭书院一侧

该书院原占地 12000 平方米，现存建筑 600 平方米。为四合院天井结构，主楼巍峨雄峙于山顶，飞檐翘角，雕梁画栋，工艺精美。主楼后是四合天井，天井周围是画廊曲栏及教室、宿舍。教室、宿舍左右对称，画廊曲栏前后相连，山墙围在山顶，院前鹅卵石铺路，有石阶、明墙、碑林。院内花木扶疏，幽静雅致；院外古柏参天，金桂飘香。该书院对研究我国古代民族融合、古代民族教育以及古代民族建筑风格提供了现实载体，具有极高的文化价值。

历史上，三潭书院几经更名，但办学的初衷不改。1914 年，当地群众为纪念吴自发，取吴的号“诚”，改名为“存诚学校”，后又改为“凤凰县第十小学”。两个校名并存很长一段时间。1937 年，与附近的第二女子小学合并，改为县立第四小学。1940 年，又改为“蔚文乡中心小学”。1952 年，改为“团结学区完全小学”。1957 年增设初中部，1969 年改为“吉信五七学校”。1982 年起改为“凤凰县吉信镇中心完小”。

100 多年来，三潭书院培养了众多人才。经科举考试的有进士 1 人、举人 2 人、秀才 10 人。有 8 名学生出任过凤凰县长。还出了中科院院士一名、大学教授多名。

中科院院士肖纪美先生早年曾在这里启蒙，后留学美国，成为著名的钢铁博士。1980 年，被选为中国科学院学部委员，后又被授予中国科学院院士、中国博士基金会副理事长（后有专文介绍）。

现存书院为前几年修复，2002 年 5 月，被湖南省人民政府公布为省级文物保护单位。

熊希龄三谒刘坤一

两任两江总督的刘坤一

刘坤一（1830—1902），字岘庄，湖南新宁人。少年时为廪生，以秀才身份参加湘军的前身“楚勇”，镇压太平天国起义。历经百战，官至两广总督、两江总督兼南洋通商大臣、兵部尚书等职，是清末湘军最后一位统帅。

熊希龄（1870—1937），字秉三，湖南凤凰人。少小聪颖好学，有“湖南神童”之称。14 岁中秀才，21 岁中举人，24 岁中进士。后来推行维新变法，险些被杀。后以实业救国，跻身政界，曾出任民国国务总理兼财政总长。晚年做慈善事业，是中国近代慈善事业的开创者。

刘坤一与熊希龄，同是湖南人，一个长辈，一个晚辈；一个德高望重，一个年轻有为。两个人相交，共谋报国之举，共图湖南发展，在晚清动荡的政局中演绎出几段佳话。

投笔从戎受冷遇

1894 年，熊希龄通过殿试，中了进士，入了词馆，这在旧时读书人眼中，算是有了锦绣前程。这年 7 月，熊希龄入词馆还不到两个月，忽然爆发了中日甲午战争，中国遭受了空前的民族危机。熊希龄正值热血年华，对国家的前途和命运忧虑重重。他出身于军人家庭，国难之际，正想以身报国，决定投笔从戎。恰在此时，湖南巡抚吴大澂电奏朝廷，请统率湘军健儿入朝督战。清廷如获救命稻草，当即应允。

当时的湘军统帅是两江总督刘坤一。由于前期中国参战部队多为淮军班底，屡遭失败。清政府决定派遣湘军出关对日作战，并任命两江总督、原湘军宿将刘坤一担任钦差大臣，指挥6万湘军出关。熊希龄获悉此情，心潮澎湃，认为这是湘军重振雄风的大好时机，也正是自己效力疆场、一显身手的好机会。于是托人向刘坤一递交申请，请缨出征。没想到的是，对于熊希龄的满腔热情，刘坤一淡然处之，不仅没有答应，并传下话来："你们应当专心研究学问，就是你们牺牲了性命，也不见得能够救国。"这无异于给热情高涨的熊希龄泼了一瓢冷水。失望之余，他告假还乡。

不是刘坤一瞧不起熊希龄，而是当时的局势确实错综复杂。湘军统帅经历过胡林翼、曾国藩、左宗棠，三人已先后去世，这时的统帅是刘坤一。刘坤一以老成持重、见多识广而著称，这时成为清廷最为倚重的重臣。所以国难当头，清廷首先想到他，希望他能力挽狂澜。但这时湘军经过多次裁军，已严重老化，锐气消失。淮军崛起后，清廷将绝大部分军费武装了淮军，致使湘军枪械落后，战斗力大不如从前。刘坤一受命出山，进退两难。进能不能打胜仗，根本没有把握；而退则根本没有退路。熊希龄一个毛头小伙，要求上前线，不仅于事无补，搞不好反而丢了卿卿性命。所以，刘坤一从爱护青年的角度出发，坚决不让熊希龄去。不久，湘军在对日战场上，虽经拼死作战，仍无法挽回败局。正准备重整旗鼓，决一死战时，清政府签订了丧权辱国的《马关条约》。这一惨痛的失败，让熊希龄从信赖清政府的迷梦中惊醒，很快转入了要求改革政治的阵营。

江宁请械获支持

当时，湖南维新运动的重点是“兴利”“致富”，而熊希龄慧眼独具，他认为兴利固然重要，可是在国家危急存亡之秋，强军是必不可少的保障，他建议在湖南设立枪械厂。这一建议得到了湖南巡抚陈宝箴的高度重视，陈氏认为熊希龄是懂得新政的不可多得的人才，于是设法把熊希龄从湖北挖到湖南效力。就这样，1896 年秋，熊希龄加入了湖南维新运动的阵营。

一开始，熊希龄便被委以筹建枪械厂的重任。当时湖南财政吃紧，而筹建兵工厂是极耗资源的事业，不过，当务之急是改善湖南军队陈旧的装备。在这当口，熊希龄便想到了任两江总督的湘军大员刘坤一。原来，刘坤一节制南洋水师，又曾为东征统帅，他的江宁军械所里尚存有大批枪械重炮。熊希龄认为刘为湖南人，家乡有困难他是会帮忙的。于是进言陈宝箴，请委派蒋德钧赴江宁面见刘坤一，请求支援。刘坤一顾及桑梓情谊，慨然拨小口径枪 1000 杆，开山炮 12 尊，子弹数万斤，约合银两 10 余万两。刘坤一声称“作为江南协济湖南，不须给价”，并派兵舰护送入乡，算是部分解决了湖南军营的燃眉之急。

但这批枪械，仅能装备湖南两个营，而当时湖南防勇共有 16 个营。各营见调拨来新式枪械，纷纷要求武装。恰在这时，广西柳州会党滋事，扰及湖南。于是陈宝箴趁机再次向刘坤一请拨枪械。1897 年 7 月，陈派熊希龄前往江宁“言于岘帅”，“恳请加拨毛瑟枪六千杆”装备湘营，以资剿匪御敌。经过熊希龄周旋，此次又拨毛瑟枪 2000 杆，子弹 100 万发，炮 14 尊，折合银两 10 余万两。

熊希龄

经过熊希龄等人的工作，刘坤一两度拨给湖南省枪支弹药，折合银价达 20 多万两之巨。虽然最终湖南没能建立枪械厂，但这么巨大的支持，为湖南编练新军打下了很好的基础，而这一成就的取得，熊希龄立下汗马功劳。随后，熊希龄又敏锐地把自己工作的重心转入实业。

筹措学堂经费再获支持

甲午战争后，为救亡图存，维新派提出“教育救国”口号。湖南开始筹办新式学堂，由熊希龄负责，冠名为“时务学堂”。

筹办学堂需要大量经费，但当时省里拿不出钱，仅靠一些个人资助，远远不够。这时，有人提出，湖南督销局尚有未收的加价湘盐厘一项可以设法。原来，早在甲午战争时，部议湘省东征筹饷，定盐厘每斤加价二文，湖南督销局尚未收缴。如果每年收取，可收银两 14000 余两。

熊希龄将这一情况报告陈宝箴，陈宝箴极为赞同。但湖南征收盐厘的督销局属两江总督管辖，欲得此款，须两江总督刘坤一同意。于是，熊希龄与蒋德钧又来到南京，向刘坤一禀报。刘坤一知道后对于湖南创办时务学堂之举表示赞赏，愿意扶持，言明需查明核实后再定。后经查核，湖南果然有应补交盐厘 1.4 万两。但刘坤一不愿将此款全部拨于湖南时务学堂，说“江南拮据异常，亦不能不资分润”，仅同意拨给时务学堂一半，另一半分给江南支应局收用。

刘坤一批准每年拨给湖南时务学堂盐厘 7000 两后，即要湖南督销局遵照办理。但督销局总办易顺鼎从中作梗，截留 2000 两作为缉私经费等。熊希龄坚决不干，又上书刘坤一。刘坤一顾念时务学堂，又批示加拨 2000 两，使得时务学堂每年 7000 两得以保全，从而解决了学堂经费的大问题。

有了开办经费以后，熊希龄请来了梁启超、李维格担任中、西学总教习，培养出了一批杰出的人才，像蔡锷、范源濂、杨树达、方鼎英等，后来在不同时期起到了砥柱中流的作用。

熊希龄与醴陵瓷业的振兴

2015年3月26日，中国陶瓷艺术大展暨首届湖南（醴陵）陶瓷博览会在醴陵世界陶瓷艺术城盛大开幕。造型别致的陶瓷艺术城外观，琳琅满目的陶瓷艺术品展览，让人耳目一新，目不暇接。参观该艺术展览，我不由得想起熊希龄为醴陵瓷业发展所做出的贡献来。

熊希龄（1870—1937），字秉三，别号明志阁主人，双清居士。1870年7月23日出生于湖南凤凰县一个三代从军的军人家庭，又被称为“熊凤凰”。他少小聪颖好学，有“湖南神童”之称。14岁中秀才，21岁中举人，24岁中进士。“戊戌变法”中，因突然生病，未能赴京城，幸免于难。后推行实业救国，大力发展醴陵瓷业，为醴陵瓷业的发展做出杰出贡献。

1900年，八国联军入侵北京事件之后，清政府迫于列强压力，答应在全国开放市场，便于洋人通商。湖南从岳阳起至长沙、湘潭、常德等地，陆续对外开放为商埠。于是大批洋货倾销内地，帝国主义列强开始对湖南进行疯狂的经济掠夺。其中瓷器以日本、英国的居多，大量运往中国，挤占市场。醴陵土瓷业所受冲击最大，正如熊希龄所言“近年以来，土货滞销，窑户赔累，几至歇业，皆有岌岌不可终日之势”。

1904年，熊希龄胸怀实业救国之志，为改变陶瓷生产落后状况，抵制洋瓷倾销，决心振兴湖南醴陵瓷业。

他先对醴陵瓷业进行考察调查。通过考察，他发现，醴陵瓷土极为丰富，产地有沩山、赤足岭、青泥湾等七处，土质优良。七处一年所产瓷器三十四万元，为醴陵县的大宗收入。但由于瓷器生产粗糙，仅供下层贫民购买。销路不畅，生产加工也不赚钱，甚至于亏损。醴陵瓷业不振的原因，主要是窑户小本经营，资本不足，生产技术落后，生产场地受限制，大多建厂于瓷土产地，窑户受运输商高利贷资本剥削和控制，以及受行规的压制等。

1905 年 7 月，清廷发上谕，派载泽、戴鸿慈、徐世昌、端方为出洋大臣，“分赴东西洋各国考求一切政治，以择善而从”。熊希龄随戴鸿慈、端方一行考察了日本、美国和西欧诸国。后又专程赴日本，考察新的制瓷工艺。通过考察和分析，熊希龄认为醴陵瓷业的改革创兴完全可以做到。他以自己的实业思想为指导，结合醴瓷不振的现状，制订出一套方案：

一是创办瓷业学校。1906 年，熊希龄在醴陵城北姜湾创办了“湖南官立瓷业学堂”，选择年轻有文化的窑工子弟，学习先进的制瓷技术。

二是设立瓷业公司。由熊希龄等出面招集商股 3 万元承办，各窑户均可入股，既可摆脱运输商人的控制，又能解决资金不足的问题，用于扩大生产。

三是选择姜湾作为学堂与公司建立的基地。这里离县城仅 2.5 公里，濒临渌水，交通方便，可以节省运费，减少生产成本，又有利于扩大再生产。

熊希龄在姜岭下设立了“湖南瓷业制造公司”，自任公司总经理，聘请日本技师和国内优秀技工，引进当时国外最先进的生产工艺和设备，着手进行细瓷研发。

经过熊希龄的改革创兴和治理整顿，醴陵瓷业获得空前发展。瓷业公司“经营数载，出品日精，骎骎乎与素负盛名之江西景德镇瓷大有并驾齐驱之势，其所发明之釉卜器及颜料制造方法，当时且为景德镇所不及”(《醴陵之瓷业调查》)。

其后，醴陵细瓷进入规模化生产，为醴陵釉下五彩瓷的诞生创造了条件。

1907年，湖南瓷业公司发明创造了五种高火性釉下颜料，并成功烧制出釉下五彩瓷器。在色彩运用上，它突破釉下单彩的传统技艺，运用红、绿、蓝、黄、黑五种原色料（五彩），调配出丰富多彩的陶瓷绘画色料，讲究淡雅用色的表现手法，采用双勾分水的独特技法烧制而成。近于写真效果，水灵通透，清新雅丽，给人以赏心悦目之感。

醴陵釉下五彩瓷问世不久，就在世界舞台上大放异彩。1909年到1911年间，醴陵釉下五彩瓷分别参展武汉劝业会、南洋劝业会和意大利都朗国际赛会，连获金牌奖。1915年的美国旧金山世博会，即巴拿马太平洋万国博览会上，由湖南瓷业公司吴寿祺等陶瓷艺人创作的釉下五彩《扁豆双禽瓶》一举获得金奖。该瓶高46.8厘米，敞口直径20厘米，瓶体洁白如玉，釉面晶莹润泽，色彩沉稳典雅，构图生动自然，造型温文尔雅，线条舒展流畅。画面中扁豆紫花丛下一对竹鸡悠闲自得，栩栩如生，寓意太平盛世、和谐共生。作品工艺之精湛、效果之绝美，令人叹为观止。被世人誉为“醴陵的玫瑰”“东方陶瓷艺术的高峰”。

从此，醴陵瓷器载誉四海，声名极盛。“风潮所布，举国若狂，各埠商贩来醴贩运瓷器者络绎不绝。”

熊希龄创办湖南瓷业制造公司生产的精美瓷器

“湘西王”青藏高原的旷世绝恋

在古城凤凰的后山南华山中下部，有一座新落成的坟墓，那就是“湘西王”陈渠珍新迁的墓葬。该墓葬于2012年7月建成，占地100余平方米，由牌坊、通道、墓碑、雕塑和墓志铭组成。紧靠坟墓右边的，是一尊黄铜制成的雕塑，一个身着藏族服饰的女性，紧紧依偎在墓碑旁，俯身贴腮，依依不舍。这是黄永玉先生雕塑的藏女西原塑像。雕塑展示的是一段尘封的历史，一曲刻骨铭心的爱情传奇。

凤凰南华山陈渠珍墓前藏女西原的雕塑，由黄永玉先生塑像

陈渠珍，原名开琼，号玉鏊，1882年9月生于湖南凤凰县城。早年毕业于湖南武备学堂，参加同盟会，后入川军。1909年，驻藏大臣联豫获悉英帝国主义将入侵西藏，请调川军入藏加强边防力量，陈渠珍

作为一名川军青年军官，奉命率军入藏，参加援藏抗英平叛。

他率部西出，风餐露宿，翻雅州，过泸定桥，渡金沙江，到达昌都。经过无数次恶战，平定了恩达、工布、山南、翠南及波密等地区。

在驻工布期间，他与藏女西原相恋并结婚。西原是当地头人的侄女，如花似玉，武艺精湛，最能忍饥耐寒，善于骑射，百步穿杨。婚后，西原随陈征战，常救陈于险境。

武昌辛亥革命胜利的消息，从英国《泰晤士报》传入西藏。援藏部队发生兵变，主张勤王的一派，拥护清室将领，准备进攻拉萨；主张革命的一派，推举陈渠珍为西藏革命总指挥，统领组织军政府。陈分析形势，感到势孤力单，决意出藏返回内地参加革命。

1911 年冬，陈与西原率湘西籍及周边地区官兵 115 人，从江达出发，经过哈喇乌苏、羌塘、酱通大荒漠，过通天河、柴达木盆地，再走盐淖地、青盐海、日月山、凡噶尔到达西宁。历时 223 天，行程 5500 多公里。经过无数狂风沙浪，大雪冰雹，恶狼猛兽，历尽了人间艰辛，100 多人到达西宁时只剩下 7 人。其余几人看破红尘，在当地入寺为僧。陈与西原辗转来到西安。这时，盘缠花光，举目无亲，只得写信回老家湘西凤凰，要家中寄盘缠来，以便回家。

雪域高原

陈渠珍旅居到十一月初，还没有接到家信，而盘缠已经用完，只得变卖随身携带的军用望远镜等艰难度日。

真是“屋漏又遭连夜雨”。这时，西原突然生病，患上天花。那时医疗很不发达，西藏高原没有天花疫苗。藏人一到内地，就出天花，全身水肿，无药可治。西原病重，陈渠珍焦急万分，延请医师，为她看病。并精心护理，宽言安慰。某一晚，西原忽做一梦，梦见回到西藏家中，母亲给她一杯白糖水。按西藏的风俗，梦见喝糖水必死无疑。西原叙说梦境，止不住悲泣。陈渠珍与西原相对而泣，百般安慰。到了第二天凌晨，西原竟抢救无力，溘然病逝。陈渠珍眼见爱妻病逝，已是悲痛欲绝。想为西原操办丧事，看看盘缠，竟然囊中空空，不禁伤心大哭起来。

常言道，男儿有泪不轻弹，只因未到伤心处。想起西原跟随他，征战沙漠，出生入死，多次救他性命。现在撒手西去，剩下他一人形单影只，办丧事都拿不出钱来。真是穷途末路，悲不胜悲。怎么办呢？后来在湘西同乡董禹麓的资助下，料理了后事，将西原灵柩寄放在雁塔寺内。

1913 年农历正月底，陈渠珍一路风尘，终于回到故乡凤凰。

这时，凤凰已经光复一年多了，陈渠珍的同学加好友田应诏任湘西镇守使，正在网罗人才，整军经武。当即任命陈为湘西镇守使署中校参谋。此后，陈凭着不凡的才能，一路升迁，到 1919 年，出任湘西剿匪总指挥、湘西巡防军统领等职，成为名副其实的“湘西王”。

历尽艰难曲折的陈渠珍终于发迹了。几年后，他接回西原遗骸，安葬在凤凰城郊大坡脑山上，并写下感人肺腑的祭文：“呜呼！西原茹万苦百艰，敢犯壮夫健男窘步撖肘之奇险，从容以护余者，而余曾不获携归家园，同享一日之安宁。予述至此，予肝肠碎断矣，复何言哉！”并立碑纪念。

陈渠珍回湘西后，先后担任过护法靖国联军第二军军长、湖南第一警备区司令、湘西巡防军统领、北伐军左翼军副司令、国民革命军陆军新编三十四师师长、湘西绥靖公署主任、新六军军长、国民党军事委员会中将参议兼设计委员会委员等职。他的一生充满传奇，统治湘西30多年。他在统领湘西期间，推行“保境息民”，致力于地方治理，为发展湘西文化教育事业、壮大地方民族经济、维护社会稳定做出了不懈努力，取得了显著成效。他与贺龙义结金兰，在红军困难时期，帮助过红军。他与民国总理熊希龄、著名作家沈从文并称为“凤凰三杰”。1949年11月，他审时度势，顺应潮流，率部在凤凰正式宣布和平起义，被任命为湖南省人民政府委员。1952年初，因患喉癌，在长沙逝世，终年71岁。

因为西原坟墓1958年已毁，2012年陈渠珍墓葬迁回凤凰时，黄永玉先生特塑西原铜像，以资纪念。

事有凑巧，就在这次迁灵仪式上，当骨灰箱放进墓坑的那一刹那，突然从墓坑里面飞出两只蝴蝶来，一只浅黄色，一只黑色，它们翩翩起舞，在墓坑上空盘旋数秒，双双飞进南华山大森林中。在场的人看了，无不感到神奇。

“湘西王”对沈从文人生与创作的影响

沈从文，中国现代著名作家、历史文物专家。

陈渠珍，民国时期湘西统领，统治湘西长达 30 多年的“湘西王”。

他们两人加上民国总理熊希龄，被称为“凤凰三杰”。他们三人都出身于凤凰的军人家庭，后来都有过接触。在凤凰那个小城中，甚至沾亲带故。特别是沈从文与陈渠珍，两人在特殊的时代和特殊的环境中，共事近两年时间，从而演绎成一段佳话。年龄大一辈的陈渠珍，对青年沈从文的成长和发展，起了举足轻重的作用。

陈渠珍从西藏回凤凰后，田应诏任湘西镇守使，正在网罗人才，整军经武。当即任命陈为湘西镇守使署中校参谋。此后，陈凭着不凡的才能，一路升迁，到 1919 年，出任湘西剿匪总指挥、湘西巡防军统领等职，成为名副其实的“湘西王”。

湘西王陈渠珍

1922 年，沈从文慕名来到保靖，投奔陈渠珍部队，得以认识陈渠珍其人，并在其手下谋得一职，学到许多东西，以后走出湘西，来到北京，成为著名作家。

陈渠珍大沈从文 20 岁，算来应该是沈的长辈。他们都出身于凤凰的望族。沈从文的祖父沈宏富因参与镇压太平天国运动有功，曾做过云南昭通镇守使和

青年沈从文——1922 年摄于保靖军队中

贵州提督。陈渠珍的父亲陈茂林同样参加湘军镇压太平天国运动，官至皖南总兵，年迈回乡，任凤凰厅中营游击都司。

同出生于凤凰这块土地，又同属将门子弟，且先后从军，共同的经历把两人的距离越拉越近。

沈从文随地方部队在沅水流域转悠几年，目睹了地方军阀的混战，部队的黑暗腐败与草菅人命，只希望能到一支军纪严明作风正派的部队去。他在常德赋闲时，往来常德、桃源之间，亲眼见到了驻防桃源的陈渠珍部队。这支当年的“清乡”部队，面貌与从前自己所在的军队大有不同：

> 枪械、纪律，完全不像过去那么马虎，每个士兵都仿佛十分自重，每个军官皆服装整齐凸着胸脯在街上走路。平时无事兵士全不能外出，职员们办公休息各有定时，军队的印象使我十分感动。（《从文自传·常德》下同）

> 那指挥官（陈渠珍）虽自行伍出身，一派文雅的风度，都使人看不出他的本来面目，笔下既寻常敏捷，做事又富有经验，好些日子听别人说到他时就使我十分倾心。因此我那时就只想，若能够在他那里当一名兵弁，也许比做别的事更有意思。

怀着对同乡陈渠珍的几分敬佩，以及对其军队的几分好感，沈从文入伍当兵的愿望又强烈起来。他下决心去保靖。恰好有一只运军服的帆船，要从常德上行到保靖去，押船的都是熟人，于是沈从文跟着这只船经过 40 多天才到了保靖。

当时陈渠珍已是湘西巡防统领，是统治湘西的最高地方行政长官。

他经过多方考察，将统领部从凤凰搬迁到保靖。因为保靖地处川、黔、湘之间，居永顺、龙山、桑植、大庸、古丈、乾城、凤凰、永绥、麻阳所辖十县之中心位置，沅江的支流酉水横贯全境，上溯西去可入川东，下游东走可至沅陵、洞庭，地势险要，能守能攻，可谓割据称雄宝地。当时正值南北军阀混战不休，陈提出“保靖息民”口号，醉心自治。他在《自传》中说：“鉴于内战日亟，徒劳吾民，乃决心以保靖息民，人不犯我，我不犯人为帜志，专意剿匪，不向外事。”

陈渠珍在保靖，整军兴武，大力培训军事骨干；开办工厂，生产军民用品；设立军农大队，实行农垦，发展地方经济；另一方面，大办教育，振兴实业，推行湘西十县乡自治，实行军政一体。因此，保靖一时成为湘西十县的军事、政治、经济和文化中心。

于是，呈现在沈从文眼前的，是另一番景象：

> 一般高级军官，生活皆十分拮据，吃粗粝的饭，过简陋的日子，然而极有朝气，全不与我三年前所见的军队相像。一切都得那个精力弥满的统领官以身作则，擘画一切，调度一切，使各人能够在职务上尽力，不消沉也不堕落。（《从文自传·保靖》）

沈从文到保靖后，开始并没有顺利谋到工作，过了近半年“打流”的日子。“我记得那时我只希望有谁替我说一句话，到那个军人身边去做一个护兵。且想即或不能做这人的护兵，就做别的官佐护兵也成”，但一直毫无结果。沈从文事后分析原因，一则做护兵的多用小苗人和乡下人，做事辛苦点，用亲戚属中子侄，做事可靠点；二则他们都认识沈从文的父亲，不好意思让沈从文为他们当差。

沈从文无所事事，便经常帮那些书记们抄抄写写。有一次被一个姓熊的高级参谋见到，问清了情况，便安排他做了四块钱一月的司书。至此，工作才算有了着落。

不久，因工作能力强，字写得好，沈被调到参谋处，月薪也加到六元。沈从文因写字而“发迹”，就更加发狠练字。他将每个月的薪水积攒起来，五个月内就买了 17 块钱的字帖。“我们虽各在收入最少卑微的位置上做事，却生活得十分健康”。

其间，陈渠珍以援川名义派所属张子青部移防川东，沈从文作为机要文件收发员随行，在酉阳的龙潭驻了约半年。后来，为了逃避那位好男色的上司，他偷偷给陈渠珍写了一封信，叙说自己目前的处境，希望能调回保靖。不久，陈渠珍回信说，你不愿住龙潭，就回来，到司令部来做事。沈便乘船而下，经石堤、里耶回到保靖，留在陈渠珍身边做书记。

至此，沈从文才正式到陈身边工作，正面接触这个素来敬仰的人物，因而对陈有了更进一步的了解和认识：

> 这个统领既是个以王守仁曾国藩自诩的军人，每个日子治学的时间，似乎便同治事时间相等。(《从文自传·学历史的地方》下同)

陈渠珍不仅是一介武夫，也是一个十分爱学习有思想的人，可称为儒将。平时极好读书，看书与治事的时间几乎各占一半。在他的军部会议室里，放置了五个大楠木橱柜，柜里藏有百来幅自宋及明清的绘画，几十件铜器古瓷，十来箱书籍，一大批碑帖和一套《四部丛刊》。每当陈渠珍需要阅读某一书或抄录书中某一段时，就由沈从文预先准备好。于是，图书的分类编排、编号旧画古董的登记，全由沈从文来做。由于登记涉及书画作者的姓名、时代及其在当时的地位，涉及铜瓷器物的名称、用途等等，这些都必须弄得清清楚楚。在这个过程中，沈从文学到了许多知识。又由于必须替陈渠珍翻检抄录古籍，日积月累，沈从文将大部分古籍也看懂了，后来回忆起这段时光，沈称之为“学历史的地方”。

随着见识的增长，沈从文越来越感到苦闷和寂寞。恰在这时，一个人的到来仿佛给他带来一股春风。

这个人叫聂仁德，凤凰人，是沈从文的三姨父，也是陈渠珍过去的老师。这是个饱学之士，与曾任民国内阁总理的熊希龄是同科进士。聂仁德到达保靖后，被陈渠珍安排住到对河风景宜人的狮子庵。聂当过县长，“为人知识极博，而且非常有趣味”，沈从文常常过河去听他读“宋元哲学”，读“大乘”，读“因明”，读“进化论”，读一切沈所不知道而愿意知道的种种书籍，每次所读时间总是很久很久。这么一来，随着知识的增长，沈的幻想更宽，寂寞也就更大了。

我总仿佛不知道应怎么办就更适当一点。我总觉得有一个目的，一件事业，让我去做，这事情是合于我的个性，且合于我的生活的。但我不明白这是什么事业，又不知用什么方法即可得来。

这时，陈渠珍正在实施他的发展地方教育、经济等一系列举措。听从老师的建议，派人到山西考察，实行地方自治。“那个统领官既力图自强，想为地方做点事情，因此参考山西省的材料，亲手草了一个湘西各县自治的计划，召集了几度县长与乡绅会议，计划把所辖十三县划成一百余乡区，试行湘西乡自治”。为促进自治，陈置办了印刷机，设立报馆，创办刊物。办报需要校对，沈从文又被临时调到报馆，兼做校对。

在报馆里，沈认识了一个从长沙聘来的青年印刷工人，这个工人从长沙带来的《改造》《创造》等进步书刊，使沈从文深受启迪，在心底里产生一种不安于现状，想出去走走的念头。恰在这时，陈渠珍因培养人才的需要，又决定派出学生或军人出省或在本省学习。

我想想，我也得学一样切实的技能，好来为本军服务……

我想我得进一个学校，去学些我不明白的问题，得向些新地方，去看些听些使我耳目一新的世界。(《从文自传·一个转机》)

一场大病以后，沈从文终于下定了决心，并把自己的想法告诉陈渠珍。陈渠珍听后，除了答应发沈三个月薪水外，还鼓励他：“你到那儿去看看，能进什么学校，一年两年可以毕业，这里给你寄钱来。情形不合，你想回来，这里仍然有你吃饭的地方。”

于是，沈从文拿着陈渠珍写的手谕，向军需处领了27块钱，“连同他给我的一份勇气，离开了我那个学校”“便开始进到一个使我永远无法毕业的学校，来学那永远学不尽的人生了”。

沈从文离开湘西到北京后，潜心进行文学创作，终于成为一名著名乡土文学作家。1934 年出版的小说《边城》，奠定了沈从文在中国现代文学史上的重要地位。

无独有偶，陈渠珍，这个深受沈从文敬佩的上司，在沈从文《边城》写成后的两年，即 1936 年，在长沙麻园岭的寥天一庐里，回溯往事，痛彻于心，历时两月将自己 1909 年随军入藏，与藏女西原出生入死的旷世绝恋写就了《艽野尘梦》一书。此书以纪实的手法、凝重的笔调、抒情的风格传达出深切动人的感情，字字含泪，句句深情，十分感人。著名史学家任乃强先生偶获此书后，“一夜读完，鸡鸣方寝而不觉，但觉人奇、事奇、文奇，既奇且实。实而复娓娓动人，一切为康藏诸游记最……比之鲁滨孙漂流记则真实无虚，较之张骞、班超等传，则翔实有致”。

纵观沈从文与陈渠珍的交往，虽然时间不长，但处于那个特殊的年代，特别是沈从文处于青年成长转型时期，功成名就有思想抱负的陈渠珍对沈的影响是相当大的，至少表现在以下几个方面：

一是对沈从文人生观的影响。沈从文自小便是一个极聪明而又顽皮的孩子，逃学、说谎、欺骗老师家长的事都做过。后来在沅水畔“清乡”部队和税局里闯荡几年，虽经常展示自己的不凡才华，但处于青春期，思想尚未成熟定型，不时做一些荒诞事，以至于后来发生被白脸姐弟骗走巨款之事，弄得无地自容，走上逃亡漂泊之路。他因看到陈渠珍部队而心生羡慕，从而来到保靖投靠陈的部队给陈做书记官，亲眼目睹陈的处事与为人，他的人生观发生了根本性的变化。

> 但使我很感动的影响到一生工作的，都是他那种稀有的精神和人格。天未亮时起身，半夜里还不睡觉。凡事任什么他明白，任什么他懂。他自奉常常同个下级军官一样。在某一方面说来，他还天真烂漫，什么是好的他就去学习，去理解。处置一切他总敏捷稳重。

> 由于他那分稀奇精力，算军在湘西二十年来博取了最好的名誉，内部团结得如同一片坚硬的铁，一束不可分离的丝”，“到了这时我性格也似乎稍变了些”。(《从文自传·学历史的地方》下同)

因为受陈的影响，沈从文的思想渐渐变得成熟，人生观也慢慢确立，特别是陈的严谨、勤奋、博学，对沈从文产生了重要影响。

二是对沈从文的学习、书法及后来从事的文物收藏鉴定研究工作有重要影响。陈既是一个刚毅的军人，也是一个博学的文人。陈渠珍收藏有十来箱书籍，百来轴古画，几十件古瓷器和铜器，一大批碑帖以及一部《四部丛刊》，在当时的湘西来讲，算收藏颇丰了。这些都交给沈从文保管，并经常叫他代为查找抄录。

> 全由于应用，我同时就学会了许多知识。又由于习染，我成天翻来翻去，把那些旧书大部分也慢慢看懂了。

> 这就是说，我从这方面对于这个民族在一段长长的年份中，用一片颜色，一把线，一块青铜或一堆泥土，以及一组文字，加上自己生命做成的种种艺术，皆得到一个初步普遍的认识。由于这点初步知识，使一个以鉴赏人类生活与自然现象为生的乡下人，进而对

沈从文在《从文自传》中多次提及的保靖狮子洞

人类智慧光辉的领会，发生了极宽泛而深切的兴味。若说这是个人的幸运，这点幸运是不得不感谢那个统领官的。

新中国成立后，沈从文转行进入文物研究领域，写出了巨著《中国古代服饰研究》。这本书便是在这种影响下完成的。

三是对沈从文文学创作的影响。最直接的影响是，沈从文 1931 年在青岛大学教书时写下了《从文自传》，对这段时间的生活作了详细生动的记录，其中对陈渠珍作了相当高的评价。《从文自传》也以其记录的写实性、故事的传奇性及叙事的艺术性而成为中国现代文学中最著名的传记文学之一。沈从文的散文集《湘西》《湘行散记》等也对这段生活多次提及。

此外，对沈从文的湘西题材的创作及其他创作也有较深的影响。

一生办教育的田星六

田星六是凤凰的一代名儒，是近现代凤凰教育事业的开创者之一。他一生从事教育，特别是民间教育，致力于教书育人，诲人不倦。凤凰之所以人才辈出，与他一生执着于兴办家乡的教育事业有直接的关系。

田星六（1872—1958），原名兴奎，字星六，号辛庐，晚年又号晚秋居士，凤凰县沱江镇人。

田星六

田出生于凤凰一个贫苦家庭，少时家境贫困，但聪明好学，常往返几十里借书抄读，博览群籍，尤“嗜为韵语”。1891年应童子试，过洞庭湖，作《洞庭秋抒怀》，有“晚凉卷尽洞庭秋”之句，深为当时湖南学政江标所赏识。后在县黄丝桥高堰村做塾师六年，一边教书，一边攻读。嗣后贡入太学，补岁进士。

1903年秋，翰林熊希龄协助知府朱其懿在常德创办常德西路师范学堂，田以品学兼优被录取，与宋教仁、林伯渠等同学。他在一篇文章中提出改革政治、教育、实业等一系列主张，熊希龄十分赞赏，“华章可读，情理动人，腹有珠玑”，并批给全校师生传阅。

1904年，他被选拔去日本留学，就读于弘文师范学堂，与黄兴、秋瑾等常相往来，深受民主革命思想的影响，曾先后加入中华同志会、中国同盟会。

留日期间，他潜心学习，省吃俭用，将节余学费，全部用于购买书籍。有同乡好嫖赌狎妓，常借故向他借钱。每到发放官费之日，他便将余钱全部买书。留学归来时，竟有多箱图书。

1905年，田星六从弘文师范学堂毕业，回国后主持辰沅道学务，在凤凰厅开办了凤乾永晃四厅中学和蒙养学堂，并任四厅中学校长。次年，去常德西路师范学堂教授中文、日文，并主办《沅江日报》，宣传革命。

1908年，回县任劝学所长，改蒙养学堂为模范小学堂，同时积极发展乡村小学教育。他锐意革新，不拘一格选拔人才外出深造，并大胆改革本地学堂，以致被地方顽固势力攻击为革命人士。

不久，经熊希龄介绍，田星六出任四川省军医学堂提调，主办《蜀江》《醒世》两报，继续鼓吹革命，又兼主幕江安营防，在嘉定、叙州间入同志军，策动营防参加辛亥革命。他在寄熊希龄的诗中写道："沉沉草野问英雄，一鼓镗然起大风。呼与同盟刑白马，会须痛饮抵黄龙。三千敌忾衣如铁，十万纵横笔有锋。军旅固渐非素学，指挥如今自高骢。"嘉定革命成功后，辰沅永靖兵备道陈强几次去信，请他任凤凰、乾城等县县长，他坚辞不就。

中华民国成立，孙中山与袁世凯会谈，他曾写信给黄兴，说袁"心怀叵测，谋篡大总统位"，建议孙中山、黄兴提高警惕，可惜没有引起重视。

袁世凯篡位，他愤而回乡，一意办学，恢复四厅停办的中学，任校长。次年调任常德西路师范学堂监学，教授中文，并主办《沅湘日报》。

1916年，护法军兴，他参加讨袁，充任湖南招抚使署顾问。这年秋，任永顺知县，后调任慈利县知事，参加护法之役。辰沅道尹张学济兼任湘西护法军司令，调他为湘鄂联络使。广东元帅府也授他以陆军步兵上校衔，命赴前线督战。他身穿长衫，率兵两团，去湖北与黎天才部合兵，同北洋军阀吴光兴部会战于宁都郊野两月有余。北军退后，张学济率部回沅陵，任命他为辰沅道署秘书，后又委他为沅陵县知事。他推托不就，回乡办学著述。

谭延闿主湘时，多次请他出来工作，他坚辞不就。谭无奈，赠给他一联“且向沉酣研文史，略无踪迹到波澜”。田星六在自己书房里自撰一联“有铁石顽固气，为山林淡宕人”。1922 年，复出任湘西镇守使署秘书九个月，又还乡办学著述十年。

1934 年，为避土匪，他寄居长沙四年，其间，经傅钝安介绍，他与族侄田名瑜一起加入“南社”和“国学会”，同柳亚子等结为契友，书信往来，极为频繁。柳在诗中，对他和田名瑜予以高度评价，“嵯峨余一老，磊落有双田”。他曾多次被邀到柳亚子故乡梨里，并在那里写就《荀子正义》一书。柳对其评价很高，请他为学生专门讲解《荀子》，并兼任苏州南社文艺编辑。

1938 年，任辰州国学会文艺编辑。三年后，被聘为凤凰县简易师范学校校长。他主张既要教学，又要教人，既要学文，又要学武，提倡“三育并重”“学以致用”，他亲题校训“公诚勤俭”，强调“天下为公”是学习的目的和为人准则，培养出一批又一批人才。

田星六工诗善词，十分勤奋，是一位爱国诗人。青年时代，为民主革命，走南闯北，从没有停止写作。他从四川卸职还家，亲友前来看望，都以为他在“天府之国”发了财，可是他却两袖清风，只有诗作《剑游集》一卷奉赠亲友。到老也一心著述，“早已归田全志节，老能报国有文章”。他的诗文“纵横恣宕不主故常”“词则沉厚雄迈，尤为海内所推崇”“诗尤有奇气，神近鲍谢”，而且多为“感时伤事”之作，充满爱国热情。当时文艺界评论他的诗作：“言言皆有血泪在，句句饱含爱国心。”

沈从文在《湘西·凤凰》一文中说“诗人田星六，诗中就充满游侠里市集和庙会戏场热闹处游荡，寻衅打架，聚赌哄人”。照这个势头发展下去，必然是一个玩世不恭的浪荡子弟。然而，“正当十六七岁紧要关头，忽然改邪归正，把所有旧家当一齐摔去，投拜本地诗人田星六门下，读古文学诗了”。因为刻苦攻读，学业进步很快，后入凤乾永晃四厅中学堂读书，毕业后考入湖南高等学堂。

时值辛亥革命形势迅猛发展，湖南反正，他回县任凤凰演讲所所长，并于1911年加入同盟会。后在县高等小学和县立中学执教。县立高等小学，就是文昌阁学校，他在这里教书时，沈从文是他的学生。沈从文少时，和田名瑜少年时一样，也是个逃学的顽童，“好事喜弄，终日和街坊邻里顽童打闹逃学，上山捉鸟，入水摸鱼……几乎凡是顽童行为无不有份”。“唯对个石先生，早有传闻，有些害怕，有些好奇。到后又觉得为人异常和蔼可亲，别具一种吸引力量，因之印象甚深，上课时格外安静，从不捣乱”。一群逃学的顽童在田名瑜老师的教导下，慢慢变好了，“好些人后来由‘拼命逃学’转而为‘一心向学’，形成种种不同发展”，都是田名瑜老师言传身教的结果。

田名瑜手迹

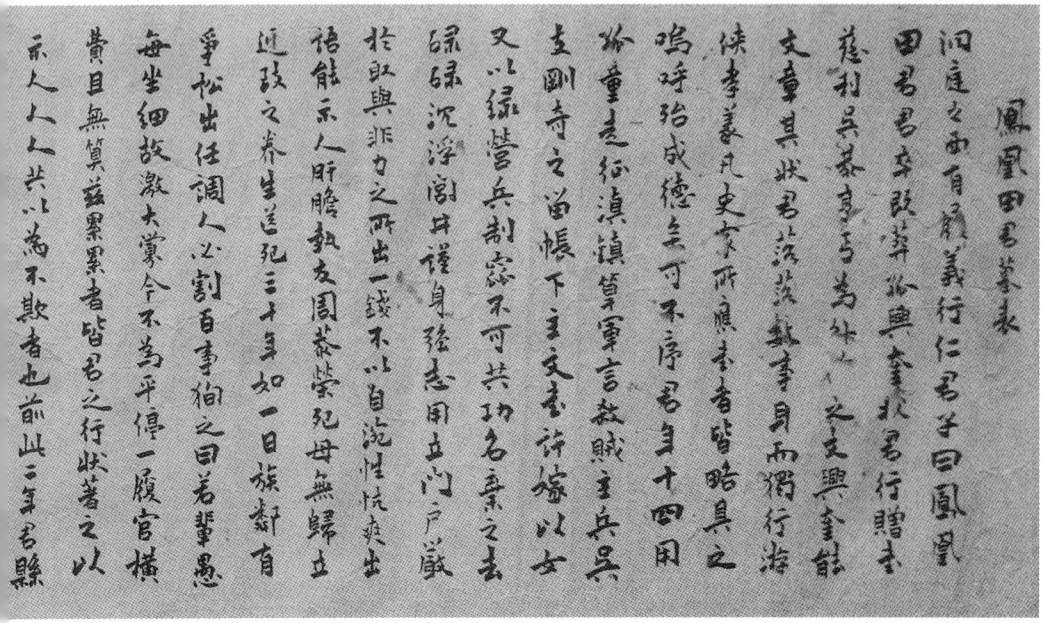
鳳凰田君墓表

不久，他赴常德任《沅湘日报》编辑兼总经理。1916 年至 1926 年，投笔从戎，先后在湘西护国军张学济部、凤乾麻屯指挥戴斗垣部任秘书。

1927 年，田名瑜转入政界，任大庸县（现张家界永定区）县长。长沙“马日事变”发生之际，湘西各县血腥镇压革命群众，发生流血惨剧。田却秘密通知革命者转移，使县内没有发生流血事件。

1928 年，他任沅陵县县长时，典狱官潘盎然被人告密为共产党员，田亦不予追查，以致遭到一些人的攻击，并因此而卸任离职。

1929 年至 1933 年，他任黔阳县县长。黔阳古称龙标，是唐代大诗人王昌龄谪居之地，唐宋以来遗存了不少古迹碑文，他不遗余力地一一加以修葺整理，使这些文物古迹得以保存。

抗日战争时期，他任第十集团军总司令部秘书，兼任 128 师驻衢州办事处主任。战事失利，部队改组，他回沅陵，任永顺专员公署秘书。

抗战胜利后，1946 年至 1948 年，王东原先后担任湖南、湖北省主席，因仰慕田的才学，委任他为两省政府秘书。程潜回湘主政，田名瑜经陈渠珍的推荐，担任了凤凰县县长。1949 年，“湘西事变”发生，辰溪张玉琳与陈渠珍有杀父之仇，扬言要血洗凤凰县城。田恐地方秩序难以维持，将一县的军政财粮大权，统统交陈掌管，并组织凤凰县防剿委员会，陈为主任，田任副主任。5 月，陈渠珍任沅陵行署总参议，并移居辰溪，田任辰溪楚屏中学代理校长。

中华人民共和国建立后，1951 年，他受湖南省政府主席王首道之聘，任湖南省文物保管委员会委员。同年 8 月，又受周总理特聘，任政务院文史研究馆馆员，以后从事文史研究工作近 30 年。

田名瑜为人谦让，举止文静，诗文和书法为时人所称道。

他早年曾参加南社和国学会，所作诗文颇获同辈人称赞。常与柳亚子、田星六等人唱和，早期诗作多发表于南社诗刊。代表作《沅陵杂兴之一》写道：“一夜春风绿了坡，故园杨柳近如何？裁书寄予山妻去，为我安排旧钓蓑。”著有《思庐诗集》12 卷，《思庐文稿》6 卷等。

其书法作品也有一定成就，曾于1960年9月参加“日本书道文化联合会”主办的“现代中国书道展”。

田名瑜一生从事过军、政和教育工作，能政能军，能教能文，但生平淡泊，晚景清贫。黄永玉回忆道，20世纪50年代，他由香港回到北京，因为是同乡，又是称世伯的长辈，便专门登门去拜访。当时田名瑜虽为大学者，但居住仅几平方米小屋，条件简陋，甚至连客人坐的板凳都没有。生活贫寒，甚是清苦，令黄永玉看不下去。黄永玉问，您老人家同毛主席有旧谊，为什么不反映一下，改变这种处境呢？田名瑜很严肃地用凤凰话说：“伢仔（孩子），我们读书人是不兴这个的。”看起来有点穷酸、迂腐，但显示出知识分子的铮铮骨气。

沈从文曾为田名瑜的《寄庑图》题诗：“京华寄身久，醇朴犹老农。作书拙愈秀，行文晚益工。临水赋鱼乐，登高送塞鸿。心目两明健，为近广寒宫。”

1981年3月13日，田名瑜在甘肃病逝，享年91岁。

田名瑜浪子回头的传奇经历在凤凰流传甚广，后代很多顽童浪子因他的影响弃恶从善，改邪归正，成为社会有用之才，有些甚至成为栋梁之才。

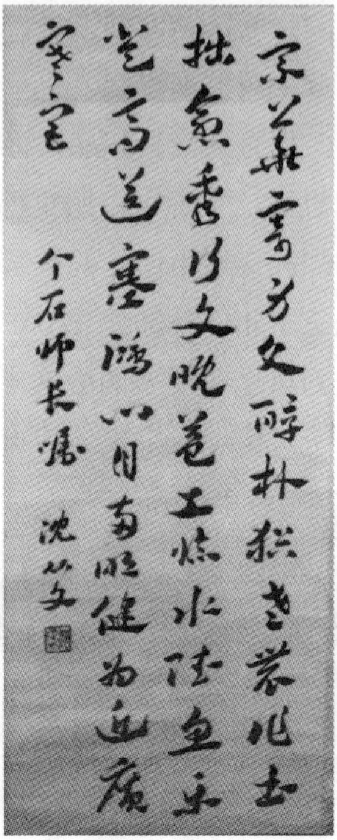

沈从文为老师田名瑜题赠的诗

沈从文的父亲母亲

提起沈从文的家世，要从他的曾祖父沈岐山从贵州铜仁搬迁到凤凰林峰乡黄罗寨说起。

据有关史料和族谱记载，沈从文先生的祖籍是江西瑞州，其九世祖沈思远，字春山，明宣德丙午年（1426）授贵州铜仁知县。任期满后，因战乱交通不便，就举家定居在铜仁白水乡的下寨村，繁衍子息。清道光三十年（1850），沈从文的曾祖父岐山带领妻子儿女，离开下寨，搬迁到凤凰黄罗寨的中寨。当时沈从文的爷爷沈宏富已经 13 岁，是家中长子。

凤凰林峰乡黄罗寨沈从文祖居主屋

那时的黄罗寨，相当偏僻，周围山高林密，人烟稀少，苗汉土家在这里杂居为邻。沈岐山在村边搭一简陋的草棚栖身，后替人守山护林养家糊口。

沈宏富年轻时身强力壮，秉性刚勇，不安于务农。咸丰年间，太平天国起义，湘军招募军队，沈宏富同凤凰人田兴恕、张文德等一同参加筸军，随湘军纵横驰骋，追剿太平天国。因作战勇猛，战功显赫，官至贵州提督。

沈宏富为官不久，因枪伤病久，于同治七年（1868）病逝于凤凰厅镇筸城，去世时才 31 岁，英年早逝，没有子嗣。

沈宏富的妻子周氏在其病逝后，为小叔子沈宏芳娶了附近一苗族姑娘为妻，生有两子。长子沈宗泽，次之沈宗嗣。按湘西一带的传统习俗，一房中没有儿子的，必须从同房或同宗中过继一个侄子做儿子，以免断绝香火。这样，周氏将沈宗嗣过继给沈宏富传宗接代，这便是沈从文的父亲。

按当地习惯，和苗族妇女所生儿女是没有社会地位的，不能参加文武科举。因此，他们家后来将苗族姑娘远嫁他乡，在黄罗寨堆了一座假坟。沈从文小时，还到这坟前磕过头。沈从文在《从文自传》中说，他的血统有一部分应属于苗族，说的就是这个渊源。

沈从文的父亲沈宗嗣约 1872 年出生于黄罗寨，两岁时过房进城里来。沈宏富的妻子希望家中再出一个将军，所以自幼对沈宗嗣进行这方面的训练。在他 10 岁时，“家中就给他请了一个武术教师和老塾师，学习做将军不可少的技术和学识”。

沈宗嗣长得高大、结实，性格豪放、爽直，具备当将军的一切条件。可是命中多舛，没有成就他的将军梦。

他壮年从军，曾为天津大沽提督罗荣光的

沈从文的父亲沈宗嗣

裨将。罗荣光为湘西乾州厅（今吉首市）人，青年入湘军，积功至大沽炮台提督。1900年，八国联军入侵大沽炮台，罗荣光以67岁高龄，率三千兵勇，奋起抗击，壮烈殉国。沈宗嗣捡得一条性命，回到家乡凤凰。“那次战争据说毁去了我家中产业的一大半。由于爸爸的爱好，家中一点值钱的宝货常放在他身边，这一来，便完全失掉了”（沈从文《我的家庭》）。

1911年12月，沈宗嗣响应武昌起义，参与组织发动了本地反清武装起义，成为起义的领导人之一。但起义很快被地方政府残酷镇压，清朝军队对起义者和乡下苗民进行了长达一个月的屠杀。

1912年1月1日，凤凰再次起义成功，沈宗嗣被推选为当地临时掌权人物。这年夏天，因与本地一姓吴的竞选省议会代表失败，他愤而出走北京。

1915年12月，沈宗嗣在京城与同乡阙耀翔组织“铁血团”，密谋刺杀袁世凯。因行事不周被密探侦知，阙耀翔被捕。沈宗嗣得知消息后逃亡关外，投靠熟人热河都统姜桂题、米振标。因得二人庇护，隐姓埋名居住下来。此后，辗转在偏僻的蒙古、热河一带谋生。袁世凯死后，才与家人通信。因在外逃亡亏欠甚多，他写信回家，叫家中典卖田产还债，导致家道中落。

直到1919年，沈宗嗣才由到关外寻找父亲的大儿子沈云麓接回湘西，在沅陵住下。以后辗转在当地军阀部队中任职，曾任上校军医、凤凰中医院院长等职，家眷也随他回到凤凰老家定居。1930年11月，在老家病逝。但直到1931年1月1日，沈从文在上海才得知父亲去世的消息。

沈从文在回忆父亲时说：“我的爸爸既一面自做将军的好梦，一面对于我却怀了更大的希望。他仿佛早就看出我不是个军人，不希望我做将军，却告诉我祖父的许多勇敢光荣的故事，以及他庚子年间所得的一份经验。”“第一个赞美我明慧的就是我的爸爸。可是当他发现了我成天从私塾中逃出到太阳底下同一群小流氓游荡，任何方法都不能拘束这颗小小的心，且不能禁止我狡猾地说谎时，我的行为实在伤了这个军人的心。”（沈从文《我读一本小书同时又读一本大书》）

沈从文的母亲黄素英，也称黄英，是本地贡生并任文庙教谕的黄河清之孙女，可以说是出身于书香门第的大家闺秀。她略小于沈宗嗣。两人约于1890年结婚。共生育九个儿女，其中长大成人的五人。在丈夫常年在外的情况下，挑起了一家人的生活重担，是一位有胆识有魄力的妇女。

沈从文的母亲黄素英

据沈先生《从文自传》回忆，他“母亲所见事情很多，所读的书也似乎比爸爸读的稍多。我等兄弟姐妹的初步教育，便全是这个瘦小、机警、富于胆气与常识的母亲担负的。我的教育得于母亲的不少，她告我认字，告我认识药名，告我决断：做男子极不可少的决断。我的气度得于父亲影响的较少，得于妈妈的较多”。

母亲知书识礼，自小对他管教甚严。沈从文四岁时，母亲就教他识字，很快已认识600个汉字。小他四岁的弟弟沈荃出生后，母亲忙不过来。在他五岁时，就将他和两个姐姐送到一女先生处念私塾。

沈从文自幼顽皮，因为聪明，读书过目不忘，便觉得上课没有意思，经常逃学。为此，母亲操心不已，为他转了几次学。1917年，因家境衰落，加之母亲认为他不易管教，就让他辍学参加由一杨姓亲戚带领的一支土著部队，从此走上行伍生涯。

1921年2月，沈从文投奔在芷江警察所当所长的五舅黄巨川，在警察所当了一名办事员，其后又兼收税员，干得很好。其母亲也卖掉凤凰老家的房子，来到芷江与他同住，并把3000元卖房款交给他保管。

不久，舅舅黄巨川因肺病去世。其后不久，沈从文也因单恋白脸姑娘，被其弟弟骗走近千元，自觉无脸见人，于这年 8 月底出走常德，最后去了保靖，参加“湘西王”陈渠珍部队。“为这件事我母亲哭了半年。这老年人不是不原谅我的荒唐，因我不可靠用去了这笔钱而流泪，却只为的是我这种乡下人的气质，到任何处总免不了吃亏，想来十分伤心”。

1923 年，沈从文父亲沈宗嗣随部队迁驻辰州（今沅陵）。母亲与最小的妹妹九妹也来到沅陵，与父亲同住。弟弟沈荃也在父亲部队中做书记，一家人有了小小的团聚。

1924 年夏，沈从文离开保靖地方部队，来到北京。从此“便开始进到一个使我永远无法毕业的学校，来学那永远学不尽的人生了”。

1927 年夏，沈从文的母亲为躲避战乱，也为了治病，带着沈从文最小的妹妹——九妹离开湘西老家，来到北京，跟随沈从文生活，三人租住汉园公寓。

1928 年 1 月，沈从文来到上海发展。3 月，把母亲和九妹接到上海共同生活。为了生计，拼命写作。4 月下旬，沈从文陪母亲去北京看病，后于 7 月底回到上海。

这段时间，多了两个人生活，加之为母亲治病，本来靠卖文字生活的沈从文，感到经济上压力很大。这在他的《不死日记》中反映出来：“文章写完了，得当了衣去付邮。这一周是非到连当衣也无从的情形中受穷不可的……我决心，只要有人要我，我愿意抵押一点钱，来将妈设法医好。只要有人要，我就去。不拘做何等事，我也能做的。”“只要能写，又能卖，我仍然得靠这个东西救活我一家三人的性命……”“妈的病已经深到怕人，我又担心九（妹）也将因此转成病人……我是罪人，年纪已快到三十，还不能使母亲过一天无衣食忧愁的平安日子。”

为了一家人的生计，也为了给母亲治病，沈从文疯狂地写作。这两年是他创作的高峰期，虽然发表和出版了不少作品，但由于书店拖欠稿费，一家三口人生活十分困窘。“没有火食，一家人并一个久病在床的老母也饿了一顿。”

这时，沈从文和胡也频、丁玲办的《红黑》《人间》杂志因不善经营，被迫停刊。沈从文在徐志摩的建议并推荐下，去胡适当校长的上海吴淞中国公学教书，算是解决了一点实际问题。1929 年 8 月，沈从文母亲为了减轻他的负担，由沈从文大哥沈岳霖接回湘西，只留下九妹继续跟他读书。

1934 年 1 月 7 日，沈从文接到家信，母亲病危。他放弃手中的工作，匆匆赶回老家去看望。那时候交通不便，他在路上走了半个月，到 22 日才赶到家中，一家人团聚。因为沈从文与胡也频、丁玲有深交，并发表过指责南京国民政府的文章，他被家乡当局视为“危险人物”，不便久留。26 日，是母亲的生日，他们兄弟姐妹为母亲办了一个热热闹闹的生日。第二天，就离开家乡返回北平。

2 月 13 日，沈从文母亲黄素英在凤凰病逝。

沈从文这次回家，成了他与母亲的最后诀别。

沈从文的兄弟姐妹

沈从文父母共生育九个孩子，也就是说沈从文共有兄弟姐妹九人，一个哥哥，两个姐姐，三个弟弟，两个妹妹。其中二姐在十六七岁时病殁，两个弟弟和一个妹妹在幼年夭折。长大成人的共五人，大姐沈岳鑫，大哥沈岳霖，沈从文（岳焕），本排行第四，只因在兄弟中排行第二，被称为二哥，弟弟沈岳荃（沈荃），排行第六，九妹沈岳萌。

由于受时代的影响，他们的人生遭遇各有不同。特别是弟弟沈荃和九妹的结局，令人扼腕叹息。

大姐沈岳鑫

沈从文的大姐沈岳鑫，约生于1895年，从小跟随母亲黄素英习文练字，书法很有功底，在凤凰县城颇负盛名。人也长得很漂亮，明眸皓齿，端庄俊秀。成年后嫁给凤凰大家族田家的后代田学曾。田学曾，字真逸，常简写为真一。他是沈从文爷爷的战友、湘军名将、贵州提督田兴恕的二子——凤凰辛亥革命领袖之一田应全的儿子。

沈从文大姐沈岳鑫

田真逸在北京上了大学，同沈岳鑫结婚后，同在北京生活一段时间。沈从文初到北京时，去拜见他们。开始，田真逸对独自闯荡京城的沈从文不以为意，甚至苦笑，“来北京读什么书？大小书呆子不是读死书就是读书死，还不如趁早回乡下寻出路才是你的正道”。沈从文听后，沉默良久，然后将自己这些年在湘西的经历和所见所闻讲了一遍，最后谈及读书的理想。田真逸被打动了，脸上露出赞许的微笑。他诚恳地嘱咐道：“好，好，你这个古怪的乡下人真有胆量！凭你这胆量，就有资格来北京住下，好好读书学习。可你一定要记得，既为信仰而来，就要坚守信仰，千万不要把信仰丢了。”不久，大姐和姐夫回湘西了，留下这一番祝福，还有两床棉被。

沈岳鑫和田真逸一直是沈从文最为坚强的后盾，尽管他们由于自己清苦的生活而不能为沈从文提供物资上的资助，但一番祝福，简单而深刻的话语支撑着沈从文度过了人生中最为艰难和困苦的日子。

沈岳鑫在凤凰生活了很长一段时间，相夫教子。新中国成立后，随小儿子生活在长春，到20世纪80年代还健在。他们夫妇生育了两个儿子，大儿子田纪熊，上海交大轮机系毕业后，在大连海运学院任教。小儿子田纪伦，也叫田成尚，大学毕业后，在长春中国第一汽车制造厂工作。他们的弟弟沈荃被错误处决后，女儿沈朝慧被沈从文接到北京，认为义女。但1966年“文革”开始后，沈朝慧被注销北京户口，赶出北京，回凤凰生活一段时间后，最后到了长春，投奔姑妈沈岳鑫。直到1968年，回到北京，同中央美术学院教师刘焕章结婚，刘后来成为著名雕塑家。

田家的儿子同沈从文的儿子沈龙珠、沈虎雏一直都有书信往来。

大哥沈岳霖

沈从文的大哥沈岳霖，别字云麓，常简写为云六、云楼。生于1897年，自幼酷爱艺术，早年毕业于凤凰书画学堂，擅长于炭笔肖像画，写得一手好字，在凤凰画坛书苑有较高的地位。新中国成立后，被选为湖南省文物委员会委员，对文物很有研究，致力于家乡文物的征集与整理，1970年病逝，时年73岁，没有儿女。

沈岳霖被黄永玉称为大满，就是大伯的意思，样子长得古怪，脾气也古怪得出奇。按黄永玉先生的描述，他一是瞎，戴的眼镜像哪儿捡来两个玻璃瓶子底装上的，既厚实，又满是圈圈。眼睛本身也有事，一年三百六十五天，天天淌眼泪。二是聋，有七八成听不见，要想他明白什么事，就得对着他的耳朵大声叫嚷。三是鼻子永远不通，明显地发出响声让旁边人为他着急。还有爱流汗，常常满头的汗珠，全身冒着热气。

他长成一种相书以外的相貌，高脑门，直鼻梁，长人中，厚嘴唇，加上厚实的下巴。他个子单细，却灵活之极。步履很快，急匆匆的，沿街人都为他让路，因为都知道他脾气不好。

看起来，他是一个古怪迂腐的老头子，但年轻时，他一个人浪迹天涯，从关外找回逃亡多年的父亲。

1923年，离家出走12年的沈宗嗣在儿子的陪同下，回到湖南，一家人终于得以团聚。因为弟弟沈从文和沈荃都在外面工作或从军，沈岳霖就在凤凰家中侍奉父母，直至父母去世。

20世纪30年代，沈岳霖在湘西沅陵有一幢两层楼的房子，取名“芸庐”，其实是他名字的谐音。抗日战争爆发后，大批北京、沿海地区文化名流向后方转移，经二弟沈从文介绍，“芸庐”成了中转站，保护和帮助一大批文化大家和文艺青年，其中包括闻一多、刘开渠、庞薰琹、林风眠等等。沈从文也陪同一些文艺界名流在“芸庐”居住过三个月，后辗转去了云南。沈从文1942年创作的一部小说即取名《芸庐纪事》，其中的男主角就有大哥沈岳霖的影子。

20世纪50年代，沈岳霖回到凤凰，租住在南门外岩堖坡街上一家小院内。虽然相貌古怪，却是一个在凤凰远近闻名的人物，每月领着100多元的工资，让全城人惊叹和羡慕。

人们背着他时大都叫他“沈瞎子”，侄儿辈的则叫他“瞎大”，他也乐意答应。

凤凰县城沈从文故居

他们兄弟姐妹间十分情深。有一次，沈从文想吃故乡的擂辣椒，写信托大哥从凤凰弄个擂钵去北京。于是这位大哥动了真格，先是请凤凰城颇有名气的秦岩匠打了个小擂钵，接着便差几个年轻人下河去找擂钵锤，然后又找人给做了个小木箱，把擂钵和擂锤装进去，又叫了个街坊熟人把木箱子扛到了邮局去邮寄。为了寄一个擂钵，老人付了邮寄费人民币 30 多元，这在当时是普通人一个多月的工资。

他喜欢读书看报，常年订阅了《大公报》《申报》《新民报》《华商报》等。人们围在一起谈论时事，他悄悄蹲在一边不搭腔，若有人讲错了，只见他猛然站起来，“哼”地一下走了……

他没有儿女，却对有才华的年轻人关爱有加。早年曾热心资助凤凰青年刘祖春上北京求学，刘后来去了延安，新中国成立后任中宣部副部长。他在凤凰爬满葡萄藤的小院，成了凤凰青年学生常去的地方。在小屋里，他拿出收藏的名家字画和精美画册同他们一道欣赏；在葡萄架下，他选出大半生积累的各种故事讲给他们听，其中最激励人的莫过于沈从文、刘祖春闯北京的故事。他常借书给他们看，甚至陪他们到书店，为他们买书。凤凰青年刘鸿洲等都得到他的指点，后来成为著名画家。

1929年夏，沈从文大哥沈岳霖到上海接母亲回乡时合影。自左至右分别是：沈从文、沈荃、母亲、沈岳萌、沈岳霖

新中国成立初期，凤凰城的各宗族祠堂成了无人看管之地，一批有价值的文物亟待抢救。位于岩堖坡的刘氏宗祠，有一块一人多高的石碑，刻着清代辰沅道标得胜营屯守备刘玉庆的骑马像。沈岳霖认为它有艺术价值，于是找人将它抬到了县文化馆保管起来。南华山脚下的傅公祠里，挂有一幅傅鼐的画像。沈岳霖告诉县文化馆的人，傅鼐曾任凤凰厅同知，是嘉庆年间治理湘西的清代重臣，他的这幅画像出自宫廷画家阙岚之手，不能弄丢了。于是由他把这幅画交到了省文管部门。相传筸军名将张文德在攻破南京城后，私自将忠王李秀成坐过的一把椅子带回了凤凰。沈岳霖东访西寻，终于找到了它，并把它送交到了上级文管部门。

各种运动相继来了，沈岳霖犹如风雨飘摇中的一叶小舟，终于在1970年4月的一天沉没，享年73岁。

弟弟沈岳荃

沈岳荃又名沈荃，号得鱼、叠鱼，黄永玉称他为巴鲁表叔。他生于1906年，比沈从文小四岁。

在他两岁时，同六岁的哥哥一同出麻疹。当时正值六月，天气炎热，出麻疹的人浑身发烧，苦不堪言，既不能抱，又不能睡，家人就用竹簟将两人卷好，同春卷一样，竖立在屋中阴凉处。按当时的医疗条件，家人以为求生无望了，为他们预备了两具小棺木，搁在廊下。没想到，两人大难不死，竟然全好了。沈荃病愈后，家中特别为他请了一个高大壮实的苗族妇女照料。因照料得法，长得壮实异常。哥哥从文因此一病，瘦成小猴子精，以至于后来也没有弟弟英武高大。

因为出身于军人世家，沈荃从记事起，就听到爷爷和父亲冒着枪林弹雨奋勇杀敌的故事，见惯了系着红绸的寒光闪闪的大刀、长矛，乌黑贼亮的枪炮，以及地方部队的操练，自小形成了英勇尚武的气质。母亲便把继承祖业、当兵出息的将军梦寄托在他身上。

继14岁的哥哥沈从文到湘西地方部队当兵后，1922年，16岁的沈荃到湘西巡防军第三支队杨明臣部当勤务兵。1925年，考入黄埔军校第四期。1926年，在驻南昌的第三军教育团（团长朱德）当见习排长，1927年到驻武汉的十四军当连长。国共分裂后回凤凰，任十九独立师军事见习所队长并代教务长。同年去南京，考取军官研究班，结业后回凤凰任新编三十四师中校参谋主任。1931年，被调派为三十四师第二旅第五团副团长，驻溆浦。后又到庐山军官训练团受训。1934年，三十四师缩编，被调任工兵营长。

青年时代的沈荃身材魁梧，高大英俊，嗓门清亮，说话非常好听。当了军官后，高高的个子，穿呢子军装，挂着刀带，漂亮极了。有时也回家乡来，换上便装，养大公鸡和蟋蟀打架，搞得很认真。

跟潇洒漂亮一样出名的是他的枪法。夜晚，他叫人在凤凰考棚靠田留守家的墙根插上二三十根点燃的香，然后手持驳壳枪，一枪一枪地将它们打熄，弹无虚发，赢得众人的喝彩。

沈荃长期在三十四师任职。三十四师师长陈渠珍，湘西凤凰人，湖南武备学堂毕业，同盟会会员，曾任湘西镇守使等职，统治湘西十多年，有“湘西王”之称。他主张保境息民，剿除土匪，励精图治，把湘西治理得有声有色。但他拥兵自重，不容于时任湖南省主席的何键。1935 年，何键借追剿红军之势，大军压境，强迫三十四师接受改编，由陈属下顾家齐就任师长，调离湘西，接受整编。1937 年“卢沟桥事件”爆发后，该部队改番号为 128 师，隶属刘建绪的第十集团军，沈荃由工兵营长升任七六四团团长，随军东下参加抗日战争。

1937 年 11 月，沈荃随 128 师全体将士赴浙江嘉善阻击侵华日军第六、第八两个军团。全师被一列火车半夜由杭州载运到最前线，无一向导带路，在湿雾迷蒙中搜寻防守的国防工事。全城人几乎已走空，只剩下一个县长，手提一大串编号的国防工事地堡钥匙交给团长沈荃，便随同那一列车走了，什么工事图纸也没留下来。在沈荃的指挥下，战士们将工事铁门次第打开，然后开始阻击敌人的疯狂进攻。

战斗异常惨烈。本来上级命令，128 师在前线只守三天三夜，因为交通运输等各方面因素，后援跟不上来，结果该师守了七天七夜。特别是后面几天，几乎是饿着肚子坚持战斗的。白天，日本鬼子仗着飞机大炮狂轰滥炸，然后重兵冲进阵地。晚上，128 师战士摸黑战斗，短兵相接，又把鬼子赶了出去。沈荃指挥的一个营，在营长张靖华的带领下，藏在壕沟和被炸弹炸成的孔穴里，任敌人飞机大炮拼命轰炸，一天落下 600 多枚炸弹，就是死守阵地不退。到后来，一个营的兵士仅剩 16 人。营长负了伤，连长排长全部牺牲。就这 16 个人，居然还爬出壕沟和敌人肉搏，直到援军的到来。

嘉善保卫战结束，128 师的湘西子弟，除七六七团仍有一个建制的团外，其余各团伤亡过半，损失惨重。4 个团长受伤，12 个营长死 7 个，伤 5 个，连排长死三分之二，伤三分之一。但他们打出了中国人的士气，令疯狂的日本军队刮目相看。

在嘉善保卫战中，沈荃指挥的 1500 人中只有 120 多人幸存，沈荃是在负伤之后被部下背下战场的。

沈荃回湘西沅陵养伤两个多月。创伤刚好，还不到休养期满，上级又调他到抗日前线。七六四团作为荣誉军团，在常德接收了新的补充兵，其中有一些是湘西旧部，又开赴前线。被编入暂五师，沈荃任第四团团长。在保卫长沙的会战中，他率部攻击小吴门。日军见攻势凶猛，难以抵抗，由工兵出动推土机推平田坎，以供机动车辆逃遁。沈荃发现其意图后，即令二连率队追击。于是，在广阔的战场上，出现了四团官兵用双脚追击日军汽车的罕见场面。天色昏暗，敌我难分，日军无法用火力阻击我军的追击。很快，二连追上日军部分车辆，插入其中，一阵手榴弹，炸毁了几辆车，堵塞了车道。那些来不及过捞刀河的车辆全被战士们刺破轮胎，瘫成一堆，是役大捷……

抗日战争胜利后，沈荃被调到南京国防部任少将监察官。

他曾与二哥沈从文多次通信，两人准备联手写一部抗日战争史，并着手搜集相关资料，后因故作罢。

内战很快就打起来了，沈荃置身南京，除了生活清苦，心情更加沉重。“抗战胜利倒使我们走投无路。看样子是气数尽了！完了。内战我当然不想打……看起来要解甲归田了……”

后来，他辞去军职，回到凤凰。1949 年 11 月 9 日，随“湘西王”陈渠珍参加和平起义，到地方政府做点咨询工作。每天到凤凰“箭道子”上班。他还是那么英俊潇洒，谈吐明洁而博识。在楠木坪租了一个很雅致的住处，小天井里种着美国豌豆、萱草和两盆月桂。木地板的客厅里，挂着张奚若写的大字楹联。

沈荃虽为武将，却有儒风，写得一手好字，还和许多文化名人往来密切。因为抗战初期，有不少迁到湘西来的文化团体都得到过他的帮助，艺术家、文人跟他都有交情。

在长沙养伤时，沈从文带了一帮文人朋友逃难经过长沙。沈荃见到哥哥，兴奋异常。生性豪爽的他问哥哥有多少朋友从北平来长沙，表示愿以沈从文的名义，请大家吃顿饭，以尽地主之谊。

过了两天，沈从文邀请了梁思成、林徽因、张奚若、金岳霖、杨振声、闻一多、朱自清、萧乾等人，沈荃在“三湘大酒楼”设宴招待客人。席间，他还介绍了上海“八一三”战役，大家听了很受鼓舞，不时爆发出阵阵掌声……

1951 年，镇反运动开始了，沈荃同许多起义投诚人员集中到沅陵集训，后来又转到辰溪。有一天，被当作反革命分子拉到河边，将执行枪决。

沈荃明白后，在河滩上自己铺上灰军毯，说了句：“唉！真是没想到你们这么干……”指了指自己脑门，“打这里吧……”

一个英俊潇洒的军官，就这么消失了，时年 45 岁。

32 年后的 1983 年，沈荃的沉冤得到昭雪，被确定为起义人员，家属获得 500 元人民币的赔偿，妻子罗兰被增补为县政协委员。

沈荃有两个妻子，发妻田玺珍，系清末贵州提督田兴恕的孙女，湘西镇守使田应昭的女儿，凤凰的大家闺秀。因没有生育，沈荃在溆浦驻防时，相中溆浦县城一瓷器店老板的女儿罗兰。罗当时年轻貌美，是溆浦城的一枝花。结为连理后，生有一女沈朝慧。沈荃被错误镇压后，两个夫人下放到凤凰茶田乡农村，随田玺珍的侄孙田茂觉生活，以织毛衣为生，田玺珍于 20 世纪 70 年代去世。

沈荃平反后，夫人罗兰回到城里，身体仍健朗，头脑清晰。1988 年，凤凰沈从文故居修复，她被请来照看沈从文故居，直到 90 年代中期的一个冬天去世。

九妹沈岳萌

九妹岳萌出生于 1912 年，比沈从文小 10 岁。自幼长得聪明伶俐，是家里的心肝宝贝，尤其受母亲宠爱。

1920 年底，沈从文到芷江投靠亲戚，谋到一个税员的工作。这时，父亲逃难在关外，大哥前去寻找，母亲在家乡凤凰无所依靠，于是变卖房产，带着九妹来和沈从文同住。卖房所余的 3000 块钱交沈从文保管，不幸被他一个心爱姑娘的弟弟骗走。沈从文自觉没有颜面，悄然出走常德，后来到了保靖，在湘西王陈渠珍手下做书记官。

1923 年夏，沈从文只身来到北京闯荡。几年后的 1927 年，稍微站稳脚跟，就把母亲与九妹接到北京。以后去上海、青岛、复回北京谋职，九妹基本上跟随沈从文一起生活。

九妹给沈从文带来了创作灵感，他笔下的湘西少女，多以九妹为参照物。

九妹到了谈婚论嫁的年龄，出落得更加漂亮，也有许多青年爱慕，但她心性太高，总是没谈好。1934 年，凤凰青年刘祖春，在沈从文兄弟的帮助下来到北京求学。刘祖春生于 1914 年，1935 年考入北京大学，爱好文学的他，很快成为一个乡土作家。他爱慕九妹，两人相交甚欢。但刘祖春毕业后，参加革命，去了延安，这段爱情也没有结果。

抗战时期的 1938 年，沈从文一家辗转到达昆明。此时九妹已经二十六七岁，韶华悄然而逝。九妹在西南联大图书馆工作，信奉佛教，常将家中的东西慷慨送人，当时生活压力巨大的沈从文对九妹时有怨言。一次学校图书馆遭遇敌机轰炸，她帮助别人抢救东西。等警报解除，回到自己的住处，发现房间已被小偷洗劫一空。内心的郁结与外部的刺激，使得九妹疯了。

沈从文无奈，只好写信与大哥商量，给九妹换个环境。

九妹的疯癫，一个人见人爱的小妹妹变成一个疯女人，这让家中的兄弟姐妹难以接受，行伍出身的沈荃失控到欲拔出手枪，与沈从文拼命的程度。

当时大哥沈岳霖住在沅陵。这样，沈荃抽空去了云南，把九妹接回沅陵。

有一年端午节，河里划龙船，九妹失踪了。沈家人找遍了沅陵城，再也没有找到她。几年后，有人在乌宿发现了她，一条乌宿河滩上的破船就是她的家。她的男人是一个打鱼佬，她的孩子已经两三岁了。她面容苍老，头发花白，成了一个渔妇。

新中国成立后，他们居住在乌宿，丈夫当泥水匠，九妹不会劳动，体弱多病，在最困难时期，竟然饿死了……

至今在乌宿河滩的荒草丛中，有一座孤零零的坟墓，那就是九妹的归宿。

沈从文的行侠与仗义

沈从文在散文《湘西·凤凰》中，专门写到凤凰人的游侠精神，称“游侠者行径在当地也另成一种风格”。这种游侠精神的表现，“重在为友报仇，扶弱锄强，挥金如土，有诺必践，尊敬读书人，敬事同乡长老。换言之，就是还能保持一点古风”。

其实，受湘西凤凰这块土地和民风的浸染，沈从文身上就很有这种游侠精神，只是因为时代和个人修养不同，已经没有了为朋友报仇雪恨、两肋插刀的血腥，而是表现在对朋友的真诚相待、无私帮助等方面。

对于青年学生，则鼎力相助，扶持新人。

沈从文是从事文学创作出身的，在未成名前，所受到的冷遇和碰壁是尽人皆知的。要不是郁达夫的那次登门探望，给他鼓励，也许他还要在黑暗中摸索更长时间，甚至于转行，放弃文学创作。正因为此，他体验了创作的艰辛，体会了创作者的生存与困苦，所以他成名后，利用自己的平台或者影响力，尽量去帮助那些青年学生或文学青年，使他们走出困境，早日成才。

1929 年 7 月至 1930 年 8 月，沈从文在中国公学教书。其间，经常帮助学生和文学青年修改习作，推荐发表。当时受他帮助的有何其芳、刘宇等。青年罗尔纲从中国公学中国文学系毕业后，因战乱与家庭失去联系，生活无着。曾找到沈从文，谈到自己有志献身于历史研究的一些想法。沈从文表示，如果罗尔纲能得到在北京深造或半工半读机会，自己愿意支援他北上的旅费。为此，1930 年 5 月初，沈从文专门给胡適写了一封信，把罗尔纲的想法告诉胡适，希望能得到胡适的帮助。后来，胡适把罗尔纲安排到自己家中，帮助整理《胡传文集》并兼任家庭教员。罗尔纲得到胡适在学术方面的精心指点，后来成为有名的历史学家，太平天国史研究大家。

1932 年，沈从文在青岛
——叶公超摄

1933 年，沈从文在青岛大学教书。这年春天，青年诗人卞之琳由北平来到青岛，拜访沈从文，并携带了一本诗稿《三秋草》。他与沈从文谈到出版诗集的困难，沈从文听后慨然拿出 30 块银元，支持卞之琳自费出版新作《三秋草》。当时沈从文手头并不宽裕，卞之琳就看见过他抽屉里还放着当票，但他还是把 30 块钱塞给了卞之琳。卞之琳回北平后，就用这些钱将《三秋草》印出 300 本，这书成为卞之琳得以出版的第一本诗集。

对于同辈师友，则关心爱护，患难相助。

梁思成、林徽因夫妇是沈从文的密友，沈从文也是梁家“太太的客厅”的座上客之一。

1937 年，抗日战争爆发。国内一些高校和学者名流南迁昆明或重庆。这年 10 月，林徽因致信沈从文，告知他们夫妇打算经过沅陵前往昆明。为此，接信后的 10 月 29 日，沈从文专门给居住沅陵的大哥沈云麓（沈岳霖字云麓）写信，信中托沈云麓在梁思成夫妇路过沅陵时给予关照。

11 月 1 日，沈从文又写信给大哥，再次嘱托沈云麓在梁思成夫妇路过沅陵时给予关照。并让沈云麓“购二十斤猪肉做暴腌肉，切成条熏，熏得越快越好。做好后，就将肉一半付邮，寄至长沙韭菜园圣经学校交梁思成、杨今甫收。余留下他们过路时带走。若思成等过路太匆忙，不能住，就望为购二三元溆浦大开刀橘，送他们解渴。另外还预备点可以在路上吃的菜，譬如保靖的皮蛋、龙山的大头菜、安江的柚子、家做的卤鸡”。

从这里看，沈从文作为一个大男人，对朋友的关照可谓用尽心思，细致入微。

对于受难朋友，则积极营救，两肋插刀。

胡也频、丁玲夫妇是沈从文的好友，他们一起办过杂志，来往密切。1931 年 1 月 7 日，沈从文到上海探望胡也频、丁玲夫妇。这时，他们夫妇有了一个孩子，没有固定的经济来源，生活比较落魄。天气寒冷，沈从文见胡也频衣着单薄，就把自己一件新买的海虎绒袍子给他穿上。后来胡也频入狱牺牲时，就穿着这件袍子。

1 月 17 日，胡也频被国民党当局秘密逮捕。沈从文获悉情况后，十分焦急，四处打听。直到晚上 7 点左右，才收到胡也频托人带来的便条，告知自己已被捕，要沈从文设法找胡適和蔡元培营救。

1 月 20 日，沈从文找到胡適，商量营救办法，谈了很久。胡適当时正在为缓和自己与国民党当局的紧张关系而焦虑，感到对胡也频“无法援助”，但他仍应沈从文的要求，写了一封信给蔡元培，让他到南京去找蔡元培想办法。

1 月 25 日，沈从文从上海赶到南京去见蔡元培，不料蔡元培外出，没有见到，于是留下一封信。蔡元培看到沈从文的信后约见了他，但蔡当时只是中央研究院院长，并无实权，不知道胡也频被捕后的下落，对于营救就更无能为力了，沈从文只得转回上海。

1 月底，胡也频又带来信，说他已被引渡到了公安局，不久将移送龙华警备司令部，催促沈从文在外边赶快找人取保。恰好这时，丁玲又得到郑振铎和陈望道写给邵力子的一封信，两人信中要她到南京去找邵力子想办法，于是，沈从文又陪着丁玲，第二次去南京。

到南京后，邵力子和蔡元培都给上海市长张群写了信，并叫他们回上海找张群。沈从文拿着信找到张群，被告知胡也频和其他同时被捕的人一道，已经移送龙华警备司令部了。虽然这次营救没奏效，但总算知道了胡也频的确切下落。其后，沈从文陪同丁玲去探监，但因案件涉及政治，监狱方不准会见，结果他们只能隔着铁栅，远远地看了胡也频一眼。

2 月初，沈从文陪同丁玲，又一次来到南京，找陈立夫帮忙，陈立夫允诺，如果胡也频不是共产党，他可以想办法。结果办法还没有想出来，胡也频等已被枪决了。

为了营救朋友，沈从文将手中的钱全部花光，只得低价出卖版权度日，但他无怨无悔。其后又把丁玲母子接到自己住处隐藏，护送他们母子回到故乡常德。

从沈从文营救胡也频的过程来看，虽然营救没有成功，但沈从文已经很尽力了，表现出他对朋友的一片赤诚与古道热肠。虽然后来丁玲对沈从文有些误会，但沈从文对朋友的积极营救是有目共睹的。

对朋友的关心和无私帮助，体现了沈从文侠义的本性。对沈从文十分了解的姨妹张充和说沈从文“星斗其文，赤子其人”，可说是最中肯的评价。

沈从文的“写字”及书法艺术

我们都知道沈从文是中国现代著名作家、历史文物专家，却很少有人知道，他还是一个书法家，他的章草和蝇头小楷写得特别漂亮，很见功力，俨然一个大家。

下面，我们从沈从文“写字”的经历、“写字”观以及书法艺术三个方面谈谈他的书法艺术。

一、沈从文“写字”的经历

沈从文的书法之所以写得漂亮，与他长期临帖、练习书法是分不开的。纵观沈从文先生的书法创作历程，可分为四个阶段。

（一）少年求学阶段

据沈先生《从文自传》回忆，沈从文出生后，因为父亲常年在外奔波，他幼小时的教育主要得益于母亲。母亲出身于凤凰的书香门第，外祖父是凤凰最早的贡生，也是文庙书院的山长。母亲知书识礼，自小对他管教甚严。沈从文四岁时，母亲就教他识字，很快已认识600个汉字。小他四岁的弟弟沈荃出生后，母亲忙不过来，便将五岁的沈从文和两个姐姐送到一女先生处念私塾。由于年纪小，坐在书桌边读书的时间少，坐在女先生膝上玩的时间多。六岁时，单独上了私塾。那时的私塾，除了识字，就是练字。天性聪颖的沈从文，不仅识字快，背书厉害，字也写得很好，慢慢便滋生出一种读书很简单轻松的想法，随后便不断发生逃学的事。

13 岁时，沈从文进了新式学堂。学堂不用背诵经书，老师不随便体罚学生，星期天还放假一天，他不再逃学，然而，常常人在课堂，心在外面。“一到星期日，我在家中写了十六个大字后，就一溜出门，一直到晚方回家中。”

凤凰是一个文化底蕴厚重的地方，文化氛围也相当好。当地人有书法、绘画等方面的爱好，孩子们从小就练字、描红，稍大一点，开始临帖。学书学画，蔚成风气。自幼聪明伶俐的沈从文，在这样的氛围中耳濡目染，自然打下深厚的功底。

（二）青年从军阶段

1917 年，沈从文 15 岁，在父母的安排下，走上了当兵的路。他先到湘西地方的清乡部队，因为年纪小，没有具体事务，便自己练字。“我有时回到部中，坐在用公文纸裱糊的桌面上，发奋去写小楷字，一写便是半天。”

1921 年，沈从文来到芷江，投奔当警察所长的舅父。他在警所当办事员，每天抄写违警处罚的条子。不久，警察署兼管了本地屠宰税，他又每天填写税单。这每天的抄抄写写，就是练字。因为舅父和亲戚喜欢作诗，沈从文虽不会作，却学会了看诗。“我成天看他们作诗，替他们抄诗，工作得很有兴致。因为盼望所抄的诗被人嘉奖，我十分认真的来写小楷字。”“我已从那些本地乡绅方面学会了刻图章，写草字，做点半通不通的五律七律。”

这年 3 月，因为他的字写得好，他被推荐为当时因公死去的芷江县警备队队长段治贤书写墓志铭，刻于青石碑上。

这是一块两米多高的墓碑，碑额刻有“芷江县警备队队长段君治贤墓志铭”15 个大字，字体为长形篆体。碑刻正文部分为楷书，内容详细记录了段治贤的生平和为剿匪作战而死的事迹。共 14 竖行，每竖行 42 个字，字字句句从头到尾字体匀称，苍劲有力，有独有连，看似一幅完美的书法作品。碑文落款处刻：“潭阳（今芷江）邓其鉴撰文，渭阳（今凤凰）沈从文书丹，滑阳沈岳焕（沈从文原名）篆额”，立碑的时间为“民国十年（1921）岁次辛酉二月榖旦”。

1987 年，黄永玉从怀化一位博物馆朋友那里得到了这块碑文的拓片。一看，字体俊秀而轻灵洒脱之极。赶忙同好友黄苗子分享，黄苗子看了说，这真是不可思议，要说天才，这就是天才，这才叫书法！书写时沈从文才 19 岁。其后，黄永玉送给沈从文看，沈从文注视了好一会，静静地哭了。黄永玉妻子张梅溪说：“表叔，不要哭。你十九岁就写得那么好，多了不得！你好神气！永玉六十多岁也写不出。”

1922 年，沈从文辗转从常德赴保靖，投奔陈渠珍部队。开始没有入队，每天无所事事，便经常帮那些书记们抄抄写写。因为字写得漂亮，有一次被一个姓熊的高级参谋见到，问清了情况，便安排他做了四块钱一月的司书。“每天必到参谋处写字，事做完时就回到表弟处吃饭睡觉。”不久，因工作能力强，字写得好，他被调到参谋处，月薪也加到六元。“我的几个字使我得到较优越的地位，因此我更努力写字。”

沈从文因写字而“发迹”，就更加发狠练字。“我得临帖，我那时也就觉得世界上最使人敬仰的是王羲之。”“我于是当着众人业已熄灯上床时，还常常在一盏煤油灯下，很细心的用《曹娥碑》字体誊录一角公文或一份报告。”他将每个月的薪水积攒起来，用于买字帖，这些字帖是 6 块钱的《云麾碑》、5 块钱的褚遂良的《圣教序》、2 块钱的《兰亭序》和 5 块钱的《虞世南夫子庙堂碑》。五个月内就买了 17 块钱的字帖。因为沉溺于临帖，写字大有长进，常常得到同事和上司夸奖。“各地方皆贴着白纸的条子，用浓墨写明所属某部，用虞世南体端端正正写明，那纸条便出自我的手笔。差弁房中墙上挂满了多种大枪小枪，我房间里却贴满了自写的字。每个视线所及的角隅，我还贴了些小小字条，上面这样写着：‘胜过钟王，压倒曾李。’因为那时节我知道写字出名的死了的有钟王两人，活着的却有曾农髯和李梅庵。我以为只要赶过他们，一定就可独霸一世了。”

2003年11月，沈从文先生的次子沈虎雏偕夫人一行四人，为编纂《沈从文全集》，核实“沈从文年鉴”，不畏严寒，从北京千里迢迢专程来到湖南保靖县档案馆，查阅20世纪20年代初期父亲沈从文在保靖的有关史料。他们看到当年那一卷卷用毛边纸墨笔抄写的和胶墨石印的文件、报刊时，反复对照字迹，认定了部分手抄件和石印件就是当年父亲在统领部任书记员时的手迹。

（三）从事文学创作和教学阶段

1923年，沈从文离开保靖，来到北京，“便开始进到一个使我永远无法毕业的学校，来学那永远学不尽的人生了”。

他开始准备在北京上学，后来从事文学创作。那时候写文字都用毛笔，可以说他每天都在写字。当时他住在京城湘西人办的“酉西会馆”中，生活十分清苦，写出的稿件寄出去，基本上泥牛入海。直到郁达夫接到他的信件后，前来看他，才开始改变他的人生。

著名作家汪曾祺在《沈从文先生在西南联大》一文中，对老师沈从文的书法作了描述：“沈先生的娱乐，除了看看电影，就是写字。他写章草，笔稍偃侧，起笔不用隶法，收笔稍尖，自成一格。他喜欢写窄长的直幅，纸长四尺，阔只三寸。他写字不择纸笔，常用糊窗的高丽纸。他说：‘我的字值三分钱！’从前要求他写字的，他几乎有求必应。”

抗战胜利以后，沈先生从云南回到北平。其时，他在当教授之余，利用一点时间为一家报纸编辑副刊。有一个诗歌作者叫柯原的，因家庭困难，不得已给经常发表自己诗作的编辑沈从文先生写了一封信，请求他的帮助。沈从文知道情况后，也因为自己当时手头不宽裕，就在1947年9月20日的天津《益世报》文学周刊上登了一则启事：“有个未谋面的青年作家，家中因丧事情形困难，我想做个‘乞醯’之举，凡乐意从友谊上给这个有希望青年作家解除一点困难，又有余力做这件事的，我可以为这个作家卖20幅条幅字，作为对于这种善意的答谢。这种字暂定为10万元一张。我的办法是凡要我字的，可以来信告我，我寄字时再告他如何直接寄款给那个穷作家”，同时，他还想推而广之，“你们若觉得这个办法还合理，有人赞助，此后我还想为几个死去了的作家家属卖半年字”。不知道沈从文的这则启事有没有人呼应，这一“卖字”的举动至少包含两方面意义：一是沈从文对自己的字开始看好，有几分自信；二是破例为朋友“义卖”，反映出他对朋友的困难真诚相助的高尚情怀。

1949 年后，柯原做了广州军区的专业作者。因种种原因，1980 年，他才知道沈从文的下落，于是专门到北京找到沈先生，说当年如何如何帮了大忙。可是沈从文自己却早忘了此事。

在 20 世纪三四十年代的一批文人作家中，沈从文大概可以称得上是半个书法家了。他擅长楷书、章草及行草，精于书画及文博鉴赏，还专门撰有评论古今书法的文章，对宋四家、近代文人名家的书法都发表了颇为独到的见解。不过和许多名家相比，沈从文常自称从没进过什么洋学堂的“乡下人”。

（四）从事文物研究阶段

新中国成立后，沈从文放弃了文学创作，离开了北京大学，转入中国历史博物馆。他被分配到陈列组，主要工作是在库房清点登记馆藏文物，参加布置陈列室，编写文物说明，抄写陈列卡片等。这些，都离不开写字。后来，他又做一些研究工作。

“文革”期间，沈先生手上有五六十个专题研究，每天工作 10 小时以上，唯一的休息就是每天晚上写写字，作为消遣。1978 年的夏天，作家荒芜写过几首小诗送给沈从文。其中一首写道：“对客挥毫小小斋，风流章草出新裁。可怜一管七分笔，写出兰亭醉本来。”诗中所说的“小小斋”，指的是沈先生当时住的一间小屋。他自己称其为“小小窄而霉斋”。沈从文在此安身立命，不问收获、只管耕耘地研究中国服饰、团扇、铜镜等等。沈先生写字，用的是七分钱一支的毛笔。字里行间，往往加上许多批注，结尾又常有评论书法的长跋。习字完后，不论条幅长短优劣，随手扔进废物篓子。荒芜先生回忆说："每次到他那里去，临走时，总从篓子里捡出十幅八幅，捆扎以归，后来都被朋友们当作宝贝抢走。"

1969年底，沈老被下放到湖北咸宁农村，生活条件相当艰苦，身体也不好，在这种情况下，仍坚持写字。"乡居独处，因常用八分钱毛笔，就一破碟蘸墨作书"；"一九七〇年十二月于双溪丘陵高处，在零下数度中，用小学生习字笔，就小瓶口蘸墨水作成。房中时已微冰"。（《文字书法发展》跋）

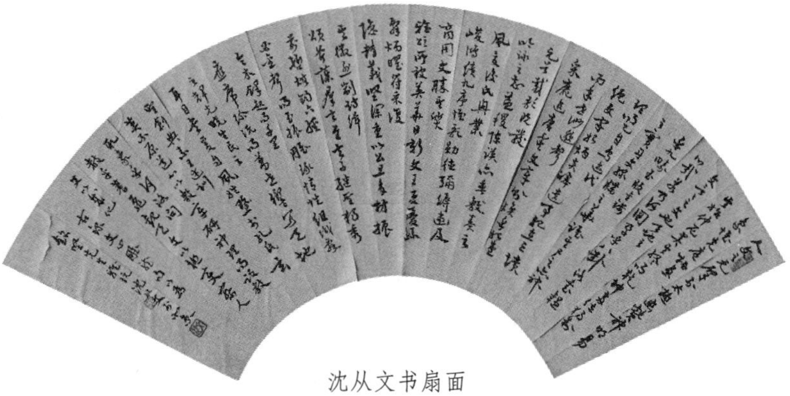

沈从文书扇面

到了晚年，沈从文先生的字越来越被文艺界朋友看好，请他题名、向他索字的也越来越多。对于题写大名，他总是很谦虚，能推辞就推辞。对于要出书请他题写书名的，他常常要写好几幅寄给人家，让人家去选。而对朋友们的索字，他总是有求必应。

20世纪70年代，他的母校凤凰文昌阁小学请他题写校名。他思索一会，说："我的老师田名瑜先生还健在，他的字写得比我好，应该请他写。"便推辞了。田名瑜是沈从文的老师，也是文昌阁小学走出去的诗人、学者和书法家，早年加入南社，新中国成立后任国务院文史研究馆馆员。是"湘西老一辈人的道德学问精神代表"（黄永玉语）。

1982年5月，沈老在黄永玉等陪同下，回了一趟故乡，这也是沈老最后一次回乡。这年 12 月，沈老的文集由花城出版社和香港三联书店联合出版，共得版税 9700 多元，他在此基础上再加平时积蓄，补足一万元整数捐给母校文昌阁小学，并给校长写了一封信。后来学校用这笔钱盖了一座藏书楼，准备命名为“从文藏书楼”，请他题字。他知道后，赶紧回信说：“绝不能以我的名字命名，这与我希望的完全不同，就叫‘藏书楼’吧！”他只题写了“藏书楼”三字寄回去。

这次回乡之后，沈从文偕夫人张兆和一起去张家界，第一天看了山下的金鞭溪。第二天要上山去，他因腿脚不太灵便，夫人和陪同的人去了，他留在宾馆里，张家界管理处的同志拿来纸和笔要请他题字，他答应了。说到要派人陪他时，他说，我写字有个习惯，要一个人写，不愿意别人在旁边看。管理处的同志想，你一个 80 岁的人了，我们让你一人在宾馆，怎么放心。所以说了句，怕你一个人不方便。沈先生很敏感，说，至于身体，我最近才检查的，没什么大毛病，你们放心吧。

玩了大半天，夫人和陪同的人回到宾馆时，看到沈先生写了“张家界”“金鞭岩”等好多幅字。这时，他已是一身疲倦，见了夫人便说，今天是真正写累了。

看到一沓题字，管理处的同志都有些不好意思了，说，真累了您老人家了。

1983 年，沈从文得了脑血栓病，左半身瘫痪了。有一天，凤凰籍同乡、原中宣部副部长刘祖春前去看望。恰好那天家乡凤凰来了三个人，请沈老为家乡新开的一个旅游点——“齐梁洞”写三个字。沈从文已经不能拿毛笔写字了，夫人张兆和叫刘祖春代笔。刘祖春自谦地推辞，张兆和一定叫他写，沈从文也点头，刘祖春只好从命。家乡来人把这个溶洞叫作“奇梁洞”。沈老说，“不是的，是齐梁洞”。于是刘祖春在沈从文书桌上写了“齐梁洞”三个字，上款是“沈从文先生嘱书”，下款落上刘祖春的名字。字写好了，张兆和一面拿给沈从文看，一面笑着助兴说：“你看，祖春写的是一笔‘伟人字’。”沈从文像孩子般地开怀大笑起来。

沈从文先生写字，从来不讲究笔和墨。1981 年，他在给作家彭荆风的信中说道，我用的笔是只值一毛三分的中小学习字笔，纸也只用一毛五分的糊窗高丽纸……墨是沉淀后加水的墨汁，所以无光彩，应叫死墨，用书行家看来就知道是外行。他也常常不满意自己写的字。1982 年 2 月 9 日，在给赵瑞蕻夫妇一信中说道，俗话说丈母娘看女婿，越看越有趣。对于写字，我恰恰相反，写来写去，总觉得不满意，也可以说是一种悲剧性的徒劳，等于自讨苦吃，永远得不到写字人应有的快乐。因此给人交字时，他总要交待，不要裱，找块大一点的木板贴在上面也行。

这是沈老一贯谦虚为人的表现。

二、沈从文的“写字”观

沈从文先生不仅“写字”，也曾写过谈写字方面的文章，充分表达他的书法观。

沈先生完整地谈论书法的文章共有五篇，1937 年 4 月 4 日发表在天津《大公报·文艺》第 319 期的《谈写字（一）》，1948 年 7 月 1 日发表在《论语》半月刊第 156 期的《谈写字（二）》，还有一篇写于 20 世纪 70 年代的《叙章草进展》，此文沈先生生前未发表过，后来在家人编辑他的全集时被收录了进去。这三篇文章都收集到《沈从文全集》第 31 卷中。

另有《文字书法发展——社会影响和工艺、艺术相互关系试探》和《叙书法进展》，现都收集在《沈从文文集》第 15 卷中。

《谈写字（二）》是对宋和近代书家的分析评价，《叙章草进展》是对章草由来和发展的看法；《文字书法发展——社会影响和工艺、艺术相互关系试探》是一首白话叙事长诗，作于 1970 年 10 月，当时作者被下放到湖北咸宁的“双溪丘陵高处”。据作者《后记》中说，为他日后考历史博物馆“说明员”准备，试写文化史诗十多首。“因此启发，复试就‘文房四宝’各自历史和文字发展历史，及彼此相互关系，概括成五言诗一首”。全诗近800句，对中国文字的产生和发展以及书法的发展作了总结概述，言简意赅，通俗易懂。作者在“无一本书可得情形下，凡事全凭回忆……仍能凑合完篇，值得纪念”。《叙书法进展》为《文字书法发展》局部修改稿之一，内容不多，与原文大同小异。

所以纵观沈先生的五篇文章，真正谈论书法，可以代表其书法观的是《谈写字（一）》，全文可以概括为：

其一，“写字”是一门艺术

在《谈写字（一）》里，沈先生说应把写字看成一门艺术。他认为，社会组织复杂时，所有事业就得分工。任何一种工作，必须要锲而不舍地从事多年，才能够有点成就。当行与玩票，造诣分别显然。在这个问题上，有天才，但极少。一般人对于某种专门艺术事业，无具体了解，难说创造；无较深认识，绝不能产生奇迹。

在论述写字是一门艺术时，他从历史的角度进行了分析：“就现存最古的甲骨文字看来，可知道当时文字制作者，在点线明朗悦目便于记忆外，已经注重到它个别与群体的装饰美或图案美。到铜器文字，这种努力尤其显然（商器文字如画，周器文字极重组织）。此后大小篆的雄秀，秦权量文字的整肃，汉碑碣的繁复变化，从而节省为章草，整齐成今隶，它那变革原因，虽重在讲求便利，切合实用，然而也就始终有一种造形美的意识存在。因为这种超实用的意识，浸润流注，方促进其发展。”

字的艺术价值历史上有承认的时候。蔡邕写石经时，来参观和摹写的人、车塞满了街道。王羲之更是奠定了行草的艺术价值。但是后来因为写字的人重模仿，加上它的实用性，所以它的艺术性不及图画、音乐、雕刻那样地位固定了。

其二，对“写字”艺术的估价

“艺术的价值自然很多，但据我个人看来，称引一种美丽的字体为艺术，大致是不会十分错误的。”

沈先生认为主要影响写字艺术地位的不在字的本身，而在于大多

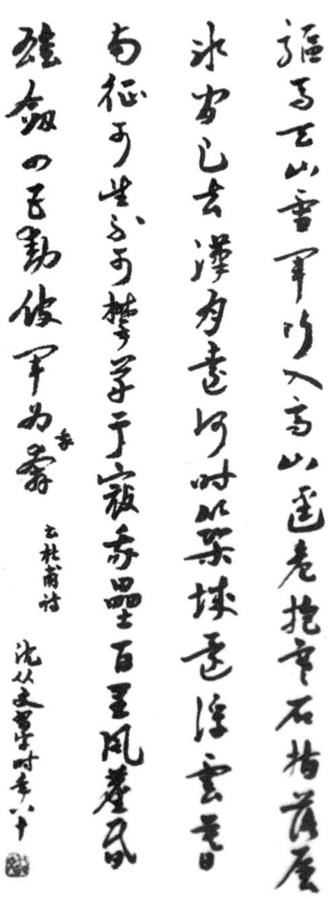

沈从文书杜甫诗

数人对于字的估价方法有问题。一种人认为写字无创造性，又没有道德和情感的教化力量。他说这种人轻视写字，但是家里还是要挂一些对联和字体美丽的拓片装饰墙壁的。这种人好办，因为他们是要求字要有自己的艺术效果。糟的倒是另一种人，重视写字却又欣赏能力低下，把字看成是一种权力的符号。所以让名公巨卿的字泛滥成灾。好好的一堵石壁，一面墙壁，什么名人都往上刻，游人的眼睛就只好被迫受虐待了。

要解决这些问题，强调分工是一个好办法。艺术是有分工的，但“中国多数人大都忽略了这种事实，都以为一事精便百事精。尤其是艺术，社会上许多人到某一时都欢喜附庸风雅，从事艺术。唯其倾心艺术，影响所及，恰好作成艺术进步的障碍，这个人若在社会又有地位，有势力，且会招致艺术的堕落。最显著的一例就是写字”。

接着，沈先生列举一些事例，指出社会上一些写字的流弊，进行了批评。

其三，怎样“写字”

对于怎样写字，沈先生提出解决办法：“一是把写字重新加以提倡，使它成为一种特殊的艺术，玩票的无由插手；二是索性把它看成一种卑贱的行业，让各种字体同工匠书记发生密切关系，以至于玩票的不屑于从事此道。如此一来，从装饰言，将来必可以看到许多点线悦目的字；从应用言，也可望多数人都写出一种便利流动的字”，“必明白字的艺术，应有的限度，折衷古人，综合其长处，方能给人一点新的惊讶，新的启示。欲独辟蹊径，必理解它在点线疏密分布间，如何一来方可以得到一种感官上的愉快，一种从视觉上给人雕塑、图画兼音乐的效果”。

这篇文章不仅反映了沈先生书法艺术的基本观点，值得深思的是，他在七八十年前写的文章，反映书法界一些不良现象和流弊，今天看来，有过之而无不及，真可谓切中时弊，一语破的。这也可见沈先生对书法艺术的把握及其对社会的透彻了解，不能不佩服沈先生是一个敏锐的观察家和造诣精深的作家、书法家。

三、沈从文的书法艺术

其一，稳健沉静的乡土气

常言道，文如其人。其实，字也如其人。沈从文出生于湘西大山中的凤凰，那是一个十分美丽的山城。虽然青年时走出了湘西，到了北京、上海、青岛等地，见了许多世面，但其内心深处，常认为自己是一个“乡下人”，浑身散发着乡土气息。他的文章被称为“乡土文学”，他的字也一样，有一种稳健沉静的乡土气，散发出一种原始古朴的自然美。

沈从文先生早期的书法，除 20 世纪 80 年代在怀化芷江发现的“芷江县警备队队长段君治贤墓志铭”之外，更多的存于湘西保靖县档案馆中，那是他在保靖给“湘西王”陈渠珍当秘书时书写或抄录的一些文稿。从这些书法作品中，可以看出，他早年的书法，多以正楷和章草为主，其字体稳健，结构自然，章法朴实，表现出一种古朴的自然美。当时沈从文年纪尚小，世界观没有形成，写字也没有形成一定的风格，一切遵循着自然的法度，因而呈现的是一种本色的乡土气息。

其二，清新淡雅的书卷气

沈从文书写的字体主要是章草。所谓章草，是书法的传统书体之一，是早期的草书。它始于秦汉年间，由草写的隶书演变而成的标准草书。它承袭了秦时的隶书，但加强了由圆转而方折的变化。史籍记载，由于东汉的汉章帝爱好这个书体，加以提倡，章草就普遍流行。到了东汉末年，书法家张芝变章草为今草，字的体势一笔而成，艺术性也提高了。在中国，自“五四”以来，承接章草艺术传统的书家已经不多，沈从文先生堪称有成就的章草书法家。他在《文字书法发展》一文中，对章草是这样描述和评论的：“章草多古意，笔法缭绕新。飘撇取纵逸，姿态活泼增。乍看近潦草，结构实谨严。”

我们欣赏沈从文的书法，尤其是他的章草和小楷，可以明显感觉到，其线条沉稳含蓄，其风格俊雅温厚，可谓一横一撇，法度自在笔墨之间。其作品看上去清新淡雅，有一股浓烈的书卷气。

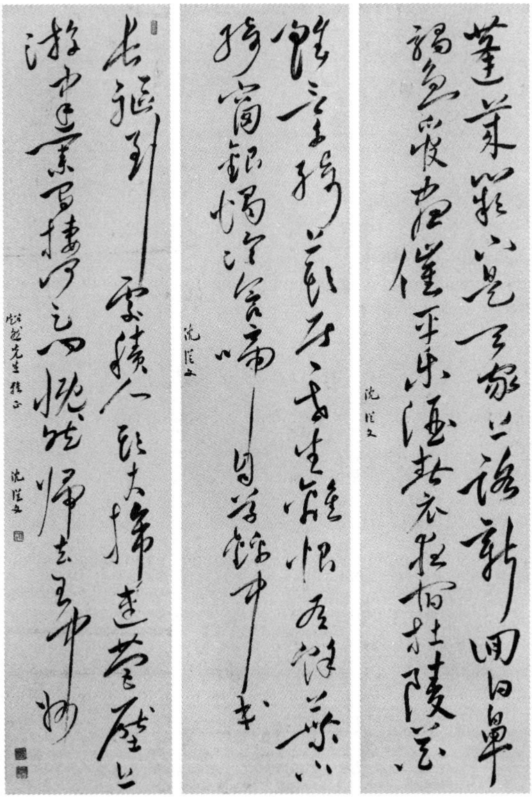

沈从文书法

沈先生从湘西来到京城以后，一直从事写作，都是用毛笔书写。他的写作，用现在的话讲，就是讲述湘西故事。浩如烟海的湘西故事，独特的自然风光，醉人的风土人情，在他的笔下娓娓道来，不绝如缕。反映到他的书法上，也和他的故事一样，笔法俊秀雅致，格调清新淡雅，有一种书卷气息。这种书卷气的形成，既是写作过程中的自然流露，也是作者的刻意追求。

其三，灵动隽逸的豪放气

随着年岁的增大，沈从文的书法风格日益成熟，他的很多书法作品，呈现出一种灵动隽逸的豪放气。

从青少年时代开始，沈先生就对汉碑隶书勤摹过，数十年来的书写过程，慢慢形成了他“星流电转，纤逾植发”，瘦硬变化，错落有致的风格。

作为一个作家，一个历史文物专家，沈先生学识渊博，记忆力超强，可以说是学富五车，满腹经纶。写作书法时，同他当年写作文学作品一样，犹如胸中有百万雄兵，奔腾不息，凝成笔端，跃然纸上。书写起来，龙飞凤舞，汪洋恣肆，显得很豪放。虽然他自己觉得“有意使笔放纵，仍处处见拘持。可见性格之迂腐，实近乎不可救药，终难摆脱‘习书生’庸俗书体”，但这是自谦之词。他晚年作品中的豪迈、奔放是有目共睹的。

关于沈从文先生的书法，著名书法家、美术史论家黄苗子先生曾有一段精妙而中肯的评价：

> （20世纪）七八十年代，沈从文先生经常写古诗十九首以赠亲友，其书法功力至深，予曾获观其早年在行伍时所书某军校碑，豪健潇洒，近李北海。晚年参以章草，自成一家，而益纵肆；其书顺笔所之，有时且加以涂抹勾改，如颜真卿祭侄稿，一扫常规而纯任天然，为历代书法所未见。

总之，沈从文先生不仅是一个文学家、历史文物专家，也是一个书法家。若从书法专业上苛求，他的书法则略有拘谨之态，草书尤甚，秀气有余而笔力不足。或许，这和沈从文的个性气质有关。他虽然算是行伍出身，笔下文字也写得多姿多彩，但他的外表属白面书生一个，斯文有余，阳刚不足。这也是他常自称“乡下人”，性格内敛拘谨的原因。

沈从文对书法的钟爱可以说是其旧学底蕴和艺术性情的真实流露，更体现了他的才华。对他的书法，我们不必以一个职业书家的标准一点一画地去品读，通过他的书法作品我们可以看到一个文化人的学养、性情，真实的生存状态和审美的品格，更可以寻绎那个时代文人之间的交往和一种真实的文化形态，这或许正是文人书法的一种魅力所在。

（此文刊发于《艺术中国》2016 年 11 期）

沈从文甘当小学生

曾经看到一幅照片，80 岁的沈从文老先生戴着红领巾，端坐在凤凰文昌阁小学的教室里，和那些孩子们在一起，神态安然自若，俨然是一个真正的小学生。

1982 年，在凤凰文昌阁小学教室，沈从文与孩子们一起听课

这是 1982 年 5 月，沈老最后一次回到故乡凤凰，也是最后一次回到母校时拍摄的照片。文学大师回乡，没有鸣锣开道，没有前呼后拥。沈老只是作为一个学生，在黄永玉夫妇、黄苗子夫妇等陪伴下，很低调地来到母校，走走看看。这也是他每次回乡必去的地方。母校对他来说，真是太重要了。

沈老一行走进校园，一眼看到那株高大挺拔的楠木树，老人家就激动起来。他对同行的人说，一看到这株楠木树，就勾起他对幼年的回忆。接着，便讲述当年读书时因贪玩而逃学看戏的事，以及被老师罚跪，从而立志发愤的故事。

在校园休息时，母校的老师不拘形式地拥在沈老周围，请他讲述成名的事迹。沈老谦虚而又激动地说："首先，我申明，我不是什么名牌大学毕业、留过洋的什么'作家'。作家是大家喊出来的、抬出来的，实际上我是当之有愧的。但有一点可以讲，我是这个学校出身的。今天我是以漂泊多年的游子身份来探望母亲的。"

当一位少先队员替他系上红领巾，并祝愿"沈爷爷好！"时，沈老心情激动地说："看到你们的成长，我非常高兴。我过去也在这里读书，和你们是先后同学，可以说是你们的老同学。你们一定要听老师的话，好好读书，把自己培养成有用的人才。"简洁而朴实的话语，激起师生雷鸣般的掌声。

接下来，学校领导请沈老拍摄合影留念，沈老却要求坐在教室里，和孩子们拍一幅上课的照片。于是就有了这一幅难得的留影。

沈老返回北京后，对母校仍然魂牵梦绕，总想为母校出点力，做点事。这年 12 月，《沈从文文集》由花城出版社和香港三联书店联合出版，共得版税 9700 多元。沈老在此基础上再加平时积蓄，补足一万元整数，寄给母校。他还给校长写了一封信，信中说："希望将此款全部用于扩建一所教室及一宿舍，略尽我一点心意。我离开家乡多年，对于家乡实在毫无什么贡献，生平又不积钱，寄来的为数有限，事情极小不足道，希望不要在任何报刊上宣传，反而增加我的不安和其他麻烦，十分感谢！如能够因此使得各位老师和小同学稍稍减少一点上课时过度拥挤及居住方面困难，我就觉得极高兴了。"沈老生平淡泊，经济上并不宽裕，一万元在当时算是一笔巨款。

鉴于当时修建校舍的事政府已作出规划安排，后来学校用这笔钱盖

文昌阁小学

了一座藏书楼，准备命名为“从文藏书楼”，写信请他题字。他知道后，赶紧回信说：“绝不能以我的名字命名，这与我希望的完全不同，就叫‘藏书楼’吧！”他只题写了“藏书楼”三字寄回去，这幅字现在还悬挂在文昌阁小学的藏书楼上。

沈老是一个谦谦君子，尽管身兼作家、文物考古专家等头衔，但他看淡名利，谦虚为人，谨慎从事，从不以作家、专家自居，而甘当小学生，这是沈老一贯的做法。

1980 年 11 月，他在美国圣若望大学的讲演中，开篇就说：“我是一个没有读过书的人，今天到贵校来谈谈，不是什么讲演，只是报告个人在近五十年来，尤其是从二十到三十年代，由于工作、学习的关系，多少有一点认识……”

1982 年 5 月 27 日，他在吉首大学演讲中说：“我实际上算不上什么作家，说我是考古专家，也不是的。可以说，六十多年前，我是打烂仗出去的……”

有些人好为师表，名片头衔一大堆，还嫌不够，处处要显得高人一等。但因为不学无术，头重脚轻根底浅，没能赢得人们的尊重。

有些人从不以老师自居，处处甘当小学生，却因虚心好学，学富五车，成为一个领域的专家。“桃李不言，下自成蹊”，反而得到人们的敬仰。

记得毛泽东曾经说过，要做人民的先生，先做人民的学生。沈从文先生，堪称大家，八十高龄还乐于当小学生的精神，实在让人敬佩。

刘祖春与沈从文兄妹的情谊

凤凰少年刘祖春

刘祖春，湖南凤凰人，沈从文的小同乡。在沈家兄弟的帮助下，青年时代赴北京求学，并与沈从文的九妹沈岳萌相恋。后来参加革命，奔赴延安。新中国成立后任中宣部常务副部长兼秘书长，是党内有名的江南四大才子之一。

1914年，刘祖春出身于湖南凤凰县沱江镇一个普通家庭，原名祖椿、石。6岁发蒙，写“上大人”，读《三字经》。因家中贫困，8岁就失学了。以后断断续续读了些书，但好学不倦，勤奋刻苦。因写得一手好字，12岁便开始当文书，为家里挣钱。后来，为一家有权势的少爷当书童，陪读于沅陵朝阳中学。

1928年，14岁的刘祖春深感当书童没有出路，便投考贵州军阀袁祖铭在沅陵办的一所军政学校。因为年龄太小，没有考上。为了吃上饭，于是到袁祖铭的新兵招收站报了名。第二天，便随新兵队伍上了船，下行到了常德。就在那年旧历除夕，袁祖铭去唐生智部下旅长周澜处赴宴被杀，双方混战通宵，袁军群龙无首，惨败。大年初一，刘祖春挤在一群败兵中逃亡出来，在常德麻阳街一个老船夫家中躲了三天。大年初四，手里拿着一块银元，离开常德，行走六七百里路，沿途讨饭回到凤凰家中。惊吓加劳累风寒，害了一场大病，人消瘦了不说，右脚也溃烂了，一位苗族老大夫为他医治脚伤。他在家休养了两个多月，脚伤差不多好了，闲坐在家里，帮助做点家务活，看看《水浒》。对于今后的前途出路，一片迷惘，十分忧虑。

初识“贵人”沈岳霖

1929年春天的二三月间，正当刘祖春四顾彷徨、心情忧郁时，沈从文的大哥沈岳霖突然闯进刘祖春的家中，从此改变了刘祖春的命运。

沈从文的大哥沈岳霖，又名沈云麓，生于1897年，比沈从文大五岁。沈从文小说《芸庐纪事》中写的那位“大先生”就是他。沈岳麓是凤凰全城闻名的怪人，因戴着眼镜，年轻时走南闯北见过世面，也被凤凰人称为“洋人”。

沈从文大哥沈云麓——沈龙朱绘

刘祖春晚年在回忆中，详细记录了这段交往。

听见大门推开的响声，有人用一口嘶哑而含糊不清的声音在门外边大声嚷：“这是刘祖春家吗？我找他。”当时刘祖春正坐在小板凳上收拾一堆小白菜。抬头一看，呆住了。这个外号“洋人”的老大哥跟他家非亲非故，素不相识，为什么找上门呢。刘祖春跛着一条腿，走到他跟前，惶惑地看着这个怪人。

“老弟，你叫刘祖春？……脚有毛病？”刘祖春点头应道：“从常德走回来，脚走坏了。”接着引他进了书房。

沈岳霖站着张望一会，面带笑容地问：“老弟，你猜猜看，我为什么来找你？”刘祖春不知道如何回答。只见沈岳霖从衣服口袋里掏出一个白色大信封，交给刘祖春，快乐得像个孩子。

这是沈从文从上海写给刘祖春的第一封信，用毛笔写的。刘祖春看完信，简直不敢相信自己的眼睛。接着，沈岳霖又把沈从文从上海寄来的一本带点橘红色封面的小说集《入伍后》交给刘祖春。

“我这个少不更事的年轻人那时才十五岁，刚刚走进社会，经历过一些旧社会落后和丑恶现象，感到苦闷的时候，他突然来到我身边，我真幸运，他来得多么及时！他帮助我打开了一个崭新世界，一个我这样年纪做梦也梦想不到的新的精神世界，一个充满光彩充满希望的新世界。一走进这个吸引力蛮强烈的新世界，我的精神便不再苦闷，完全换成另一个样子，感到充实，觉得生活有了一线光明。”

沈从文的《入伍后》写的是他在湘西镇筸队伍中的生活，使用的文字和语言几乎都是凤凰人的口头语。这种新的文风深深地吸引着刘祖春，使他看到一片新天地。不久，刘祖春又从沈岳霖手里接到沈从文从上海寄来的《阿丽思中国游记》。“从文的小说对我正在苦闷找不到出路的幼稚的心真的给了一份勇气。”后来，又收到了沈从文第二封信，一本文艺刊物《红黑》，是他和胡也频主编的。

原来，沈从文到北京以后，有个习惯，凡是手头看过或不打算再翻阅的“五四”时期的和以后新出的书刊，照例寄给沈岳霖。大哥的家中塞满了新书新刊物，完全是个“五四”时期的思想小宝库。刘祖春从这些书刊中读到“五四”时期中国著名的思想家、作家的名字如李大钊、陈独秀、蔡元培、鲁迅、胡適、周作人和一些外国作家文学家的名字，知道中国受外国帝国主义侵略，要民主和科学才能救中国。“我像一个十分饥饿的人吞食着云麓送来的新书刊中包含的丰富的精神食粮，在思想和认识上一下子长大了十岁……我要走新路。”

沅陵是湖南沅水流域的一个大码头，也是湘西的门户，是湘西货物集散地。一个在沅陵做厘金局长的家乡有权势的“五老爷”，在沅陵讨了一个外号叫作活观音的青年女人做小老婆，把家安在沅陵。他看中了刘祖春，要他去做文书，任务有三个：每天为他抄写公文，为他家厨房长沙大师傅每天记伙食账，陪他两个儿子一个侄儿在当地一所基督教会办的朝阳中学上学。其实是当一个陪三个少爷念书的书童。

1931年春，刘祖春决定离开这里，去读书。他搭上下行的麻阳船到了常德，以榜上倒数第一名的成绩考入湖南省立第三中学高师第六班。这个学校的前身是湖南西路师范学堂，是中国第一次大革命时很出名的有革命传统的学校。当时念师范的好处是：不收学杂费，又管饭吃，每年还发一套黑色学生制服。三年寒暑假期，他没有路费回家，便留在学校，狼吞虎咽地看了不少中外文学名作，写了五篇短篇小说和一篇两万多字的中篇小说。

1933年末，刘祖春高师毕业，回到家乡凤凰，满以为可以在本县小学当上一名教员，但恶势力支配一切的家乡迫使他不得不出走，又回到沅陵。他失业了，住在沅陵一位姓吴的同学家里。

一个很偶然的机会，他再一次遇见了云麓大哥。“你看你，愁成这个样子！老弟，要值价点！这样子，哪像个镇筸人。”沈岳霖的六弟沈岳荃这时在沅陵有个漂亮的家，即“芸庐”，他这时在为六弟当管家。六弟是黄埔军校四期毕业生，这时已是一位少校团长了。

又一天，云麓大哥拿着沈从文写给他六弟岳荃的一封信，找到刘祖春，大意是要他六弟邀集几个家乡军官成立个小组织，帮助家乡贫寒子弟，到北京来上学。每月寄一二十块钱给他。信中专门提到了刘祖春的名字。“从文的信使我多年埋在心中难以忍受的羞愧、屈辱和痛苦，一齐涌上了心头，我鼻子感到发酸，我想哭。”站在身旁的云麓大哥似乎很理解他这时的复杂心情，语气非常柔和地说：“好了，老弟，何必这样子，一切包在大哥身上，你放心。”

几天以后，云麓大哥又找到刘祖春，大声嚷嚷：“老弟，真想不到，得余（沈岳荃的号）出的主意真妙，邀了几个熟人打了一场扑克，摆赌的抽去了头钱，还剩四十块。喏，都交把你！天无绝人之路，你看你的运气多好！脚踩西瓜皮，动身走吧！”接着把四十块白晃晃的袁大头交给了刘祖春。

第二天上午，沈岳霖挑选了一艘下行漂亮的麻阳船，跟船老板讲好船钱饭钱，还再三叮嘱船老板要好好照看“我这个小老弟”，然后才颤颤巍巍从跳板上走回到码头上，用他那只瘦小的手拍拍刘祖春的肩头说：“闯你的天下去，天王菩萨会保佑你！”

再识恩人沈从文

1934年4月的一天，刘祖春经过一路颠簸，终于来到北京。在一位乾州同乡的陪同下，找到府右街路西的达子营28号，怯生生地敲开大门。

沈从文刚好在家里，很热情地接待他：“你是祖春？好极了。你从凤凰一个人来到了北京，了不起。我正有空，来，我们到这边坐坐。”他把刘祖春带进东厢房，看了沈岳霖给他的信，然后问家乡的情况，问常德三中学校情况，问为什么在家乡当不上小学教员，问看过什么书，等等。沈从文对家乡的落后和封建邪恶势力的所作所为很愤慨、很难过。他安慰刘祖春：“现在出来了就好了。不要气馁。将来考上个好大学让他们看看。”

这时到了吃晚饭的时间了，沈从文招呼妻子张兆和和妹妹沈岳萌出来，给刘祖春一一介绍，然后对她们二人又补充一句：“他就是我对你们说的祖春，一个人从凤凰来到了北京，了不起吧。”

那一夜沈从文把刘祖春留下，安置在东厢房里间他写东西的书房里休息。

第三天，沈从文来到酉西会馆，要刘祖春搬到沙滩公寓去住。说可以去北京大学旁听自己喜欢的学科，离北京图书馆又很近，看书方便。于是，刘祖春提着小木箱跟沈从文坐上人力车到了沙滩。沈从文亲自为刘祖春选定了他当年住过的银闸胡同一号公寓，安置在北屋一间又小又窄的房间，还替他交了一个月的房租。临走时说，过几天我来看你，以后星期六星期天到我家里去吃晚饭。又特别叮嘱，要到北大去听课，不要忘了。

刘祖春开始了全新的北京生活。他一面在北大听课，跑图书馆，一面把三年高师时写的一篇短篇小说修改好，送给沈从文，很快在《大公报·文艺》上刊出，且拿到稿费。沈从文看出了刘祖春的文学天赋，指引他踏上了文学之路。他的小说《荤烟划子》《佃户》《守哨》等，描写湘西城镇、山野、水上人事哀乐，陆续发表，成为一个颇具特色的乡土作家，从此也开始了卖文以自给的生活。

1935年，刘祖春考入了北京大学历史系。这期间，沈从文抽时间来看过刘祖春几次，有时亲自把开好稿费的银行支票送给他。刘祖春周末有时间也去沈从文家坐坐，他们之间，建立起深厚的兄弟般情谊。

巧遇九妹沈岳萌

沈从文的妹妹沈岳萌是沈家最小的妹妹，因排行第九，故称“九妹”。九妹出生于1912年，比刘祖春大两岁，刘祖春则叫她“九姐”。

九妹自小便跟随母亲和二哥沈从文一起生活，后来母亲去世，便跟随沈从文夫妇生活，接触过许多的文人墨客，是一位小清新的知识女性。

多年以后，刘祖春还清晰地记得初次见到九姐的情景。

“从文的妹妹岳萌从西屋晚出来一步，掀开门帘，站在那里微笑，看着我这个刚从家乡才到北京的同乡青年人。

“我早知道从文身边有个妹妹，且在云麓大哥借给我一本叶圣陶主编的《小说月报》一期封面上见过她的照片。大概是刊载丁玲的《在黑暗中》那一期月报的封面吧，丁玲坐着，膝上抱一个婴儿，站在她身后右边稍后一点，就是九姐，穿一身朴素旗袍。这张照片，占满整个封面，照片很大。九姐整个的身材、相貌很显眼，且惹人注意。这是多年前的印象，现在她本人突然与我同坐一张桌上吃饭，且坐在我左手边。她说话很少，样子似乎很高兴。比《小说月报》封面上那个，人长高了，少女那点稚气见不到了，变成了另外一个样子。我低头吃饭，很少看她。”

九妹对刘祖春的到来显然也很有好感。九妹当时已经二十三四岁，平时不太出门，朋友很少，比较孤寂。来了一个小老乡，可以用家乡的语言交流，顿觉十分亲切。况且刘祖春还是一个青年才俊，而九妹又是一个爱读书的人，就更增加几分好感。

刘祖春周末去沈从文家，作陪的总是九妹。她喜欢听刘祖春和沈从文谈话，有时自己也发表意见。沈从文和张兆和把这一切看在心里，他们十分乐意推动二人的关系。在 4 月里一个周末美丽的黄昏，沈从文建议刘祖春随他们一家人去中山公园散步。大家一起在回廊上坐了一会儿，沈从文与张兆和就借故走开了，把九妹和刘祖春单独留下。两个羞涩的年轻人在黑暗中谁也不肯先说话，这时一群游客嘻嘻哈哈走过来，他们急忙跑掉了……

1937 年，刘祖春北京大学尚未毕业，此时他已经接受了马克思主义思想，加上日益严峻的华北局势，他决定参加革命，他与九妹的爱情需要一个了断。

又一个周末，刘祖春在沈从文家吃过饭回家，九妹坚持相送。他们一起沿着横跨北海与中南海那座汉白玉雕栏石桥漫步。刘祖春讲到华北面临日本侵略者的蹂躏，讲到抗日浪潮风起云涌，并透露了自己要去山西参加共产党领导的抗日队伍的念头。九妹也以自己的决心表达了对刘祖春的爱情："我什么都不怕，到哪里去都不怕。"她秀丽洁白的面孔望着晚霞衬托出来的北海白塔的轮廓，显得异常严肃而坚定。但刘祖春明白，革命意味着可能会抛头颅洒热血，自己死不足惜，而不忍心连累一个思想精神并未做好准备的姑娘，理智告诉他："我没有这份权利，也没有这份勇气。"

1937 年 7 月 27 日，他赶到沈家，找"三姐"张兆和借了 20 元钱作为路费，准备离开。九妹见到这情形，显得有点不知所措，她望着刘祖春，脸上有惊慌，有痛苦，有惊疑，有责备。刘祖春能说什么呢？那个战火纷飞的年月，个人的命运被时代的大力推动着。他从张兆和手里接过钱，匆匆离去，自此便成永别。九妹送给刘祖春的一张相片也丢失了，但从九妹那里借来的《堂吉诃德》英译本还一直保存着，成为永久的纪念。

九妹因为长期跟随沈从文一家生活，接触的多是高层次的文化人士，诗人作家，无形中受到一些影响，是那种心性比较高傲的女性。她一生婚恋不顺，主要是眼光太高。沈从文和张兆和曾为她介绍过在燕京大学心理系任教的夏云（夏斧心），但九妹“心太高”，二人的关系没有能够维持下去。

很难说九妹不喜欢刘祖春，他们不仅是同乡，也差不多同龄，彼此也谈得来。但战火纷飞，这段恋情注定没有结果。1937 年，随着刘祖春奔赴山西，这段朦胧的爱恋也结束了。

刘祖春的成长

刘祖春是一个思想进步的热血青年，1935 年考入北京大学后，就加入中华民族解放先锋队，参加“一二·九”运动，经常开展下乡宣传、西山野营等活动。

1937 年 7 月，日本侵略军占领北京，他奔赴山西参加抗日游击队，任山西太原抗日救国总动员委员会政治指导员。1938 年 5 月，赴延安入抗日军政大学学习。抗大毕业后，为华北新华日报社特派记者，华北新华日报社太南分社副社长，卫河日报社长兼总编辑，冀鲁豫日报社副社长、社长，华北新华日报社编辑部部长。这期间，他发现了作家孙犁，并为其编发小说《荷花淀》，后来孙犁成为著名作家、“荷花淀派”的代表人物。

1943 年，刘祖春调回延安，任解放日报社国际部副主任、副刊部主任。解放战争时期，任西北野战军新华分社社长，新华总社陕甘宁边区分社编辑科科长。1946 年 3 月，随中共代表团赴重庆，在中央代表团任博古（秦邦宪）的政治秘书。

1946 年 6 月，刘祖春回延安任新华总社办公室主任，中共中央前委新闻编辑。1948 年秋，任中共中央中原局宣传部宣传科科长。武汉解放后，任中共中央中南局宣传部秘书长，常务副部长。1954 年调北京。大区撤销后任中共中央第三办公室重工业组组长，中共中央工业交通工作部秘书长，中共中央华北局委员、副秘书长兼政策研究室主任，工业部部长。1966年6月，任中共中央宣传部副部长兼秘书长。“文革”中受到错误批判。1975年9月，任华北协作区负责人。1977年6月，任中共北京市委常委兼科教部部长。1982年11月至1986年8月，任中共北京市顾问委员会常委、中国工业经济协会顾问。1996年12月离职休养。2001年8月8日逝世，享年87岁。

刘祖春长期从事党的宣传工作，著作颇丰，1952年编写的《中国共产党简史》由中南人民出版社出版。另还著有《开展文艺通讯员运动》《生根开花》，小说《淡血》等著作。所编辑的《新文学史料》也于1991年3月出版。

刘祖春成为高级干部后，并没有忘记沈从文兄弟的情谊，经常同他们保持联系。据说新中国成立后沈岳霖的湖南省文史委员会委员的职务就是刘祖春推荐而得来的。这虽然是一个闲职，但每月有100多元的收入，足够他养活老两口子的。

刘祖春进京后，常到沈从文家中去坐一坐，聊一聊。有时还携夫人一起去沈家拜访，每年总有两三次。新中国成立后沈从文的境遇不好，刘祖春经常去安慰他。“我们的友谊应当说是不浅的，然而他从未提出任何一个或大或小问题要我帮助他解决。他是那么怡然自得。”

沈从文后来在住房和医疗上享受正部级待遇，据说也有刘祖春的一份功劳。“可惜的是这套房间来到从文手里太晚了，太晚了。他的手已经不能拿笔写字了，不能做任何一件工作了。”

1988年5月，沈从文逝世。参加完沈从文的遗体告别仪式，刘祖春便动手写怀念沈从文的文章。因身体不好，加之心情沉重，四易其稿，终未成篇。直到1990年8月，才写完定稿。这便是那篇著名的《忧伤的遐思——怀念沈从文》，文中详细记录了他们的交往经过以及兄弟般的情谊。

凤凰籍院士肖纪美

黄永玉先生在其散文《清沙湾灰阑记》中，提到一个名叫肖纪美的凤凰少年，成绩特别的好，是“那时候凤凰出了两个品学兼优的青年”之一。这就是后来有名的“钢铁博士”、中科院院士肖纪美先生。

肖纪美又名肖继美、肖集美。1920年12月出生于凤凰县得胜营（今吉信镇）。得胜营位于吉首乾州与凤凰县城之间，为一方军事重镇，文化教育相当发达。肖纪美出身于书香门第，祖父肖选卿曾任凤凰县长。其家教很严，肖纪美自幼接受良好的家庭教育。他聪明过人，禀赋极高，就读文昌阁小学时，学习成绩总是名列前茅。“小时候看糖担子的人掷骰子，他爷爷叫一声‘纪美！’，肖纪美面红耳赤地往回就跑，从此就不再出去跟街上小孩子胡闹……”

1933年，他以优异的成绩考入长沙明德中学。抗日战争爆发后，于1938年2月回乡参加抗日宣传活动，与高小同学唐智白（共产党员）合办《大众呼声》刊物，宣传抗日。1938年9月，在吉首以第一名的成绩考入江苏省立银行专科学校（后改为国立商学院），学习会计。1939年2月，转入国立八中高中部读完高中。

肖纪美自幼喜欢自然科学，想走科学救国之路。1939年9月，以第二名的成绩考入交通大学唐山工学院，在矿冶系学习。1943年7月毕业，获矿冶工程学士学位。1945年3月，经人介绍，任重庆国民政府兵工署二十八厂冶炼技术员，从事硅铁的生产和钨铁的研制。1946年6月，在重庆参加国民政府考试院举办的高等文官考试，以优等第一名的成绩考取为建设人员。1947 年 3 月，分配到南京国民政府经济部中央标准局任技士，从事外文翻译及工业标准引进工作。当时，他深感中国冶金技术落后，决心出国学习西方先进技术。参加留学考试合格后，于 1948 年 2 月赴美国留学。1949 年 1 月，获美国密苏里大学矿冶学院冶金学硕士学位。1950 年 8 月，获冶金学博士学位。此后，在美国林登堡钢铁热处理公司、爱柯产品公司和美国坩埚钢公司从事研究工作，在金属学和冶金学方面积累了工业应用研究的经验。在此期间，对铬锰氮系不锈钢进行了相图、相变和力学性能方面的系统研究，发现了一些规律，并获得了一项专利。

中华人民共和国成立后，1951 年，肖纪美在美国接到天津北洋大学的聘书，订购了船票，准备回国参加祖国建设。但由于美国政府的阻挠，无法成行，又留美 6 年。在此期间，中国政府通过外交途径，为在美国的留学生回国参加建设创造了条件。1957 年，肖纪美毅然决定回国。美国政府先以扣留肖纪美年仅 3 岁和 1 岁的两个孩子为要挟，阻挠其回国。通过交涉，肖纪美才得以登船。登船后，美国政府又借检查为名，扣留他的全部存款（此存款直到 1972 年中美建交后才解冻），胁迫肖纪美改变决定。尽管遇到种种波折，肖纪美全家终于在 1957 年 7 月 30 日回到了阔别近 10 年的祖国。回国后，肖纪美任北京钢铁学院（现北京科技大学）教授、金属物理教研室主任，后任材料失效研究所所长。

1981—1985 年，肖纪美是国家科委基础研究两个重点项目“金属腐蚀机理研究”及“金属材料微观结构和力学性能研究”的主持人。1986—1990 年，是国家自然科学基金重大项目“金属材料断裂规律及机理若干问题研究”的负责人。从 1979 年到 1988 年，先后在国内外一级学术刊物上发表论文 156 篇，得到了国际科技界同行的好评与重视。由于在这方面的突出贡献，1987 年，他的“材料的应力腐蚀和氢致开裂机理的研究”获国家自然科学二等奖。先后 6 次应邀在国际专业学术会议上作大会特邀报告，并受邀到美国、日本、德国、加拿大、澳大利亚、巴西等国讲学，在国际材料界有较高的学术声誉。同行们认为，以肖纪美为首的研究集体的工作“在世界范围内处于科学进展的领先地位”。

由于他在教育上的突出贡献，1981—1990年，他先后获得北京科技大学优秀教师、北京市教育系统先进工作者、全国冶金教育劳动模范、国务院优秀归侨的称号。

1978年，他被聘为国家科委冶金新材料组和腐蚀科学组成员。1980年，当选为中国科学院院士。自1979年起，历任中国科学技术协会第四届全国委员；中国腐蚀与防护学会第一、第二届副理事长，第三届理事长；中国金属学会理事、荣誉会员，材料学会理事长；中国稀土学会常务理事等职。

1985年4月，他以65岁的高龄加入了中国共产党。

2010年，90高龄的肖纪美老先生回到故乡凤凰，得知黄永玉正在凤凰小住，便相约来到黄老的玉氏山房做客。老朋友相见，自然是十分高兴，黄老趁此喝茶聊天之际，为老朋友画了一幅水墨肖像：一个上学的阳光少年，背着一个大大的书包，既天真童稚，又充满自信，活脱脱一个少年时的肖纪美。肖老看后，十分满意。两个老朋友相视而笑，仿佛回到了天真烂漫的少年时代……

爱国华侨谭德森的故乡情结

1949年5月9日上午，一辆挂着湖南省政府标记的中型客车，由湘西乾城（今吉首市）向沅陵方向开去。车上坐着刚被湖南省政府委任为省政府委员的顾家齐将军一行。

汽车刚到河溪镇的张排寨渡口，只见前面公路上，横放着几根树杆，将车拦住。公路两边的树丛中，突然跃出几十名身穿便服、荷枪实弹的官兵，将汽车团团围住。为首者大声问："谁是顾委员？"顾伸出头去，回答说："我就是！"说时迟，那时快，围住汽车的官兵，一阵乱枪，对着汽车疯狂射击。一时间，张排寨河谷附近，被激烈的枪声笼罩着。

过了一阵，枪声停下来。围车的队伍中，有人高喊："车上人举起手来，缴枪不杀！"接着持枪围上去。过了好一阵，车中慢慢走下几个身上溅满鲜血的人来，一个个面无人色、浑身发抖。接着一个个被搜身、问话。车上下来的人中，有一个叫谭德森的年轻人，在国民党南京政府任职。刺客中有人认识他，便对他说："你赶快走！走得越远越好！今天的事你什么也没看见。不要再回来，否则，当心你的小命！"谭德森战战兢兢地走了，从此在海外飘荡几十年，不敢回凤凰。

在张排寨遇刺事件中，谭德森只是一个搭车人。他1924年出生于凤凰县长宜哨王家寨一个农民家庭，幼时丧父，家境贫寒，但聪明好学。母亲苦撑家门，尽力把他送进凤凰县最有名的文昌阁小学就读。

有道是穷人的孩子早当家，谭德森很懂事，从家里到学校要步行4公里，无论酷暑严寒、风霜雨雪，他从不旷课。就是忍饥挨饿，也要坚持上课。因为学习成绩优秀，深得老师喜爱。

从文昌阁小学毕业后，他考入贵州铜仁一所学校读书，长途跋涉，不以为苦。后来考入国立三中，学习更加刻苦，学业大有进步。英语成绩尤其出众。三中毕业后，来到重庆，考上当时的中央警官学校，毕业后分到政府的外事部门任职。抗日战争胜利后，机关复员，他辗转于南昌南京等地工作，做过家庭教师，当过机关秘书，后在国民党南京政府任职。

这次回到凤凰，一是为了探望母亲，二是奉母亲之命回凤凰完婚。家中给他相了对象，是凤凰城中田家的大家闺秀，名叫田培德，是个知识女性，当时在凤凰的小学堂教书。谭德森回来后，虽说是父母之命、媒妁之言，但两人见面后，互有好感。家里很快为他们完婚。结婚仅三天，谭德森就要回南京。虽然时间很短，但男欢女爱，彼此有了很深的感情。没想到，乐极生悲，这次回家差一点丢了性命。

经过张排寨遇险后，谭德森不敢再回凤凰。因为他知道，湘西人彪悍野性，连省政府委员都敢杀，别说他一个普通公职人员。甚至连书信都不敢写，作为见证人，怕人家追杀他。大陆解放前，国民党政府迁至台湾，他无路可走，也跟着到台湾谋职。因为外语成绩优秀，他后来考取了留美公费，远涉重洋，到美国求学。

因为与故乡不通音讯，他也不知道妻子田培德的情况。离乡近十年，他一直没有结婚。1958 年，才与从福建移居台湾的吴保仁女士相恋并结婚。1968 年，夫妻移居美国，在旧金山开始了艰苦的创业。一开始经营杂货、蔬菜、肉类，打入大型市场，营业较为顺利。1974 年，开始经营咖啡店。因为经营有方，发展成多家连锁咖啡店，生意日渐兴隆。1978 年，转而投资房地产，也做得风生水起。他在美国的创业，赢得较高的声誉。1990 年，被旅美华人推选为北加州湖南同乡会会长，并连任四届。

谭德森是一个孝子，虽然远隔重洋，不通音讯，但他无时无刻不牵挂着母亲，思念着故乡及故乡的亲人。1979年中美建交后，他立即从美国飞回家乡，探望母亲和故土。30年不见，母亲已经73岁，满头白发。母子相见，只有抱头痛哭。然后，他得知前妻田培德尚在，便去探望。新中国成立后，田培德也一直未婚，苦等着夫君的归来。其中听了许多关于谭德森失踪或结婚的消息，她都不相信。有人劝她改嫁，她也不愿意。直到“文化大革命”开始，有人攻击她不改嫁是为了等待国民党的丈夫，并对她进行批斗。没有办法，她才单方面申请与谭德森离婚。以后一个人，以教书为业，艰难生活。此次相见，不胜唏嘘。谭德森表示，要接她和自己母亲一起去美国养老，田培德谢绝了。临走时，谭德森给她送了一块手表，作为留念。田培德至今尚在，已近九十高龄。

接着，谭德森做母亲的思想工作，要把母亲接到美国颐养天年。母亲说，跟你出去见见世面可以，但不能久住，别把我这把老骨头丢在外国了。谭德森表示，就是母亲在美国去世，他也一定会想方设法把母亲的灵柩运回来，葬回故土。母亲这才答应。母亲又提出，自己一辈子劳动惯了，到外面闲不住，要做点事才好。谭德森说，自己在美国的别墅屋前屋后很宽敞，可以种花种菜。母亲说，我也不需要你们养老，我可

村寨

以炸油粑粑，让美国人尝尝我们凤凰的小吃。谭德森又陪她到市场买了一套炸油粑粑的工具，老人这才高兴。然后，谭德森办好各种手续，把母亲接到美国居住。因为母亲思念故土，1990 年夏，他专门陪同母亲坐飞机返回凤凰，为母亲庆祝 84 岁生日。

1993 年 5 月，谭德森的母亲在美国病逝后，他遵照母亲的遗嘱，将母亲的灵柩通过医学处理，包专机从美国空运到上海，又从上海转运到长沙，再从长沙运回凤凰。因为谭德森夫妇信仰佛教，他们斋戒念经三天，才把母亲的灵柩取出，按照地方风俗，重新装进棺材，安葬于父亲的墓旁，并深情写下《祭母文》，情感真挚，感人至深。现录于下：

母亲！儿与媳妇，已遵照您的宿愿，把您的遗体，万里迢迢从美国护送到了故乡家园，并安葬在父亲的墓旁，您该含笑九泉，于愿已足吧。

这里的环境，您最熟悉，四围的山峰，山上的林木、岩石、鲜花、野草，甚至天上的云朵、林间的鸟鸣虫叫，都是您在美国常常怀念的。您曾经在这些山坡上种作，您曾经在树林间采野笋、拾菌子、打猪草……遍山遍野，几乎每一寸土地，都曾经印有您的足迹。

母亲！由于战乱，使我们离别了几近三十年。1979 年，中美建交之后，我立即接您到美国，使得有机会与您晨夕相处，奉茶伺饭，足足 14 年。14 年的岁月，不能算短，但我们母子间，尚有许多说不完的离情。现在母亲竟弃我而去！从今以后我将成为无父无母的孤儿！

母亲！您的丧事，业已办妥竣事，儿与媳妇，又将远渡重洋，赶返美国。回到家里以后，再也听不到母亲的声音，见不到母亲的身影，面对着您卧房里的各种陈设，将会使儿触景生情，悲从中来！尤其是走到后园，就会看到您亲手种植的果树、鲜花和蔬菜……这一切的一切叫我如何不伤心！

别了，慈祥的母亲！儿深信您在九泉之下，一定会像早逝的父亲那样保佑我们一家健康平安、人财两旺。别了，亲爱的母亲！儿自会带着您的孙儿们常来祭拜，为您扫墓。勤劳一生的母亲，您安息吧！

1993年5月于凤凰

做毽子的老母亲

饱含深情、催人泪下的《祭母文》，不只反映出一个儿子对母亲的深情，也再现了一个游子对故土的深情。

谭德森也十分关心家乡的建设，尤其关心母校文昌阁小学的建设。每次回故乡，都要去母校看看，为学校解决一点困难。1988年4月，他看到母校经费困难，捐赠5000美元作为教育基金。1997年，捐1000美元修建“教育与人才碑林”。其后，又捐赠5000元人民币，作为校友会基金。

他在给母校的信中，深情地写道：“文昌阁小学像慈母一样，把我这个乡下牧童抚育成长，使我今生今世，无论天涯海角，情难断，意难忘！”

在一次母校师生为他举行的欢送会上，他现身说法，以自身曲折而传奇的经历，鼓励少年同学刻苦学习。他表示，在他有生之年，根据自己的财力，对母校进行捐赠，重点改善学校的一些基础设施，扶持一些贫困学生。

1998年秋，他因心脏病病逝于美国，享年75岁。谭德森去世以后，他的夫人谭吴保仁女士，继承丈夫的遗志，始终如一关心着文昌阁小学的发展，关注着孩子们的成长。

2000年，她为文昌阁小学捐赠10万美元，用于建设1500多平方米科技大楼。

2001年，“德森科技楼”落成。该楼有办公室、电脑室各3个，实验室、多媒体室、仪器室、会议室、教学用品储存室等各1个，设施比较完善。其后，她又捐资2万元，作为奖学金基金。

2005年，她为文昌阁学校捐资40万人民币，购买82台电脑。

2007年，她为文昌阁学校捐资36万人民币，购买2000套课桌椅。

2008年，她应国务院国侨办邀请回国访问、旅游，顺便回乡探亲，为文昌阁小学幼儿园捐27万人民币，购买两组大型胶质玩具。在青石板上铺上900平方米胶质地台，以免幼儿跌伤。

谭吴保仁几乎每年都要回凤凰，来参加文昌阁小学的奖学金发放仪式，并亲自为学生颁发奖学金，鼓励学生们认真学习，发奋图强。

据不完全统计，四十年来，谭德森夫妇共为文昌阁小学捐资300多万元人民币。

谭德森夫妇晚年皈依佛门，诚心向佛，一心向善，扶贫济困，助人为乐。还捐资16万元，给老家王家寨兴建自来水站，解决了300多人多年的饮水困难，使家家户户用上了自来水，受到乡亲们的高度赞扬。

谭德森与夫人共生育儿女8人，个个成才。其中4人获得博士学位，4人在美国各大公司担任要职，可谓满门孝子，一家高才。

老头还乡——黄永玉的乡情

杜鹃啼在远山的雨里，
墙外石板路响着屐声，
万里外回到自己幽暗小屋，
杏花香味跟着从窗格进来。
刚坐下就想着几时还再来？
理一理残鬓，
七十多岁的人回到老屋，
总以为自己还小……

这是黄永玉先生的诗作《老头还乡》，收在《一束故乡的诗》中。这里吟咏的是游子归乡的情感，既有“少小离家老大回”的落寞与惆怅，又有“近乡情更怯”“漫卷诗书喜欲狂”的欣喜与张狂。

黄永玉先生，湖南凤凰人，当代中国著名艺术家和文学家，曾任中央美术学院教授，中国美术家协会副主席，是享誉世界的文化大师。

黄永玉先生出生于湖南常德，幼小随父母回到凤凰。在凤凰生活到十二岁，便到外面求学、闯荡。在故乡生活的这段时间，正是他的金色童年，故乡的一切事物，给他留下了美好而深刻的印象。长大后，虽然长期在外奔波，但故乡总是在魂牵梦萦中。到了晚年，思乡之情更炽，每年都要回故乡几趟，住上一段时间。用他的话说，每到创作源泉近乎枯竭的时候，就回到故乡，汲取丰富的营养，便激情迸发，立即有了灵感。

黄老经常回乡，以前常住“古椿书屋”，那是黄老一家的祖居，坐落在北门内文星街的文庙旁，老房子上曾留有黄老四岁时涂鸦的画作和他的字迹：“我们一家人，人人有事做。”1958 年，因为扩建中学，迁到了白羊岭。这祖居住着他的五弟黄永前一家人，因人丁兴旺，显得有点狭窄了。

黄老曾说：“在家乡，总还得有个窝！”

20 世纪 80 年代，黄老返乡时，购下回龙阁一块狭窄空地，他请来了“天下第一大石桥”——凤凰乌巢河大桥的设计者田云跃为他设计，修建了一个画室，名“夺翠楼”，并写下《回龙阁夺翠楼记》。该楼依山傍水，三面开窗，与周边吊脚楼群融为一体，飞檐翘角，古朴典雅，周边景色，尽收眼底，成为凤凰一景。黄老计划在里面作画、写小说，端午节邀朋友到楼上看龙舟。他甚至想到从楼上放下六七丈长的线，去钓楼下深潭里面的大鱼。于是，黄老每次返乡时，携老友故交于楼上品茶作画，时常高朋满座，茶香飘逸，笑语喧天……

此画室虽好，但不能居住。前些年，黄老又在沱江边的喜雀坡原凤凰玻璃工艺厂旧址修建了一幢别墅，名“玉氏山房”。名字为他的好友——著名艺术家黄苗子所题。此山房位于山坡公路旁，造型独特，居高临下，沱江和凤凰古城景色尽在望中，可谓得天独厚、占尽风光，也成凤凰又一新的景观。黄老还写下了数千字的《玉氏山房记》，对建房的缘起和经过作了详细记载，可见他对这一住所的厚爱。以后每次回家，就住在这里。这里也成为他晚年经常歇息的居所之一。

尽管经常回乡，但在外面的日子总是多些。游子是最眷恋故乡的，而黄老的乡情，比一般人更浓烈。有朋友说，一提起故乡，他就眼睛发亮。一位同在北京工作的湘西籍老新闻工作者萧离说，他和沈从文、黄永玉等老乡们经常凑在一起，必谈各自故乡。沈从文略好一些，只有黄永玉，说起什么都是他凤凰第一。

黄老的许多创作经典，都与故乡紧密相联。

黄老作画，画下了凤凰许多景色，还凭童年的记忆，画下《永不回来的风景》，想起那些童年往事，那些熟悉的，却永不再回来的风景，甜蜜而忧伤……

黄老写书，就有了《火里凤凰》，有了《往事，故乡的情话》。有一本干脆就叫《一路唱回故乡》。

黄老作诗，很多是写故乡凤凰的，有《奇峰挺秀》《龙潭渔火》《南华叠翠》《溪桥夜月》……他写《归乡赋词》：“一笑窗开赏晴妍，小道场，这人间路窄，乡酒杯宽。”而在《我的心，只有我的心》中，更加直白：“我的心，只有我的心，亲爱的故乡，它是你的！”

黄老一直为凤凰的旅游和发展摇旗呐喊，为母校文昌阁小学捐资200多万元，还在凤凰多次举办画展，筹集资金为凤凰架桥铺路……

黄老在凤凰有许多题款、雕塑，无不镌刻着对故乡凤凰的深情。

玉氏山房大门

玉氏山房侧面

在沈从文先生的墓地，黄老写下了一句极为精练的诔辞：“一个士兵，要不战死沙场，便是回到故乡。”

2007 年 6 月 29 日，黄永玉先生应邀到吉首大学演讲，谈起故乡，他说：“故乡是多年睡惯的被窝，尽管不是很华丽，但睡习惯了，有自己的气味，感觉特别好！”

这就是故乡在黄永玉这个老头心中的分量。

黄永玉的两桩义举

黄永玉先生是典型的湘西个性，讲交情，重义气。为朋友的事，两肋插刀，义无反顾。只要认准的事，坚决去做，十分执着。

他为陈寅恪夫妇安葬庐山而上下奔走的事，为“湘西王”陈渠珍归葬凤凰而倾力相助的事，在社会上引起很大的反响，人们称赞他是一个有情有义的长者。

为陈寅恪夫妇安葬庐山奔走

2003年6月16日，陈寅恪、唐筼夫妇终于永眠于江西庐山植物园。至此，陈氏夫妇去世34年难以入土的问题终于得以落实。

此处墓茔，由数块形态各异的岩石组成。左侧的长条石上刻着“陈寅恪唐筼夫妇永眠于此”，靠右的扁形大石上刻着当代著名画家黄永玉题写的陈寅恪奉行一生的准则：独立之精神、自由之思想。

陈寅恪、唐筼夫妇因在“文革”中受迫害，于1969年相继去世。2003年才最终长眠于庐山，时隔34年，可以说是几经周折。是黄永玉先生的热心相助，才最后完成了这一“义举”。

陈寅恪是中国现代最富盛名的历史学家，以深厚的国学功底和通晓20余种语言而闻名，其奉行的“独立之精神、自由之思想”更是中国文化思想的标杆。他出身于一个书香门第的官宦世家，祖父陈宝箴、父亲陈三立都是科举出身，因思想开明、刻意维新而闻名。陈宝箴身列晚清“封疆八大吏”之一，任湖南巡抚时，积极推行新政，支持戊戌变法，后被慈禧太后罢免并相害。陈三立积极佐助父亲推行新政，被时人誉为“维新四公子”之一。变法失败后与父亲同被革职，发誓不再入仕，专心写作，成为清末民初著名的诗人。陈寅恪12岁就跟大哥陈衡恪去日本留学，直到35岁被清华国学院聘为导师，其间大部分时间在国外读书，可谓博览古今，融通中外。1925年，吴宓举荐陈寅恪为清华国学研究院“四大导师”之一，和王国维、梁启超、赵元任齐名，被誉为“教授的教授”。

陈寅恪逝世于1969年10月17日，生前遗愿，必葬于父亲陈三立墓侧。陈三立先生“卢沟桥事变”后忧愤于日军入侵，绝食拒药，殉国于北平，迁葬于杭州西湖牌坊山。新中国成立后，西湖成为著名景区，墓葬几次面临拆迁之危，自身难保。而陈寅恪逝世于“文革”时期，这一愿望根本无法实现。

20世纪80年代初，陈寅恪先生之女陈流求为落实父亲的遗愿，奔赴杭州。云南李一平先生是陈三立的挚友，因策划龙云反正有功，新中国成立后颇受礼遇。他也曾从高层入手，帮助陈家将陈三立老人在杭州的墓地确定为省级文物保护单位。但迎葬陈寅恪之事则力不从心。西南联大校友会等组织都曾出面呼吁，但也毫无结果。当地政府以风景区不能建墓为由严词拒绝。

陈先生女儿忆及父母曾有另一遗言，望身后能葬于庐山松门别墅。陈寅恪祖籍江西修水，紧邻庐山。1929年，陈寅恪出资在庐山购买了松门别墅，接77岁的老父上山定居，他的二哥陈隆恪一家陪父长住庐山，陈氏家族成员时常汇聚庐山。1933年，陈三立因年岁太高，多病，到北平陈寅恪处居住，1937年底去世。1946年，陈

庐山陈寅恪墓

隆恪一家重返庐山，因松门别墅在抗战期间破坏严重，两年后终于离山而去。1949年，周恩来委派李一平到广州看望陈寅恪，希望他不要去台湾和国外，如欲返庐山，由政府出资将松门别墅全面整修。后因多方原因，陈寅恪未赴庐山。

正当陈氏姐妹为了归葬之事四处奔波时，江西的文化人也意识到了迎葬陈寅恪的重大价值。1989年初，江西诗词学会率先上书省政府，建议将松门别墅改建为陈三立故居，设纪念馆。第二年末，此建议又送进了省委统战部。第一次因为九江市某工农领导不愿出资18万元合建纪念馆，建议受阻；第二次是九江方面答应合资营建，偏偏赶上中央下文不准兴建楼堂馆所，再次受阻。

转眼到了1994年，江西学术界在得到修水陈氏某后裔的赞助下，召开了“首届陈宝箴、陈三立学术研讨会”，会议日程之一便是赴庐山参观松门别墅。借着会议的东风，又有老先生等重提旧事，江西方面出于某种考虑，一口答应了迎葬、改建之事。但随后的若干年内，迟迟不见行动。

2000年9月，张求会的著作《陈寅恪的家族史》在广东出版，最后一段文字谈及陈寅恪夫妇骨灰归葬的难题，引起了黄永玉先生的关注。

黄永玉是湘西凤凰人。陈寅恪之祖父陈宝箴以花翎盐运使衔署理分巡湖南辰永沅靖兵备道，曾司职于凤凰厅，并在凤凰做了许多建设发展、改善民生的事。黄老曾作碑铭《华彩世家》予以颂扬。加之黄老十分景仰陈寅恪的道德文章，更愿意帮助陈氏后人了却心愿。

起初，他认为归葬是经济上有困难，找到作者了解后，才知道情况的复杂性。此后，他在给作者的信中，表示“随时在找机会，看世上还有没有为这件事出些真力气的人”。

2001年7月，黄永玉联系到全国政协副主席毛致用，请毛致用在陈氏姐妹致黄永玉的信上签署意见，转交给江西省。毛致用曾任湖南省委书记、江西省委书记，在江西威望很高。江西省接到批示后，郑重其事，省民政厅联合建设厅和庐山管理局，起草了一份意见，上附省长批示，送达毛致用处。3 个月后，黄永玉亲自将《意见》带到广州，交给陈先生的女儿陈美延。但此后，出现变故，事情又被拖下来。

2002 年 4 月，黄永玉亲自出马，陪同毛致用下江西。二人在南昌与省委书记、省长交换了意见，由省里指派专人具体负责，安葬工程终于重新启动。

但在安葬于松门别墅附近问题上，管理局反复强调几点困难：庐山列入了世界遗产名录，原有景观不容破坏；国家风景名胜区内，不能出现新的墓葬。建议改在长青园内购置永久墓地安葬。双方无法沟通，事情又被耽误下来。

庐山烟雨

转眼到了 2003 年，事情出现了戏剧性的变化。2 月中旬前后，经江西省科技厅牵线，庐山植物园有意安置陈寅恪骨灰。因为庐山植物园归中科院管理，不受地方管辖，没有那么多条条框框。另一方面，陈寅恪 1955 年曾当选中科院哲学社会科学学部委员，与中科院早有关联；其次，北京植物园此前已经迎葬梁启超家族的几位重要人物，可谓有例可循；最后，义宁（修水）陈氏于中国植物园事业贡献良多，陈衡恪之子陈封怀是庐山植物园的创始人之一，1993年辞世后，遵从其遗愿，将其骨灰与另一位创始人秦仁昌的骨灰一同埋葬在胡先骕墓茔两侧，此即今日植物园内的“三老墓”，坐落于松柏区水杉林内，离松门别墅不远。

庐山植物园领导和员工们，始终觉得能够迎葬陈寅恪夫妇骨灰是植物园的光荣，上上下下高度重视，选择基址，安排施工，迎来送往，事无巨细，有条不紊地进行着。

4月30日，植物园在事先征得陈氏姐妹同意后，选择吉时良辰，将骨灰入土。入葬当日，天空难得转阴为晴，一片吉祥。在此前后，安置骨灰的小山冈已被正式命名为“景寅山”，连接“三老墓”与“景寅山”的小路也已开通，地面建筑也在陆续添置。

6月16日（农历五月十七日）这一天，是陈寅恪113岁诞辰。陈氏姐妹在家人陪同下，出席了庐山植物园举行的墓碑揭幕仪式。至此，陈寅恪夫妇终于入土为安，一代国学大师的身后事终于画上了圆满句号。

为“湘西王”归葬凤凰出力

2012年7月5日，湘西古城凤凰南华山，万木肃立，松涛低回，一代英雄“湘西王”陈渠珍的骨灰迁葬仪式，在这里隆重举行。著名画家黄永玉先生出席仪式，并发言深情追忆与陈渠珍交往的经过。

陈渠珍，原名开琼，号玉鍪，1882年9月生于湖南凤凰县城。早年毕业于湖南武备学堂，参加同盟会，曾随军赴藏抗英平叛，历尽艰辛。后回湘西，先后担任过湘西巡防军统领、湘西绥靖公署主任、新六军军长等职。他的一生充满传奇，统治湘西30多年，成为名副其实的“湘西王”。他在统领湘西期间，推行“保境息民”，致力于地方治理，为发展湘西文化教育事业、壮大地方民族经济、维护社会稳定做出了不懈努力，取得了显著成效。他与贺龙义结金兰，在红军困难时期，帮助过红军。他与民国总理熊希龄、著名作家沈从文，并称为“凤凰三杰”。

1949年11月，他审时度势，顺应潮流，率部在凤凰正式宣布和平起义，被任命为湖南省人民政府委员。1952年初，因患喉癌，在长沙逝世，终年71岁。

陈渠珍作为爱国民主人士，他对湘西的发展贡献不可磨灭，党和人民对他作出高度评价。他是新中国第一届全国政协委员，第一届全国民族事务委员会委员，民革中央委员，湖南省人民政府委员，省人民政府参事。

因为搜集整理陈渠珍的有关史料，我与陈渠珍的女儿陈元吉女士经常联系。大约2009年，在一次见面时，她无意中流露出想把父亲陈渠珍骨灰葬回凤凰的愿望。因为自1952年陈渠珍逝世后，作为湖南省政府委员，当时葬于长沙市南郊的“干部山”，相当于北京的“八宝山”。因长沙市城市不断扩容，1960年迁葬于石马铺公墓，2004年又迁于石马铺公墓新区，2009年再迁明阳山公墓。不到60年时间，其墓地已迁移多次，其后裔心中很是不安。陈元吉女士在感叹之余，便提出想把父亲的骨灰葬回凤凰的想法。我一听这事，觉得是个办法，陈公是凤凰人，一生热爱家乡，为湘西做出过重大贡献，归葬家乡，理所当然。便答应与有关部门联系，力求促成此事。

事隔不久，我到凤凰古城看望著名画家刘鸿洲先生，聊天中说起陈公后裔的愿望，他觉得很在理。后来，他又从陈氏家族中得到了证实。

过了不久，黄永玉老先生回到故乡凤凰。黄老是凤凰籍著名艺术大师，对故乡凤凰有一种炙热的眷恋，每年都回故乡，写生作画。按他的话说，每当创作源泉枯竭时，便要回故乡，汲取营养，激发灵感。刘鸿洲是黄老最为欣赏的凤凰画家，黄老回凤凰后，他一直陪同。有一天，他们聊到陈渠珍的往事时，刘鸿洲顺便说起陈公后裔想把陈公之墓迁回凤凰的事，立即得到黄老的赞同。黄老说，陈渠珍先生早年对湘西建设发展做出重大贡献，这是一件大好事，他愿意去游说有关领导，一定要将这事办好。便让刘鸿洲负责联络。

黄老是个很有激情的艺术家，当时就在构思，如何设计“湘西王”的墓碑及其墓志铭，并很快画出草图。

后来，在黄老的提议下，凤凰县主要领导表示赞同，并召集有关方面做出安排。控股凤凰南华山风景区的香港启盛集团总经理吴启雄先生也表示积极支持配合，事情很快有了着落。

2009年10月23日，87岁的黄老与吴启雄亲自登临南华山，为陈公选择墓地。在实地考察了几处备选地后，黄老拟定其中一处，当即确定下来。

很快，黄老就设计出“湘西王”墓的图纸和墓碑雕塑，香港启盛集团解囊修建了墓地，雕塑交广州石磨坊公司制作。其他各项工作也在有条不紊地进行着。

新修的陈渠珍陵园，位于凤凰后山南华山中下部，后枕南华山主脉，前俯凤凰古城，一条沱江从左至右绕城而过。站在墓地，可以一览

陈渠珍墓全景

凤凰南华山陈渠珍墓入口处

凤凰古城的风貌。选择这个地方，可谓得天独厚。

陈渠珍新墓占地 100 余平方米，由牌坊、通道、墓碑、雕塑和墓志铭组成。走进陵园，迎面是一个牌坊，上刻“凤凰陈公渠珍之墓”几个大字，这是著名文艺理论家、书法家黄苗子先生题写的。牌坊下面是一条长约 50 米、宽近 2 米的通道，直通墓碑。后面是一面屏风似的墙，长约 10 米，呈弧形，上刻黄永玉先生亲笔撰写的《寥天一庐祭》，代墓志铭。正前为墓碑和雕塑。墓碑后高前低，呈一斜面，上面有黄苗子先生题写的碑文。紧靠坟墓左边的，是一尊黄铜制成的雕塑，一个身着藏族服饰的女性，紧紧依偎在墓碑旁，俯身贴腮，依依不舍。这是藏女西原塑像。雕塑述说着一段尘封的历史，一曲刻骨铭心的爱情传奇（见前文《“湘西王”青藏高原的旷世绝恋》）。

为了陈公墓的迁葬，黄老不仅上下奔走，亲自设计，撰写墓志铭，还捐资数十万元，可以说竭尽全力。

黄永玉先生轶事

直谏曹禺

曹禺是著名剧作家，曾任中国文联主席、中国剧协主席、北京人艺院长等职，属文艺界的“泰斗级人物”。

对黄永玉来说，曹禺是前辈，而且是极其敬仰的前辈。他们成为忘年交，有许多美谈趣事，其中一封书信可以看出两位艺术家的率真与内涵。

事因《诗刊》索稿，黄永玉为一首诗给曹禺写了一封信。信很长，有两段是这样写的：“……你是我的极尊敬的前辈，所以我对你要严！我不喜欢你解放后的戏，一个也不喜欢。你心不在戏里，你失去伟大的灵通宝玉，你为势位所误！从一个海洋萎缩为一条小溪流，你沉溺在不情愿的艺术创作中，像晚上喝了浓茶，清醒于混沌之中……总是‘高！’‘好！’这些称颂虽迷惑不了你，但混乱了你，作践了你……”“你是我那个时代现实极了的高山，我不对你说老实话，就不配你给予我的友谊……”

这是一封很“不恭敬”的信。对曹禺的后期创作一概否定，还说其“为势位所误”，一针见血，真叫人受不了。但曹禺收到此信后，不但不恼，反而把它装帧成讲究的册子，像收藏珍宝一样珍藏起来。

1983年春，美国剧作家米勒应邀来华执导他的名剧《推销员之死》，曹公设家宴请米勒吃饭。饭前，曹公从书架上拿出这封装裱成册的信，当着米勒及自己的亲属，逐字逐句念了起来，并请英若诚口译给美国朋友听。开始米勒迷惑不解，慢慢便悟出内中玄机。在座者既为黄永玉的勇敢、直率喝彩，更为曹禺的勇敢、雅量而喝彩。

题大使饭店

20世纪90年代，原西德驻华大使离任，黄老邀其到故乡凤凰游玩。一天，黄老对其亲友说，找一个最具家乡特色的小吃餐馆，招待大使。亲友便安排到县城中医院附近一家无名餐馆。果然不同一般，吊脚楼下，溪流潺潺，虽是陋室，但雅致舒适，尤其是口味独特，大家吃得津津有味。饭后，黄老要买单，老板却不干，说您黄老来吃餐饭，请都请不来，哪能收钱？黄老定要付，老板说，黄老，您看我这小店也没个店名，您老人家看得起的话，请您给我赐个店名好了。黄老欣然应允，说，题个什么店名好呢？接着思索一会，说，别看你这小店，今天接待过西德的大使，我看就叫“大使饭店”好了。老板点头答应。于是，黄老回到住地，用宣纸题上“大使饭店”几个字。

老板专门请人做了匾，刻上黄老的题字。一时小店名声大震，吃饭的踏破门槛。老板一年半载便发了财，到附近邻街修了新房，装得古色古香，把餐馆搬了过去。考虑到老店仍有生意，继续营业。

隔两年，黄老又到这餐馆吃饭。一看门口没有招牌，便问。老板连忙相告，考虑到这里太破旧，怕糟蹋您老人家的题字，“大使饭店”招牌已搬到新地方去了。接着又带黄老到附近的新大使饭店去看。黄老一看颇为高兴，说没关系，我又给你题一个。于是，黄老又给题了个“本色”二字。

有一天，老板专门请黄老到大使饭店吃饭，黄老特别高兴，饭后又题联一副：

忆昔日报纸糊墙地板通眼小店居然来大使；

喜遍城楼台灯火春雨杏花老铺而今享太平。

黄永玉丙子春题

此后，两家餐馆都挂着黄老的题匾，生意十分红火。但本色餐馆前几年在旧城改造中已被拆除。

题春风满面

在凤凰古城的十字街头，原来有一家赫赫有名的理发店，叫“春风满面”。它之所以有名，是因为这招牌是黄永玉亲自题写的。

理发店位于古城的正街和南门街的交叉路口，实际上是丁字街头，凤凰人习惯称之为“十字街”。店面不大，十几平方米。店主姓王，名国华，原是县理发社的老师傅。后来理发社解散，他便租了这个门面，自己开店。王师傅有一手传统理发的好手艺，他刀工好，手法到位，又会推拿按摩，在小小县城，非常有名，上门理发的很多。尤其是那些老主顾，几乎是定点的。黄永玉每次回乡，都要到他那里理发，顺便聊聊天。

该理发店因为使用时间长，比较破旧。有一次黄老理完发后，很高兴，回到家，题了一个“春风满面”，送给王师傅。王师傅得到黄老的题款，也非常高兴，将店面进行了简单装修后，将匾悬挂在门上，一时成为凤凰街头一景。

前些年，王师傅去世了，理发店停办了，改为土特产经营。

速画“青螺”

20 世纪 90 年代，黄永玉路过广州。广州朋友热情迎接，代为办理转车手续。离出发还有一两个小时，他们在一个书画家的工作室喝茶、聊天、等车。

这时，一个好友要黄老为其作画。黄老一看时间，只有一个小时了，就以时间仓促为由推辞。这朋友是一老友，多次陪同黄老，但从没有得到过黄老的真迹，遂苦苦相求。黄老说，时间太短了，我随便画几笔，你要不要？朋友说，只要您落款，我就要。黄老说，真的吗？朋友回答，是真的。这时，黄老起身，准备作画。朋友拖出一张六尺大宣纸铺上台案。只见黄老取出最大一支笔，饱蘸浓墨，在大纸正中按下去，然后按住笔，沿顺时针方向画了一圈。接着换小笔，在旁边题写“白银盘中一青螺”，在座齐声叫好，鼓起掌来。

黄老这是借用刘禹锡《望洞庭》的诗句“湖光秋月两相和，潭面无风镜未磨。遥望洞庭山水翠，白银盘里一青螺”而作的一幅画，虽然构图极其简单，但意境优美，使人顿生无限的想象，回味无穷。

朋友很高兴，将这幅画仔细珍藏。

为全聚德画鸭

北京著名烤鸭店全聚德曾请黄永玉先生画一幅鸭子，黄老兴之所至，很快就画好了。全聚德老总来取画的时候，黄老展开画作，指点给老总看。画上是一群飞翔的鸭子，一只只鼓起双翅，凌空高飞。突然，黄老发现其中一只鸭子没画翅膀，想取笔墨来补上。全聚德老总笑着说，这翅膀已被我们烤着吃了，不必补了。满堂大笑不止。

凤凰有千万条蛇

某公司买断了凤凰的景区经营权后，轮番宣传炒作，使凤凰名声大震，游客如云，旅游来势相当好。老总志得意满，便狂妄起来，讲话口气也大了，不注意分寸。有几次，在不同场合说，凤凰是一条蛇，我打蛇就要打在它的七寸上。凤凰老百姓听了很不高兴。不久，这话又传到黄永玉老先生耳里。黄老一听，也很不高兴。一次，他对凤凰的领导说，你们传话给他，凤凰不是一条蛇，是千千万万条蛇，看他能打几条，看他打得完吗？该老总知道后，深为自己的浅薄狂妄自责，找个机会，登门道歉，反复解释才作罢。

刘鸿洲与黄永玉先生的交往

2012年11月，凤凰著名画家刘鸿洲先生的大型画集由湖南美术出版社出版了。打开画集，一幅幅妙笔生花的作品让人惊艳，让人钦羡，让人遐思，让人赞叹。

黄永玉与刘鸿洲在凤凰沱江边

刘鸿洲是当代著名艺术家，卓越的花鸟画家。系中国美术家协会会员、中国版画家协会会员。在“2010年当代最具学术价值与市场潜力的画家评选活动”中，被评为“当代30位最具学术价值与市场潜力的（花鸟）画家”。其成功的背后，有自己对艺术的执着追求，也有著名艺术大师黄永玉先生对他的厚爱和精心指导。透过他们之间的交往，可以了解凤凰老一辈艺术家对后辈的关怀和扶持，也可以了解凤凰这方水土艺术人才辈出的深层次原因。

老故事引出刘鸿洲的家世

黄永玉先生在其著名散文《这些忧郁的碎屑》中记下了这样一段传奇故事：

另一位年轻军官沈荃（沈从文弟弟，黄永玉称巴鲁表叔）叫刘文蛟跟他打赌，让其儿子站在十几二十米的地方，头上顶着20枚100文的铜元，巴鲁表叔一枪打掉铜元。若果死了孩子，他将赔偿两箩筐子弹、十杆步枪外带两挺花机关。虽然赢了这场比赛，姑婆（沈荃母亲）把巴鲁表叔骂了个半死。这孩子是由于勇敢还是懵懂，恐怕至今还不明白当年头顶铜元面对枪口时是什么味道。

这里面写的少不更事的孩子，就是年幼的刘鸿洲，当时才三岁。

刘鸿洲，号一勺，土家族，1943年出生于凤凰一个军人家庭。父亲刘文蛟，是“湘西王”陈渠珍的内侄，曾在陈渠珍麾下任过炮兵营长、副总指挥等职。刘文蛟北京大学毕业，后来从军，与沈从文的弟弟沈荃是莫逆之交。他们都是年轻英俊的凤凰军官，一同参加过一二八师赴浙江嘉善抗战，同日本鬼子进行过殊死搏斗，是从枪林弹雨中爬出来的。沈荃曾任工兵营长、团长等职，后任国民党南京国防部少将。

新中国成立前夕，刘文蛟和沈荃随“湘西王”陈渠珍起义投诚，为和平解放凤凰做出重要贡献。但由于历史原因，在镇反运动中，两人一起被错误镇压，直到20世纪80年代初，才平反恢复名誉。

刘鸿洲少小就失去了父亲，加之背上家庭出身这一难以洗刷的黑锅子，使他从小就体验到人生的艰难。

他自幼就爱好读书，博闻强识，除学习成绩十分优秀外，还对绘画艺术情有独钟，几乎达到痴迷的程度。

那时候，托人到大城市，才能买到宣纸和画笔，他从临摹《芥子园画传》入手，学习中国画。后来，又下功夫临摹了一大批以中国画形式绘成的连环画和年画，打下了一定的美术功底。

1960年，他考取了大学。后因出身原因，被停学回到了凤凰。就学无门，刻苦画画。1963年，他竟然以一幅工笔人物画，闯进了湖南省美术作品展览，当时还不满20岁。

患难之中的一次相见

随着各种运动的到来，刘鸿洲的生存状况也每况愈下。他当过挑夫，做过工匠，也当过代课教师，教授学生算术、历史。1965 年，他又被下放到深山苗寨腊尔山，当了十年农民。长期的社会底层生活，使他对生活和人生有了深刻的体验与感悟，为他以后的创作提供了不竭的生活源泉。

尽管生活艰难困苦，但他总是自强不息，对艺术孜孜以求。在农村时，因为买不到笔墨纸砚，他便拿起刻刀，在身边常见的梨木板上学起了木刻版画。三分天赋加上七分刻苦，功夫不负苦心人，他的木刻居然大有成就。

"文革"期间，黄永玉先生因为猫头鹰"黑画事件"，受到严重冲击。"黑画事件"接近尾声之际，他辗转回到故乡。刘鸿洲在 80 里外的腊尔山听到消息，匆匆赶回县城，去见黄老。得知黄老的处境，见到黄老后，说："听到你回来了，'他们'不要你，你就回来，我们砍柴养你！"几句简单朴实的话，使黄老深受感动。说完这话，黄老留他吃饭，他说："山里有事，我马上回去……"又匆匆赶回山里去了。

这事让黄老铭刻在心。多年以后的 2007 年 5 月，刘鸿洲与肖振中、吴正义三位来自湘西凤凰的画家，联袂在中国美术馆举办"来自凤凰"展览。黄老亲笔题名并作序，序中回忆这段往事，说："这行为很悲伤，很不美术，却和美有关。"

在刘鸿洲进学路上的棒喝

20 世纪 80 年代初，刘鸿洲也同时下的一大批人追着学黄老的风格。刷子、水粉一路跟进，追摹先生创造的一种新的绘画语言和新的绘画图式。

1985 年黄老返乡，刘鸿洲拿了一批这样的习作向先生请教。先生看过后语重心长地说："你现在画得很像我了！但是你要记住，艺术贵在创造，你要创造一种你的语言你的风格，不然的话，别人看到你的画马上就想起了我，自然也就没有你了！”

这是刘鸿洲进学路上遇到的一次棒喝，使他震醒。后来黄老的二弟，大画家黄永厚在同刘鸿洲聊天时问道，大哥对你多年来的教导，你觉得最要紧的是哪几句话？刘鸿洲将这几句话如实相告。永厚先生听后击案称赏说：“大哥的话真是肺腑之言啊！”

自此，刘鸿洲在探索中国画的时代语言和图式的跋涉中，艰难异常，却信心满满。

20 多年后，黄永玉先生同刘鸿洲又聊起“从师”的话题，老先生特别引证他自己的一段话来透彻说明他的观点。

这是他为大画家许麟庐画展所写的前言，文章的标题是“云深不知处”，其中的一段话：“从师茧中出脱，悟时自度，才见出从师的功架。”他对齐白石的这位弟子的成就，是大加赞赏的，认为是从“师茧”中出脱而完成这“出脱”，又是经历了“悟时自度”的漫长过程，归根溯源却要归功于早年“从师的功架”。真正有效的学习，绝不是依样画葫芦所能成就的。

刘鸿洲谈到黄老在学术上对他的引导时，深有感触地说，黄老在传统文化的继承上是我们的楷模，在变革上也是我们的榜样。

为刘鸿洲赐号

20 世纪 80 年代，当刘鸿洲的创作日趋成熟，在艺坛声名鹊起时，意外地发现了另一个同名同姓的刘鸿洲，那是外省的一个画家，在当地小有名气。

自古以来，艺坛同名同姓的很多。20 世纪，上海就有两个画家名陆抑非。时人为了区别，根据他们年龄的长幼，称大陆抑非和小陆抑非。两陆各有所长，传为艺坛佳话。

有次黄老回到故乡凤凰，上午他们一起聚会时，刘鸿洲无意中讲起与人同名同姓这件事，黄老表示惊异。黄老说，名字为父母所赐，一般不要更改，再则你的名字已代表了你的艺术成就，改名后从头再来，别人就联系不上你过去的业绩了。可取个号以示区别。刘鸿洲恳求说，黄老，就请您给我取个号吧。黄老欣然应允。

这天中午，大家围坐一席。黄老说，想好了，想好了！接着指着餐桌上的一个调羹，对刘鸿洲说，就叫“一勺”好了。“勺”的本意是古代木制舀酒的工具。取名“一勺”，可以把生活中的美，通过画笔一勺一勺舀出来奉献给大家。古文中有“一拳之石取其坚，一勺之水取其清”的名句，我看你可以刻个章“一勺居士”，房子也可以叫“一勺居”。黄老一席话说完，在座的人无不拍案叫好。

黄永玉为刘鸿洲题写的一勺居

此后，刘鸿洲便使用上“一勺”的号，刻了印章，书画作品中都印上了“一勺”款识。后来，刘鸿洲将凤凰的祖居翻修一新，还请黄老题上“一勺居”的门匾。

为《刘鸿洲画集》题名并作序

2012年，湖南美术出版社筹备出版《刘鸿洲画集》，年近九旬的黄永玉先生听说后，不仅亲笔题写书名，还欣然作序《苦涩无悔》，以3000多字的篇幅，讲述了他家与刘鸿洲一家几代人的交往，介绍了刘鸿洲艺术成长的曲折经历，对凤凰人爱好美术绘画有了精妙的解读：

> 为什么凤凰子弟偏生喜欢画画呢？我活了八十近九十岁才明白。画画原来是一个伟大的怀抱。它能抚慰相濡以沫的众生，不同生活层次的人都需要美，创造美的人就能赖以苟活。

对于刘鸿洲的艺术创作和艺术人生，黄老充满深情地作了高度评价：

> 鸿洲为人进学，都是很笃诚的……他的艺事和他的为人经历学识一样：谦和、沉作、丰富、精密，既有饱满的传统技巧，又有宽和从容的现代意识，不矫揉做作，不故弄玄虚。抒张有致，开合从容，让人深感亲近又肃然起敬。

黄永玉先生是从凤凰这块土地走出去的艺术大师，他对刘鸿洲如此钟爱而赞赏有加，不仅仅缘于一个老艺术家对后辈的提携和奖掖，更在于对刘鸿洲艺术进取和成就的欣赏和充分肯定。

为刘鸿洲赠联

在湘西，有人称刘鸿洲为黄永玉的大弟子。刘鸿洲非常自谦，绝不敢以大弟子自居。有朋友就此事向刘鸿洲求证。

“听谁胡说？”刘鸿洲正色道，“当弟子是要行大礼的，要磕头跪拜，要有证人，要有仪式……当然，请教画作的事有，但也不能妄称弟子啊！”

再问其他，刘鸿洲说：“我不管别人，我就是我！”稍歇，再说：“今后有人再提弟子事，请以我话告之！”

刘鸿洲办展览，出画册，从不打黄永玉先生的牌子借以扩大影响，制造声势。但黄老知道后，会主动为他作序。有时间的话，都会出席他们的展览。

2013年，黄老90岁。有一次，刘鸿洲去看望他，他专门赠送刘鸿洲一副对联。

上款“鸿洲存玩”，对联为“与君之别略多白醉，勿我为念不改朱颜”，落款为“甲子黄永玉九十”。先生释“白醉”为午睡。激赏这一联，对仗之工整，离情别意之缱绻，老人家以工整的细笔楷书来传达一种绵绵友情，用心之深，足可明鉴。

九旬老书法家刘壮韬

凤凰古城，南华山下，有一个叫金钩挂玉的地方，相传为一块风水宝地。刘壮韬先生的居所，就在这山坡上。

这是刘先生下放回城时自己动手修建的简易住房，屋前有一个小小庭院，栽满梅花、石榴。花木扶疏，幽雅别致。那梅花正吐着芬芳，黄色的，粉红的，深红的，次第开放，争奇斗艳。老人坐在树下，端着茶杯，晒着太阳，怡然自得。

老人就是刘壮韬先生。2016 年正月初四，我到凤凰访问了他。

先生已经 93 岁高龄，面目清癯，然精神矍铄，思维清晰。他 1923 年出生于凤凰古城。祖籍江西丰城，明洪武初年，祖上随蓝玉大将征贵州。清康熙年间，迁居凤凰。祖先多武将，后转为耕读传家，书香门第，是凤凰的大族。现开放的陈宝箴纪念馆，其实就是他家的祖居。

作为凤凰的老人，他与众多凤凰籍名人有过交往。小学时，与黄永玉是同班同学。9 岁时，依父母之命媒妁之言，与后来的抗日名将顾家齐将军的女儿顾远英定下娃娃亲。1945 年考入南京政治大学。其间，与沈从文的弟弟、南京国防部少将监察官沈荃多有往来。1946 年，后成为中科院院士的凤凰籍著名科学家、“钢铁博士”肖纪美，在南京政治大学培训后，赴美国留学，就是他送上轮船的。1950 年 5 月，他考入华北革命大学学习，又与同乡兼师长沈从文先生经常在一起。

刘先生一生历经坎坷。当年从华北革命大学毕业后，分回到湘西沅陵工作。参与创办供销合作社，他是五个创始人之一。后又到芷江，办培训班，培训合作社干部。1951年开始，在“镇反”运动中，因家庭出身地主，南京政治大学毕业生，三青团员，国民党党员，加上国民党军官的女婿等众多身份，被逮捕法办，判刑4年，送到洞庭湖区劳动改造。1955年刑满释放后，不让回家，继续改造，又干了7年，直到1963年才回到凤凰。

虽然回到了凤凰，但没有正式的工作，只能靠砍柴、挑脚谋生。他身材单薄，体质不好，最多只能挑八九十斤，每天就靠卖一担柴一块钱的收入，要养活自己，还要照料老人。后来，实行上山下乡政策，他又被下放到农村，从事生产劳动。直到1980年，才按政策回到城里。

1983年，政府为他平反，落实有关政策，分配到县志办工作。此时，他已经57岁，大好的青春时光，就那样白白浪费了。在县志办，他为编辑新的《凤凰县志》而忙碌着。1986年，县志编辑完稿，他也退休了。

凤凰虽是一个小城，但有爱好书画的传统。孩子们自幼时起，就开始练字画画。刘的父亲是县城有名的书法家，自幼深受父亲的影响，他7岁就开始练习书法。先后临摹唐楷颜真卿、柳公权、欧阳询等帖，到青年时，已写得一手好字。可惜在后来的各种运动中中断了将近30年。

20世纪80年代以后，他又重新执笔，砚田耕耘。为了练功，他托人找到一个废弃的铁筒，用布条反复包裹，每当写字悬腕时，将铁筒套在右手手腕上，通过增加手腕的重量，来训练手腕的力度。日积月累，臂力增强了，写字功力也日增。

在他的眼中，每一个汉字都是一个活体，一点一画，如同人的五官手足，或粗或细，或正或斜，动静有序，形神兼备，各得其所。书法家的责任，就是传承五千年悠久的中华文化瑰宝，铸造汉字书法的

刘壮韬先生在进行书法创作

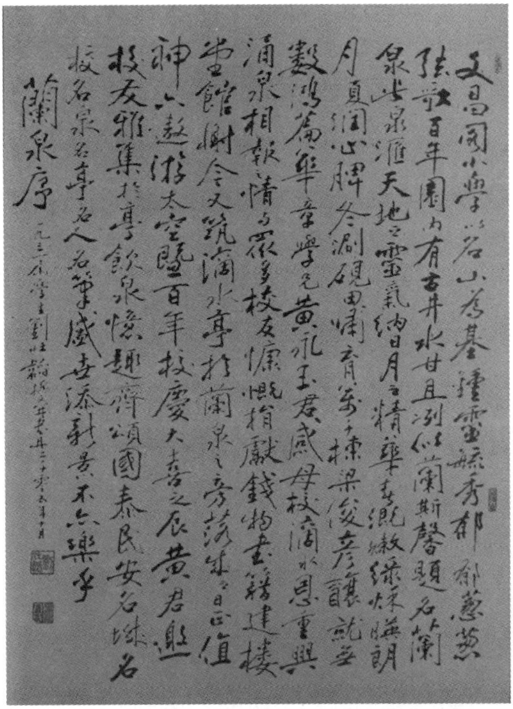

刘壮韬先生书法

民族灵魂，发扬光大，传遍世界。他数十年如一日，默默勤学苦练，不断探索总结。耄耋之年，仍毫无保留地培育爱好书法的青少年，教学相长，携手并进。

他学习书法，从唐楷入手，上溯魏晋，师承二王，博采颜、柳、欧、褚以及怀素、张旭、苏轼、山谷诸大家风神。笔法严谨，结构大方。气势恢宏，苍劲古朴。韵致华美，变化多姿。无论整体章法，细微末节，尽显随意奔放，端庄脱俗，视觉效果抢眼，品评韵味久长。学古不泥，谦虚谨慎，与时俱进，终成大家。其作品曾先后入选省第二届、第五届书展，省纪念孙中山先生诞辰120周年书展，并多次参加全国书法大赛获奖。1986年，加入湖南省书法家协会。是湘西州书协理事、名誉理事和凤凰县书协理事、名誉理事。

2013年8月15日，刘老90岁高龄之际，在凤凰县文化馆举办个人书法展，一时小小山城，引起轰动。他的老同学，著名艺术家黄永玉先生为他题写展名。

除书法外，老人还吟诗赋词，撰文题联。写下《凤凰八景赋》《南长城赋》《兰泉序》等一系列诗文，其中《兰泉序》是他们母校文昌阁小学百年校庆时，老同学黄永玉嘱他写的。兰泉是学校中的一眼清泉，清澈甘洌，似兰斯馨，沁人心脾，是文昌阁学校的文脉所系。校庆时，他们隆重聚会，踊跃捐献，整修了古井，并新修“滴水亭”，以表达对母校恩情的回报。

我们一边喝茶，一边聊天。刘老经历丰富，记忆力很好，聊起凤凰的历史人文掌故，侃侃而谈，简直是一本凤凰的活词典。这次，凤凰籍著名画家刘鸿洲先生专为老先生刻了一枚闲章“壮翁九零后”，托我带去。我送到老先生手中时，老先生反复端详，欣喜不已。

“壮翁九零后”，道出了老先生九十高龄，仍壮心不已的情怀，概括得准确而生动。

老人慈眉善目，性情达观，虽然受过很多苦难，但有一副良好的心态。他在86岁生日时，曾作诗感言：“童趣常再现，转瞬耄耋年。老妻先逝去，孤雁尚留连。云烟坎坷尽，盛世儿孙贤。生命在运动，澹泊胜仙丹。”他生平澹泊，不求闻达，醉心于自己的爱好，孜孜以求，发挥余热，这就是他晚年成功的秘诀。

纸扎传人聂胡子

2015年2月5日，凤凰古城有名的“聂胡子”不幸去世了。我是从微信中看到这一噩耗的，湘西朋友们不断转发微信，以表示对聂胡子的哀悼。

为什么一个老人的辞世引起这么多人的关注？因为他是凤凰的名人，不仅是国家级非物质文化遗产项目“凤凰纸扎”的传人，更是凤凰的一张名片，也可以说是凤凰的形象代言人。

标准的国字脸，方方正正。满脸的络腮胡子，修剪得整整齐齐，典型的美髯公。花白的头发，甚至连胡子也白了。炯炯有神的大眼睛，憨笑中露出一口整齐的白牙。既有湘西山人的粗犷，也有小城人物的俊朗。这不是电影明星，但确是小城的明星人物。有人说他要是去当电影演员，早该成为电影艺术家了。其实他不当演员，同样是一个艺术家，是一个比电影明星还稀有的艺术家——纸扎艺术家。

因为工作关系，在湘西工作时，我曾经多次采访过他。不只因为他形象好，而且因为他有一手绝活。还有，他为人质朴厚重，待人彬彬有礼，没有一点艺术家的架子，任何人去采访拍摄，他都积极配合，给人以宽厚慈祥的感觉。

老人大名聂方俊，享年83岁。在他们这一辈人中，应该说是高寿了。但所有认识他的人，都希望他长寿，至少要长命百岁。因为他一走，他所代表的那门艺术，也许就要失传了。

1933年，聂方俊生于凤凰一个纸扎工艺世家。父亲聂伯谋经营的

“聂氏纸扎”，曾是凤凰老街几十号纸扎铺中名声最大的一家。聂方俊自幼聪颖好学，家庭的熏陶，耳濡目染，使他从小就迷恋祖传的纸扎技艺。这种技艺完全是一种手艺活，先用竹篾、木棍把它扎成骨架，再用皮纸在上面裱糊，然后在纸上绘画。然而，要完成一整套工艺，不仅要精细的手艺功夫，还要有很好的绘画功底。青年时的聂方俊刻苦学习，博采众长，很快就掌握了这门技艺。而且在传统的基础上，刻意创新，在凤凰这个民族民间工艺十分发达的地方，很快树立起自己的声望，赢得“聂胡子”的称誉。要知道，“胡子”这一称谓，在湘西，是对老一辈很有成就的人的昵称。

他会扎各种各样的动物和人物，狮子、龙头、罗汉、采莲船、金鱼、神龟等等，可以说无所不会。其中最擅长的是扎狮子头。他扎的狮子头圆脑壳、古钱眼、如意鼻、鲜红的大口、圆翻的嘴皮，加上飘逸潇洒的长胡须，一对可随意扇动的寿桃形大耳朵，把狮子这个民间灵物演绎得憨态十足，活灵活现。加上制作精良，在湘川黔一带享有盛誉。按他自己的说法，他的狮子头具有奇、古、丽、轻四大特点。“奇”是造型夸张，超出常规；“古”是指民俗寓意及纹饰古朴，既有传统民族图案，又有湘西苗乡的地方风采，神秘、古拙，有如天狮下凡；“丽”是指用色鲜艳，色彩明快，艳丽迷人；“轻”是指工艺独特，材质轻巧，结实耐用，舞动起来，轻松自如。

聂胡子在画狮子头

他的另一绝技是扎龙。1999年，他精心设计制作了“湖南边城巨龙”，堪称奇观。其中母龙1条，长199.9米；子龙2条，每条长18米。该巨龙进京参加全国舞龙大赛，喜迎澳门回归，在有230多条龙参加的“中华舞龙大赛”中，一举夺得大赛金奖，并荣获全国民间文艺“山花奖”。

聂方俊在扎龙头

聂方俊从事纸扎工艺60多年，历经坎坷，但痴心不改。改革开放后，他更加精神焕发，干劲十足，办起了凤凰聂氏纸扎工艺社。20多年中，制作了《龙灯水族》《狮子走兽》《人物神像》《花卉鸟虫》《纸绢风筝》等一大批系列纸扎工艺品，成为凤凰纸扎工艺品的代表作，走出湘西，蜚声全国。作品多次参加省级和国家级民间工艺品展览并获奖，不少精品被中央美院、湖北美院、浙江博物馆、深圳锦绣中华等多家收藏，部分精品甚至被国外专家带出国门。2000年，国家邮政局发行的《龙年吉祥》明信片，选中了聂氏纸扎青龙做图案；2000年4月，他参加湖南省首届民间工艺精品展，《双龙抢宝》获金奖；2006年，鉴于他对传承凤凰纸扎工艺的杰出贡献，湘西自治州人民政府确定他为第一批民族民间文化遗产传承人；2007年，被评为首批“中国民间文化杰出传承人”；2009年，被列为国家级非物质文化遗产项目“凤凰纸扎”的代表性传承人；还被联合国教科文组织和中国民间文艺家协会授予“民间工艺美术家”称号。

聂胡子的不幸逝世，不只是湘西民族民间工艺界的一大损失，更是凤凰的一大损失。他离世的消息发布后，国家文化部发来了吊唁电文，湘西州、凤凰县很多文化界友人前往悼念，他们为聂胡子的辞世深表惋惜，缅怀着他的生平事迹，希望纸扎这一民族技艺能够继续传承，发扬光大。

好人吴官林

2015年，湖南卫视开办了“湖南好人”栏目，以追忆往事的形式，重点推介一批湖南好人。其中凤凰好人吴官林的事迹，引起了观众的强烈反响。

吴官林先生，今年79岁，曾任凤凰县县长，湘西州政协副主席。他在凤凰当县长时，就着手对凤凰古城进行保护，为凤凰发展旅游创造条件，并为凤凰经济的腾飞做了一些有效举措，深得老百姓的拥戴。

前些年我在湘西时，经常有幸同吴老在一起，乡间散步，都市品茶，谈天说地，十分投机。因而对吴老的一些事迹比较了解。

吴老1936年出生于凤凰县长营哨一个苗族家庭，父亲曾是中共地下党员。他三岁丧父，自幼养成顽强刻苦的品性。15岁入伍当兵，在部队“学文化”运动中，荣立过三等功。后来转业，回到地方工作，凭着实干，从基层一路走过来。

1984年2月，48岁的吴官林当选为凤凰县县长。当时，凤凰县的人平均年收入只有67元，是全省最穷的贫困县之一。特别是腊尔山等苗族聚居区，更属特贫区。

上任不久，吴官林就开始进行一些改革。当时凤凰有一个氮肥厂，属于计划经济时代的产物，100多人的小厂，一年就要亏损80万。他顶住压力，坚决把这个氮肥厂砍掉了。

当时凤凰还有个雪茄烟厂，产品销路很好，供不应求，但生产能力有限。他引进新的生产线，提高产品质量，使销路大增，税收源源不断。凤凰县一下子成为财政过亿元的县。

手上有钱、心中有胆的吴官林，接着搞起了轰动一时的自费改革：在吃透中央文件精神的基础上，他在凤凰县率先取消生猪派购和粮食统购统销，放开粮食和生猪销售价格。

此举，不仅在省内外引起轰动，在湘西州更是引起强烈争议。有领导认为他离经叛道。事后多年，吴老对我说，按当时的规定来讲，喊作“违法违规”。但是我一想，改革本身就是“违规”，你不“违规”，怎么改革？

经过几年的发展，凤凰县域经济突飞猛进，人民日报记者专程来凤凰采访，写了《喜看湘西凤凰飞》的报道：“短短几年，凤凰县成为武陵山区率先翻番的突变型县，成了一只起飞于穷乡的凤凰。”

老百姓手中有钱了，有些开始修新屋，盖楼房。

1986 年 11 月 1 号，时任县长吴官林签发了一张布告。这张措辞严厉的布告出现在的凤凰大街小巷，紧急叫停拆旧楼，建洋楼。划定了古城保护区、沱江保护带和名人故居、祠堂庙宇保护点。在这些区、带、点范围内，不论机关、团体、企事业单位还是个人，不得建造超过两层的建筑物，所建房屋一律要保持明清建筑风格，要求搬制鳌头或架设吊脚楼，违反规定的一律拆除。

除了安民告示，县政府还规定，主动搬制鳌头的居民，政府每个鳌头补贴 200 元。不愿搬制的，罚款 400 元，再由政府拿这笔钱帮你将鳌头搬好。

当时有人质疑，凤凰每年游客还不多，拿这么多钱去保护古城，是瞎搞！吴官林先后说服每一个县委常委，每年由财政拿出 100 万元，对那些破败甚至已经被用作工厂、民居的名胜古迹进行“抢救性”修复。

正是他签发了这张布告和一系列保护措施，为子子孙孙留住了凤凰古城风景，也使凤凰后来成为国家历史文化名城，成为著名旅游名胜区。

1985 年，吴官林就在凤凰设立旅游筹备处。1986 年 5 月，成立了湘西州首个县级旅游局。凤凰的旅游就是在这个基础上发展起来的。

以前，流经凤凰古城的沱江每到冬天，遇到干旱水源就会枯竭。1988 年，吴官林再次决策，由财政投入 800 万元，在古城上游 10 公里的地方修建一座上规模的水库。这就是今天的长潭岗水库。

当时修建这个水库，可以解决几个问题：一是蓄水，可以解决凤凰的工农业生产用水；二是发电，可以安装 2000 千瓦的发电机组，解决凤凰的用电问题；三是可以使沱江的水位上涨一米多，冬天可以保证沱江有水，发展旅游。

谈到长潭岗水库的修建，吴老给我讲了一桩轶闻。

当时修大的水利设施需要立项，由省水利厅审批。他派人与省水利厅衔接，分管副厅长是一个收藏爱好者，暗示想请黄永玉先生给他画一幅画。

恰好这年春节，黄永玉先生回凤凰老家过年。他请黄老到长潭岗走玩，并介绍说县里想在这里修一座大坝，需要省水利厅支持，分管副厅长想要黄老画作等等。黄老是个爽快人，说只要能为家乡做点事帮点忙，画幅画没问题。于是回到城里，立即挥毫泼墨，画成一幅四尺荷花，交给他。他得到画作，当即给副厅长电话，副厅长欣喜若狂，当晚坐火车赶来，此时已是农历腊月二十八日。

原来，以前湘西交通十分不便，长沙到吉首主要坐火车，晚上约八时出发，第二天早上八九点才能到达。副厅长走得匆忙，没订到卧铺，硬是坐硬座赶来的。

接下来到凤凰看画取画，与黄老结识，其他问题迎刃而解。这天已是腊月二十九日，当晚副厅长又赶回长沙。

副厅长收了黄老画作，办事快马加鞭，很快有了立项，长潭岗水库也很快动工建起来。

后来一次，黄老又回故乡，副厅长闻讯带着儿子前来陪同。一次茶余饭后，副厅长又提出请黄老给他儿子画一幅画。黄老一听，已经给你送画了，给你儿子送画没有理由，就不答应。但那副厅长没得到画，又不愿走，带着儿子始终跟随在前后左右。

黄老心想，要甩掉他们才行。于是突然提议，上南华山走走。大家就跟着一起步行上南华山。南华山山高路陡，行走一程，副厅长和儿子走不动了，不得不停下来休息。结果，黄老带着几个人上了山顶，终于把副厅长甩掉。黄老高兴地说，我想这副厅长性贪，必然吃不了这苦，所以提议登山，果然把他们甩掉了，哈哈。

据说该副厅长后来出了经济问题，受到处分，这是后话。

吴官林的一系列改革，触犯了部分人的利益。有人在古城建洋房的

凤凰万寿宫一角

打算落了空，加上之前的粮食和生猪两项自费改革，都是超前的“违规”之举，一时间，告状风四起，上级调查组进驻凤凰。恰在这时，一个同名同姓的乡党委书记“吴官林”被查处了，“吴县长被抓了”的消息传得满城风雨。

时任县委书记当时正在外面出差，听到一些传言后打电话向他求证。书记打电话问“官林，你在哪里？”吴官林回答“我在屋里头”。“我都听讲，你关班房了”。吴官林说，那是廖家桥一个公社书记。县委书记这才放心。

尽管没有真的“进班房”，吴官林确实碰到了许多麻烦，顶着极大的压力。他的妻子龚菊凤当时是凤凰县法院的一个干部，有一天晚上，他跟妻子讲，万一人家处理我们，我们就要转去（回家务农），你讲怎么办？妻子深明大义，对他是理解的，说转去就转去嘛，什么大不了的事呢。反正你不要做亏心事，回家就回家。

说起来好笑，当县长的吴官林和当干部的妻子龚菊凤为了负担两个孩子上大学，在自家后院养了多年的猪。妻子起早摸黑，到菜市场捡烂菜叶子，到山中扯猪草，一背篓一背篓背回家去。有人说，啊呀，你个县长夫人还养猪，你不怕丑啊？龚菊凤说，我怕什么丑呢？我为了应付家庭生活，劳动光荣啊。这也从一个侧面反映出当时的干部是多么的清廉。

1990 年，吴官林离开凤凰县长岗位，任湘西土家族苗族自治州政协副主席，直到 1996 年退休。

吴老退休后，不问政事，也从不干涉凤凰后任班子的工作，倒是喜欢练字，写写画画，同文化人打交道。凤凰官庄乡一个农民叫田广，喜欢业余写作，写了一本《愚汉拾页》的散文集，请他题写书名并作序，他欣然答应。

湘西书画界有时组织一些活动，他也乐意参加。虽然年纪大了，但为人十分低调，衣着相当朴实，像一个老农，态度平易谦和，俨然农村大爷。

二　传奇

几代筸军的铁血传奇

在中国近代史上，有一支特别能战斗的军队，因作战勇猛、所向披靡而闻名遐迩，被誉为中国军中的廓尔喀兵团，这就是筸军。说起筸军的来历，先要弄清“镇筸”的由来。

现在湘西的凤凰，旧称镇筸。据《凤凰厅志·道光志》载：“厅名镇筸者，以昔日乾州之四里，永绥之六里，六里旧属乾州，雍正七年，巡抚赵宏思，辰沅靖道王柔，抚定六里生苗，建城吉多坪，名曰永绥（注：今花垣）。其苗人归镇溪千户所管辖，责永顺土司承担，为镇苗。凤凰沿边，东北自湾溪，西南至鸡公寨止，四十八寨苗獠，归筸子坪长官司管辖，责保靖土司承担，为筸苗。设参将一员，驻麻阳，监管镇溪、

筸子坪二处苗人，曰镇筸参将，此镇筸所由称也。嗣因参将职卑权轻，又麻阳距苗地较远，改设镇筸副将，移驻五寨司城，而五寨司遂以镇筸称名矣。”

顾名思义，镇筸这地方驻扎的军队，就称“筸军”，这就是筸军的来历。而旧时凤凰曾设五寨、筸子坪两个长官司，所以凤凰有时又称“五筸”。

清乾隆嘉庆镇压吴八月起义后，就地征丁，扩充地方部队，专门防范和镇压苗民起义。这些兵丁出身山野，自小经受锻炼，身体素质良好，又参与镇压造反势力，见惯了杀人放火，且接受地方传统的熏陶，重感情，讲义气，因而作战格外勇敢，战斗力很强。

真正使筸军名扬天下的是参与镇压太平天国起义。清咸丰年间，凤凰青年田兴恕、沈宏富、张文德等入筸军，随乾州参将邓绍良赴长沙与太平天国起义军作战。因作战勇猛、所向无敌在湘军中独树一帜。后由田兴恕统领500人，组建“虎威营”。虎威营因攻无不克，被曾国藩称为“虎威常胜军”。他们喜欢在左臂刺上“虎威常胜军”的青字，攻城格斗时，常赤裸左臂，挥刀跃马，喊声如雷，鼓舞士气。敌方闻风丧胆，视其为洪水猛兽。因而有“无湘不成军，无筸不成湘”之说。

沈从文《从文自传·我的家庭》中说：“咸同之季，中国近代史极可注意之一页，曾在胡彭所带领的湘军部队中，筸军有个相当的位置。统率筸军转战各处的是一群青年将校，原多卖马草为生，最著名的为田兴恕。当时同伴数人，年在二十左右，同时得到满清提督衔的共有四位，其中有一沈宏富，便是我的祖父。”

这四位提督是指：田兴恕，沈宏富，刘士奇，张文德。其中田兴恕，是这支筸军的头目，24岁就当了贵州提督加巡抚衔。后来因为拒洋教、杀洋人被清廷罢免职务，发配新疆。

接替他贵州提督职务的是他的副将凤凰老乡沈宏富，也就是著名作家沈从文的爷爷。沈宏富身材高大，作战勇猛，常常赤膊上阵，屡建战功，21 岁授云南昭通镇总兵，26 岁署贵州提督。后因枪伤复发回归故里，31 岁就因病去世了。

其后，凤凰人刘士奇、张文德又分别出任贵州提督。特别是张文德，先后三次署贵州提督。这个张文德也勇猛异常，咸丰六年，跟随提督和春攻三河城，屡攻不下。张文德请求独自一人深入敌营去劝降，结果投降的众多，终于攻克三河。同治二年，在一次战役中身先士卒，枪穿右腹，弹从背出，肠子都流出来了，稍作包扎，又继续指挥战斗，终于退敌。冯子材在上奏中说："文德力挫贼锋，重围叠解，实为特出之材。"

不仅如此，从 1840 年到 1875 年，三十多年间，凤凰就出了 43 名提督（含记名提督）、总兵，31 名参将，73 名游击，其他四品以下的则不计其数。

从上面几个凤凰人身上可以看出，一是他们的战功都是拼出来的、打出来的，在能征善战的湘军中，是最勇敢、最不怕死的军队。"无湘不成军，无筸不成湘"，因此而来。其次，他们先后署贵州提督，因为他们出生苗区，与贵州接壤。身经百战，有作战经验，让他们去镇压贵州的苗民起义，轻车熟路，最好不过。最后，他们功成名就，荣归故里，凯旋之日，带着朝廷赏赐的黄金白银绫罗绸缎，带着从太平天国手中掠来的古玩家私，前呼后拥吆三喝四，光宗耀祖扬眉吐气，让更多的乡亲眼红耳热，羡慕不已。于是就有了源源不断的热血青年，争相参加筸军，前赴后继。跃马疆场的传奇，久而久之，便成传统。

这一从军的传统影响了一代又一代凤凰人甚至湘西人。他们视从军为唯一出路，立功疆场为出人头地的人生机遇。田兴恕家出了三代将军，沈从文家三代从军，出了两代将军便是很好的说明。

而筸军作战勇敢无畏、视死如归的气概更是延续到以后的历次战争中。

武昌起义时，南京急起响应，义军多次攻克不下。田兴恕的儿子田应诏自任敢死队长，身先士卒，带队冲锋，冒死攻占雨花台，终于光复了南京。

嘉善抗日英雄浮雕

1937 年 11 月，以凤凰籍官兵为主组成的国民革命军第 128 师，由师长顾家齐率领奔赴浙江嘉善阻击侵华日军第六、第八两个军团。这些将士发挥湘西人不怕死的勇武精神，战场上出生入死、冲锋陷阵，演绎出了一幕幕捐躯赴国难、视死忽如归的慷慨悲歌。白天，日本鬼子仗着飞机大炮狂轰滥炸，然后重兵冲进阵地。晚上，128 师战士摸黑战斗，短兵相接，又把鬼子赶出去。本来只要坚守三昼夜，在援军没赶来的情况下，竟坚守了七昼夜，伤亡过半，损失惨重。但他们打出了中国人的士气，令疯狂的日本军队刮目相看，从此再不敢轻视中国军队……

至今凤凰的坊间，还流行“要吃牛肉坎下掀”“怕死不得高官做”等俗语。据说嘉善保卫战中，128 师官兵之间有个说法，临阵退却的“他娘偷人”。为了不受“娘偷人”这一奇耻大辱，更为了不让国家遭受外侮，他们谁也没有退却，抛头颅，洒热血，在所不惜。

基于这种地域文化，这种民情风俗，这种传统一定还会延续下去……

湘军中的凤凰将领轶事

清咸丰年间，太平天国起义爆发，如火如荼。湘军在各地招募军队，凤凰人田兴恕、张文德、沈宏富等一批年轻人踊跃报名参军，随湘军纵横驰骋，追剿太平天国。涌现出许多青年将领，流传着许多英勇故事。这里辑录他们的一些轶事，可见他们的勇猛和血性。因田兴恕有专文，沈宏富有介绍，这里略去。

张文德

凤凰大坳人，小时家贫，父亲早逝。他随母亲嫁到文家，取名“文龙德”。咸丰三年（1853），入湘军在长沙与太平天国作战，战后转战湖北、江苏、福建、安徽、贵州、云南等地。同治元年（1862），被清廷赏“翼勇巴图鲁”，授贵州镇远总兵。这时，认祖归宗，改名为“张文德”。他在攻南京打开天王府时，抢了一张紫檀木镶玉石的太师椅子，后运回老家大坳。据说这椅子冬暖夏凉，夏天生猪肉放在上面，不会发臭，是件宝物。新中国成立初，被沈从文的哥哥沈岳霖代表政府征集，送到上级文物部门保管。

张文德后来署理贵州提督，光绪七年（1881）去世，享年 47 岁。

刘祖成

刘祖成，水打田人。跟随田兴恕参军，力气大，作战勇猛。一次田兴恕被杀伤后倒在水田里。刘祖成冒死救他，被敌人刺中两枪，肚子上的板油都露出来了。田兴恕见状失声痛哭。刘祖成反而安慰他，不要哭，只要救出大哥就有办法了。后刘祖成官至参将，获二品顶戴，记名提督。暮年解官回水打田闲居。有次他戴着斗笠坐在河边钓鱼，凤凰厅知事下乡巡视，鸣锣开道，他坐在那里不予理会。县官说，本堂从这里路过，你不回避，该打屁股。他回过头来说，我的屁股，你是打不得的。县官知道他是刘大人后，反而向他赔罪。刘祖成活到 80 岁才去世。

杨岩宝

凤凰铜钱坡人，身材高大。有次打仗时他张口打了个喷嚏，恰巧太平军一颗火炮打出的铁丸射入他口中，将他活活噎死。临死前，做手势央求沈宏富、刘祖成买副匣子（简易棺材）安葬他。刘祖成力气特大，提起杨岩宝双脚往匣子里丢，谁知杨被猛摔一下，吐出铁丸，哼出声来，活过来了。太平军围攻黎平时，田兴恕叫杨岩宝率军解围。杨半夜被人叫醒，看了通知后立即光着上身上马出兵。听差提醒他说：“军门大人还没有穿衣服。”杨说：“怎么来的就怎么去。”说罢率先飞驰黎平。咸丰九年（1859），杨岩宝任古州镇总兵，协助田兴恕平定贵州省。贵州安定后，他即告假解官回籍，调理枪伤，直到 70 多岁才去世。

杨梦岩

杨梦岩是凤凰诸生，文人从军，在田兴恕手下任职。咸丰六年（1856），田兴恕率虎威营支援江西，因作战勇猛而闻名。杨梦岩也给他出了不小力气，由县丞提升为同知。田兴恕奉命出兵贵州，让杨梦岩管理营务。当时贵州苗民起义风起云涌，以思南、石阡最厉害。杨梦岩与田兴恕、沈宏富等合力清剿。后杨梦岩晋身道员，自领一军驻守思南。

同治元年（1862）正月，石阡的苗族义军来攻，杨梦岩与副将吴通才互为犄角扼守。后来援兵到达，义军败走。三月，义军汇合大部队来攻，连攻数日，日夜不息，最后攻陷城池。杨梦岩奋臂大呼，手持长矛，冲入敌阵，刺杀数人，自己全身受伤19处，力竭而死。照布政使例赐，于思南与原籍凤凰建专祠。

刘士奇

水打田人，本名“刘癞子”。咸丰四年（1854）正月间，他跟随长辈到县城跳茶灯，遇到镇标招兵。他凑热闹，戏装未脱就去报名。招募的问他叫什么名字？他答“刘癞子”。招募者说，这不是正名，要报书名。刘说，我哥哥叫刘士奇，他已经死了，我就用他的名字好了。咸丰五年（1855），他被归入淮军行列，转战江苏、浙江、河南等省。打开扬州府时，他讨了个王妃做小老婆。同治七年（1868），官至古州镇总兵，统领七营乡勇。他将朝廷历年欠发的饷银42527两捐献，使朝廷准许凤凰厅每年增加文武学额三名。他最后死在四川建昌镇总兵任上，遗体葬回故乡，百姓沿途放鞭炮迎接。

石玉龙

石玉龙，以练勇从征，隶属向荣、邓绍良部队，积功至游击。咸丰六年（1856），总兵秦如虎驻防安徽泾县，因丁忧离职，找不到合适的代理人。邓绍良便推荐他，以游击充统将。石玉龙感谢知遇之恩，作战更加卖力。其后，跟从邓绍良收复湾沚、黄池等地方，又在万级岭大败太平军，提升为副将。咸丰九年（1859）冬，太平军大举进攻泾县，石玉龙率部于蓝山岭迎战，初战告捷。太平军越聚越多，团团围攻，石玉龙虽然英勇冲杀，不能突围。身中十余枪而死，赠总兵加提督衔，谥刚介。

田应洪

田应洪，字晓廷。少时家贫，给人家当佣人。后招募入虎威营，从提督田兴恕追剿太平军至赣州殷家岭。一开战，太平军佯装失败，田兴恕怒马前冲。这时伏兵四起，将他团团包围。田应洪率三百骑赶来，拼死冲杀，将田兴恕救出重围，论功授把总。后带兵对敌作战，所向披靡，积功至参将。后随田兴恕援贵州，驻扎于黎平之潭溪。当时苗族义军据青龙岭奥巢，周边悬崖峭壁，各个关口垒石严守。田应洪招募土人为向导，由小路深入，攀越悬崖，直捣义军巢穴，义军大败，死伤无数，古州光复。同治三年（1864），广东义军李复猷攻入临平之洪州，来势凶猛。田应洪率游击雷三佳500人赴援。在峡温与义军遭遇，山高路险，反复争夺。后义军退回洪州，阻水为营，多日闭寨不出。某夜出寨偷袭，火焰四起，营卒大乱。田应洪杀死义军数十人，自己也受伤而死。赠提督衔，赐恤，予谥节。

滕加洪

滕加洪，岩埼坡人，幼时家里贫穷，打谷时到池塘坪一带拾稻穗，被田主把竹篮抢走，还挨骂挨打一顿。咸丰年间从军，转战广西、湖南、湖北、江西、贵州等省，同治六年（1867）叙功署沅州协副将。他做官后将池塘坪一带田地都买了，秋收时放开让人拾稻穗。

放牛娃当了大将军

清道光年间，凤凰一个放牛娃割马草进城，见小伙伴在一家大户门前玩滚铜钱的游戏。生性贪玩的他，将马草放在一边的路上，也蹲下来，和伙伴们一起滚铜钱。这时，一个富家小姑娘进屋，见一担马草挡在门前，便问是谁摆的？孩子们都把目光投向割马草的孩子。小姑娘当即指责道："好狗不挡路，你怎么把马草放在人家门口？"只见这个身材瘦小的孩子面无惧色，站起来回敬道："你不要凶火，等我当了官一定讨你做嫁娘（凤凰话，老婆的意思）。"

说这话的孩子，就是后来任贵州提督的田兴恕。那个小姑娘，就是祖上曾做过知府的朱家大闺女。后来，田兴恕当官后果然娶了朱家姑娘成亲，成就了一段佳话。

田兴恕

田兴恕，字忠普，苗族，清道光十六年（1836）生于凤凰筸子坪乡牯牛坪村。因父亲早逝，家境贫困，他自幼就给人放牛。因顽皮，牛跑进一富人家田里吃了禾苗，被富人强迫吃牛屎，饱受欺凌。其母姚氏便带着全家搬到县城北郊的擂草坡，在"饷兵庙"栖身。母亲卖油粑粑，他则每天卖马草度日。

咸丰二年（1852），未满16岁的他和张文德、沈宏富等一批凤凰青年加入筸军，随乾州参将邓绍良赴长沙与太平军作战。开始，他随标队防守天心阁。

时太平军久攻长沙不下，欲挖地道埋火药炸开天心阁城墙。清军知道后，派人出城侦察，田兴恕自告奋勇出城打探。因为他个子矮小，像个孩子，太平军不防备。他侦察清楚后，清军由城内打洞，接近太平军打的隧道时，点燃炸药，将打洞的太平军炸死，然后用湿棉絮堵死洞口，打破太平军计划。田兴恕因此立功，得到巡抚骆秉章发的50两赏银。当晚，他即带钱与别人赌博。赌徒欺负他年少，把他打晕，摔倒在城墙脚下，抢走他的银两。长沙知县夜里巡视时发现了他，查看腰牌，才知道他就是当天受赏的田兴恕。见他尚有气息，派人背回县衙。第二天，县长写了禀帖，把他送到府台衙门去。当时，左宗棠给骆秉章当师爷，那天早上，骆秉章对他说，昨夜做了一梦，梦见老虎跑上大堂。左宗棠圆梦说，今天怕要收虎将了，骆秉章将信将疑。左宗棠于是传令，今天不论何人求见，都传进来。接着就见田兴恕走了进来。骆秉章见了田兴恕瘦猴模样，大失所望。左宗棠认为人不可貌相，就安排田兴恕在府台衙门当武巡捕。

后来太平军占领河西，清军招募敢死队夜袭太平军营，田兴恕踊跃报名，乘夜色划小船潜入敌营，放火烧营，被太平军发现，一时数百人追赶。他情急之下，跃入湘江泅水逃回，被提拔为哨官。此后，随部队连年征战，咸丰六年（1856），因作战勇猛被提拔为营官，统领500人，号称“虎威营”。虎威营因攻无不克、所向无敌，在湘军中独树一帜，被称为“虎威常胜军”。他们喜欢在左臂刺上“虎威常胜军”的青字，攻城格斗时，常赤裸左臂，挥刀跃马，自家人互相呼应，鼓舞士气。敌方闻风丧胆，视为洪水猛兽。因而有“无湘不成军，无筸不成湘”之说。咸丰八年（1858），积功至副将，加总兵衔，赐号尚勇、挚勇两巴图鲁。

这一年，带兵入黔路过故乡凤凰时，得知朱家小姐尚未出阁，便请镇道大员做媒，娶朱家小姐为妻。

咸丰十年（1860），田兴恕任贵州提督，诏授钦差大臣。这年，他才 24 岁。第二年，又兼署贵州巡抚。

田兴恕在署理贵州期间，痛恨洋人欺侮中华，于是驱逐洋教，斩杀洋人，制造了有名的“青岩教案”和“开州教案”。被软弱的清廷免去职务，发配新疆。途经甘肃时，被陕甘总督左宗棠留住，领兵镇压当地少数民族叛乱，又多次立功，后被赦免回籍。光绪三年（1877），因枪伤并发，忧患成疾，逝于凤凰，终年 41 岁。

田兴恕小时不曾读书，在逗留甘肃期间，利用闲暇潜心读书，后来不仅粗通文墨，还能写诗填词，著有诗集《镇生诗草》，算是奇迹。

田兴恕当官后，在凤凰东正街买了一栋房子，这便是凤凰老街有名的“将军府”，至今保存完整。

将军府大门

将军府小丫头变身京剧大腕

20世纪三四十年代，有一个在京沪等地红极一时的京剧女演员，艺名云艳秋。她长相标致，唱腔圆润，演技精湛，与顾正秋、童芷苓等齐名，当时的上海百代唱片公司还为她灌制了不少唱片。没有谁能想到，她原来是湘西凤凰一个大户人家的小丫头。

说起这大户人家，原是中华民国时期的湘西镇守使田应诏。

田应诏，号凤丹，生于光绪二年（1876），其父亲原贵州巡抚田兴恕去世时，他才满周岁。因母亲溺爱，少年时放荡不羁，喜弄拳棍，常与无赖少年为伍，斗鸡跑狗，惹是生非。后渐悔悟，发愤图强，投身革命。

1903年，考入湖南武备学堂将弁班。因外国教官欺侮同学，他义愤难填，怒打教官而被除名。不久，得其父故交时任湖南巡抚赵尔巽的帮助，赴日本留学。先入振武学堂，继入陆军士官学校，并结识了孙中山，加入同盟会。1908年毕业回国，获清政府颁发的步兵科第二十名举人头衔。继入四川，任陆军小学及陆军速成学堂总办。刘湘、刘文辉、邓锡侯、杨森等民国军界巨头，都曾是他的学生。后到南京，任第9镇34标第三营管带。武昌起义时，南京急起响应，攻克不下，田应诏自任敢死队长，率部攻占雨花台，继而攻克南京。南京光复，孙中山就任临时大总统，他被提升为第二十旅旅长，戍守南京。

袁世凯篡权后，撤销二十旅，田应诏返回故里，任湘西镇守使兼辰沅道尹。他在湘西举办军官团、军士教导队，整顿军队。设立男女学校，发展地方文化教育事业。还创办工厂，兴办农业等。

1916年，袁世凯称帝，封他为一等轻车都尉，他拒不赴任。1917年，响应“护法”，被孙中山晋升为中将，任湘西护法联军第一路军司令，成为有名的护法将军。

委任狀
令委任田應詔充第二十旅旅長此狀
孫文
陸軍部總長黃興
中華民國元年三月十八日

孙中山和黄兴联名签发的田应诏委任状

功成名就之后，他闲散疏淡，挥金如土，且嗜鸦片。1920年，把军队及地方职权交部下陈渠珍管理，自己旅居长沙、武汉、上海等地，悠闲度日。1928年回到凤凰，每日听戏品茶，喝酒聊天。1932年农历十二月，病逝于凤凰，终年56岁。

田应诏一生钟情于绘画和唱戏，因为喜欢京戏，在南京时，专门娶了一个唱戏出身的小妾，整日陪他唱戏听戏。还将外地戏班，请进凤凰，教唱京戏。凤凰后来京剧盛行，地方戏剧发达，也与他此举有关。

话说20世纪20年代初，湘西镇守使田应诏家中，新收了一个7岁的小丫头，乳名玉妹。家住何处，父母姓甚名谁都不清楚。因为水灾，玉妹跟父母和兄弟一家5口流浪到了凤凰。开始，母亲因病去世，襁褓中的弟弟因没有奶吃而饿死。父亲以卖水为生，玉妹与哥哥乞食街头。后遇到王老太太，出钱三吊将玉妹买走，留在老太太身边做丫鬟，改姓王，取名秋香。

这老太太有女嫁湘西镇守使田应诏。有一次，带秋香去探亲，女儿见秋香长得乖巧伶俐，便将她留在身边，改名秋霞。

田应诏喜欢听戏唱戏，经常在家中演唱，秋霞跟着学舌，竟学得像模像样，田应诏于是决定送她去学戏。

秋霞开始拜云中雷学戏，定期6年，取艺名云艳秋。艳秋生性聪明，接受能力很强，学戏很快，深得师傅喜爱。1923年在汉口时，艳秋改认云中雷为义母，从师徒关系发展为母女关系。

1924年，云艳秋在武汉、南京等地学戏。一次，凤凰王老太太要她回去，准备卖进妓院。云艳秋坚决不从，并得到义母保护，从而避免进入火坑。

1929年，云艳秋在重庆正式登台演出，年仅14岁。四川一军阀欲强娶为妾，经义母设法推脱后趁机逃回汉口，师徒俩相依为命。

云艳秋爱好学习，转益多师。除跟义母学戏外，还拜汉口董其山为师。1930—1933年，又到上海拜李琴仙、吴凤春为师。业精于勤，云艳秋在京剧舞台崭露头角，声名日盛。先后搭李桂春、李万春班，与言菊朋、韩素秋、陈瑶华同台演出。曾在上海黄金大戏院为周信芳先生配戏。她戏路较宽，技艺精湛，深得同行好评。后嫁麒派老生陈鹤峰，并参加上海连台本戏活动。后又得京剧大师梅兰芳指点，技艺大进，声名更甚。京、沪、武汉、重庆等地，都留下她的足迹，成为江南一代名伶。

20世纪30年代末，云艳秋已自领剧团成为台柱子，经常到南京演出。有一次，凤凰在南京工作或学习的一些人相约去看其演出。看得高兴时，齐声用凤凰话喝彩叫好。云艳秋知道是凤凰同乡，散戏后请到后台，设宴招待，共聚乡情，在凤凰同乡中，传为美谈。

最后的飞虎队员

已经看过多次“中国最后一个飞虎队员逝世”或者“大陆最后一个飞虎队员逝世”的报道。但据我所知，现在至少还有一个飞虎队员活着，他就是湖南湘西凤凰人田景祥，现生活在台北。他也许是中国最后一个飞虎队员。

我之所以了解田景祥的情况，主要是他的大儿子田儒乾是我的好友，在湘西时，我们经常在一起，现在还经常保持电话或通信往来。

田景祥系清末贵州提督田兴恕之孙，民国湘西镇守使田应诏的儿子，因为参加陈纳德将军的“飞虎队”，对日空战，击落5架日本飞机，名扬一时。

田景祥，1917年生于凤凰县城，小时候随父旅居长沙、上海等地。受家庭熏陶，田景祥自幼有绘画和音乐天赋，曾考入国立艺术学校学习。此时抗日战争爆发，他无心学艺，决定投笔从戎。在该校西迁昆明行至贵阳时，考入陆军军官学校。其间又考取了空军军官学校。同年8月，接航空委员会召集令，去昆明入空军军官学校14期，在乌家坝机场接受飞行训练。1941年6月，又去美国受训，接受初、中、高三级飞行训练。

1943年3月完成学业后，获空军少尉军衔。回国抗日，在桂林编入14航空队中美混合联队28中队，为陈纳德将军“飞虎队”队员。

1944年8月9日，随队驻防湖北恩施，在鄂西对日空战时，首次击毁敌机一架，自己也中弹负伤，到成都治疗。后随队驻防桂林、零陵、芷江、安康等地，参加轰炸日军机场、军列、军舰，迎击日轰炸机等战斗33次，共击毁敌机5架，获航空委员会主任周至柔（后为空军司令）颁发的三星星序奖章，又获美国政府授予的航空奖章。

抗战胜利后的1945年，在徐州同中山大学毕业生冯淑琦女士结婚。1946年，生下儿子田儒乾。后带回凤凰休假，将儿子交老母亲抚养。

在凤凰休假时，田景祥曾与最好的同学说，等他当了飞行大队长，有一天，会驾驶飞机飞回凤凰上空，绕着八角楼飞行三圈，那就是他回来了。

其后两年的某一天，一架飞机飞到凤凰古城上空，绕着八角楼飞行了三圈。他的同学说，一定是田景祥当了飞行大队长，驾飞机回来了。20世纪80年代，田景祥回故乡探亲时，证实了这次飞行。

1949年，田景祥随国民党部队去台湾，任空军上校、飞行大队长等职，直至退休。后定居台北，现年已99岁，身体状况不是很好，长期住在台北医院。他是“飞虎队”至今健在的为数不多的飞行员之一。

随着和平时代的到来，田景祥的儿女不再从军，或从艺，或从商，皆有所成。其大儿子田儒乾，生于1946年，新中国成立时随祖母留在大陆，作为国民党军官子弟，属“二十一种人”，被下放到阿拉镇农村生活好些年，在艰苦的环境中成长，学过木匠，吹拉弹唱，无所不会，多才多艺，后成为著名画家，尤以画荷花和湘西吊脚楼而闻名。后入菲律宾籍，常返大陆进行书画交流，每年都要到湘西吉首和凤凰生活一段时间，我们成为了很好的朋友。

2007年世界和平日，抗战受降名城湖南芷江举办国际和平节，同时举行中国籍飞虎队员展厅揭幕仪式。来自香港的中国籍飞虎队员林雨水和来自台湾的中国籍飞虎队员田景祥之子瞿永华分别向飞虎队纪念馆捐赠有关纪念物品。

“芸庐”轶事

在湘西沅陵县城尤家巷，原有一幢很有特色的建筑，叫作“芸庐”，这是沈从文与哥哥弟弟共同建造的一幢房子，曾经在当地很有名气。

20世纪30年代初，沈从文兄弟的情况渐渐有了好转。沈从文在北京发表了许多文学作品，一时间声名鹊起，也给他带来了一定的收入。哥哥沈云麓这时生活比较稳定，有固定收入，没什么负担。弟弟沈荃从黄埔四期毕业，这时当了军官，也有可观的收入。随着经济条件的改善，1933年，沈从文三兄弟商量，准备在沅陵兴建一栋住房。因为沅陵是湘西通江达海的口岸，也是湘西最繁华的城镇。建房的主要目的，一是可以将其母亲接来安度晚年；二是作为兄弟姊妹的集会之所，相当于公馆一样。沈家曾是凤凰的大户人家，兄弟姐妹比较多，且大多在外面，而原凤凰的房子早已变卖。在沅陵建造一幢房子，是可行的，也是有远见的。事实证明，这房子后来发挥了重要的作用。

关于修建房子的费用，有人说是沈从文出的钱，有人说是沈从文的弟弟沈荃出的钱，也有人说是沈从文三兄弟合资的，由沈云麓监修和管理。经查阅相关资料，后一种说法比较真实。房子是以哥哥沈云麓的名义修建的，他先垫出一部分钱，然后向朋友们借了一些钱，把房子建好，再要两个弟弟寄钱来还债。

对于兄弟们建房，沈从文是积极支持的。据说该房子的图纸是沈从文请北京的朋友设计的，是梁思成抑或林徽因，都说不定，因为他们之间关系特别好，是密友，经常相聚，沈从文还是梁家“太太的客厅”中的上宾。图纸设计好后，由沈从文邮寄回来，很快建成一幢别具一格的建筑。关于房子的命名，他们取名为“芸庐”，其实是“云麓”的谐音。

这是一幢两层楼的建筑，中西合璧风格，美观大方而且实用。“芸庐”建成后，沈从文的哥哥弟弟两家在此居住多年，平时由大哥打理。沈从文每次往返故乡凤凰时，也在这里多次停留。

1934 年 1 月 7 日，沈从文接到母亲在凤凰病危的消息，匆匆从北京赶回湘西。那时交通不便，路上行程需十几天。18 日，他从常德坐船逆水而上，到沅陵一上岸，就住到新落成的“芸庐”。其后，回凤凰住了 4 天。26 日，参加了母亲的生日，又往北京赶。30 日，到达沅陵，又住进“芸庐”，并在此停留一天。其间，沈从文在“芸庐”宴请旧友，又去拜访了小学时的老师田名瑜，田作《送沈从文序》相赠。就在这天下午，沈从文给妻子张兆和写了一封信，信中说“他（大哥）真希望你们来看看他经营的好看小屋，那屋在辰州（沅陵）地方很出色，放到青岛去时也依然是出色的”。

过后不久，沈从文母亲病逝。大哥沈云麓办理丧事完毕，就给沈从文写了一封信。沈从文收到信后，即给哥哥回信，既对母亲的逝世表示哀悼，也对大哥的辛苦忙碌表示感谢。同时，对大哥的生活也表示很关心。另外，还提到修房子欠款的事，“我有，也会陆续弄些来填还，因为我懂得这些钱是你用面子借来的，我们不会使你为这件事不好见人”。

抗日战争爆发后，大批北京、沿海文化名流向后方转移。当时从内地转移到云南或重庆去，多走水路或才建成的湘川公路。而这两条路线都必须经过沅陵。后来一段时间，湖南省政府也曾搬迁到沅陵。沈从文的朋友很多，经他介绍，“芸庐”成了中转站，保护和帮助了一大批文化大家和文艺青年，其中包括梁思成、林徽因夫妇，闻一多、刘开渠、庞薰琹、林风眠等等。

1937 年 12 月，梁思成夫妇要去云南，途径沅陵，沈从文连续写了几封信要大哥安排照顾好他们。12 月 9 日，林徽因抵达沅陵后，致信

沅陵二酉洞古藏书处，是沅陵文化兴盛的标志

沈从文，说他们已到达沅陵，并到“芸庐”拜访了他大哥，信中说“你老兄的房子在小山上非常别致有雅趣……我们真喜欢极了……沅陵的风景，沅陵的城市，同沅陵的人物，在我们心里是一片很完整的记忆”。

1938 年 1 月，沈从文也陪同一些文艺界名流在“芸庐”居住过，同住的有萧乾，杨振声的大女儿、大儿媳等。居住期间，沈从文多次通过凡事热心的大哥沈云麓，协助、接待、安置经沅陵向后方转移的文教单位和人士，如帮助国立艺专师生在沅陵找房子作临时宿舍等。国立艺专迁走时，还将不便搬运的那些石膏像寄放在“芸庐”，这些石膏像堆满了一间房子，直到抗战胜利后才运走。

沈从文在“芸庐”住了三个多月，后辗转去了云南。

1942 年，沈从文创作一部小说即取名《芸庐纪事》，其中的男主角就有大哥沈岳霖的影子。

“芸庐”也成了沈家招待家乡名流的公馆。就是这一次，沈从文住在“芸庐”，遇到凤凰的几个大佬都在沅陵。于是，一天晚上，沈从文在“芸庐”公馆里请客，请了陈渠珍、龙云飞、戴季韬等，饭后一起喝茶聊天，相处甚欢。最后，沈从文将龙云飞单独留下，劝他将湘西的各路“英雄”统一起来，像个真正的勇士那样不错过这“千载难逢的报国机会”，走上抗日前线，为湘西，为全国苗民争一口气。从 1920 年代初就与沈从文相识的龙云飞，在小老乡面前第一次动了真情。他紧握着沈从文白皙的手说：“就请听腾汉战场上的消息吧！”

事后，龙云飞率领湘西子弟兵，在长沙、常德等地与日本浴血奋战，取得了骄人的战绩。

沈从文的妹妹沈岳萌，也是在“芸庐”走失的，前文有介绍。

新中国成立后，“芸庐”被收归国有。前些年，沅陵一中扩建，竟然把它拆掉了。呜呼！一座文化名居竟被轻松拆毁，这是素来以文化底蕴深厚著称的沅陵的悲哀。

戴斗垣命断文家市

1930 年 8 月，刚刚组建的红一军团围攻湖南浏阳的文家市，击溃国民党部队一个旅，迫使旅长戴斗垣负伤自杀，取得了“文家市大捷”，从而写下中国工农红军史上光辉的一页。

这个被迫自杀的敌旅长戴斗垣是什么人？为什么走到这一步呢？

原来，这个旅长是湘西凤凰人，是凤凰众多将军中的一个。

戴斗垣，字金门，别号寄鸥，凤凰沱江镇人。其祖籍浙江吴兴，1890 年，出生于凤凰古城沙湾。他少年好学，14 岁入本县中学，受学于田星六处。不久，入湖南陆军小学。后入保定军官学校，与唐生智、何键等同学。毕业后，到四川邓锡侯部任少校参谋。

1916 年，他应湖南新编第二师师长陈复初的聘请为该师副官长。1920 年，到湘西巡防军陈渠珍部任参谋、统带。1921—1925 年，任湘西巡防军凤凰总监部总监、第二路剿匪指挥及湘西屯务处处长等职。后在何键的拉拢下，脱离陈渠珍部。1927 年，在他改任三十五军独立第三旅旅长时，国民革命军第四集团军总司令唐生智回湖南，该部军官前往迎接。唐一下车，见到戴斗垣，立即走上前同他握手，亲切地说：“金门，你在这里，老朋友，老同学，好久不见了！”一些高级军官见总司令对他如此亲切，大为惊异。为了同他拉关系，就送枪送炮给他，使他的部队很快武装起来。何键立即将他提升为独立第十师师长。

1928 年，军队缩编，他改任 19 师副师长兼 57 旅旅长。第二年，兼湖南省警备司令。不久相继担任第四路军中路右翼指挥，第 16 师 47

旅旅长兼湘西“剿匪”司令等职。1930年，又调任15师旅长。

这时，中国革命如火如荼，红军武装星火燎原。1930年6月，赣南、闽西地区红四军、红十二军和红六军（7月改称红三军）在福建汀州合编为红一军团，毛泽东任军团前委书记兼政委，朱德任总指挥。当时的党中央主要负责人仍然坚持“以城市为中心”的“左”倾指导思想，制定出组织全国中心城市武装起义和集中全国红军进攻中心城市的冒险计划，命令红三军团攻打长沙，红二军团攻打武汉，红一军团攻打南昌。毛泽东坚决抵制攻打大城市的错误主张，始终坚持以“农村包围城市，武装夺取政权”的正确道路，在赣江两岸几十个县境的广大地区深入发动土地革命，并摆出佯攻南昌之势。

7月27日，彭德怀领导的红三军团虽然攻下了长沙，但因难以抵挡反动派的围歼而很快退出。这时，中央“左”倾领导又命令第一军团与第三军团合攻长沙。红一军团由江西安义、奉新出发向长沙进军，途中，毛泽东写下《蝶恋花——从汀州向长沙》：“六月天兵征腐恶，万丈长缨要把鲲鹏缚。赣水那边红一角，偏师借重黄公略。百万工农齐踊

文家市“里仁学校”，是秋收起义后文家市会师的旧址。从此中国革命走上“农村包围城市，武装夺取政权”的道路

跃，席卷江西直捣湘和鄂。国际悲歌歌一曲，狂飙为我从天落。”毛泽东借这首词委婉地批评当时党中央负责人的“左”倾错误，形象地说明了中国革命的道路是要放手发动群众，指出只有“百万工农齐踊跃”，才能使革命“席卷江西直捣湘和鄂”，才能使革命之火燃遍全中国。

8月18日，红一军团到达江西万载县黄茅镇，拟从这里经浏阳去长沙。而此时，湖南军阀何键为追剿红三军团，已派重兵分驻浏阳，并亲自坐镇浏阳县城指挥，他特派所属第15师戴斗垣旅共5000余人进驻湘赣边境重镇文家市，以阻止红三军团经此地西去与红一军团会合。而红一军团要进入浏阳，也必须经过文家市。在这种情况下，何键派心腹戴斗垣驻军文家市，围堵红军。戴斗垣受命，气焰十分嚣张，刚到文家市，就致电何键：“文家市……为湖南赤匪老巢，现拟暂住，大加搜捕，以期一劳永逸。”

红一军团抵达黄茅镇后，苏维埃浏八区（文家市区）区委书记钟世华即亲自前往黄茅汇报敌情，请求红军尽快消灭盘踞在文家市之敌。毛泽东、朱德听取汇报后，当晚就召开各军负责人会议，作出了攻打文家市的决策，次日晨发布了作战命令，进行了战前动员。毛泽东还在会议之后亲自给党中央写信，概述了红一军团在赣西一切新的军事行动，深刻阐明了不打南昌，移兵赣西，向湘东挺进，突袭文家市的道理。

文家市距黄茅30余华里，按照黄茅军事会议确定的作战方案，红一军团于8月19日兵分四路合围文家市。第一路由军长黄公略、政委蔡会文率红三军第一、二纵队由东面进攻文家市街后的高升岭、棺材岭等敌军制高点；第二路由军长林彪、政委罗荣桓率红四军包抄到文家市西南面，由此发起攻击并阻止敌军向浏阳县城方向逃跑；第三路由红三军第三纵队沿黄茅至文家市的大路从东北面进攻；第四路由军长罗炳辉、政委谭震林率红十二军负责先歼灭驻守在文家市北去约30华里的孙家塅戴斗垣一个团，之后再从北面向文家市逼进。此外，毛泽东、朱德还特别安排原浏阳县委书记，时任湘东工农武装总指挥的张启龙率湘东游击队担任保卫浏阳至文家市途中的重要关隘——渠城界的任务，以阻击敌增援部队。同时，萍乡、浏阳、宜春、万载等县的广大赤卫军一齐支前并参战。

8月19日，红一军团神不知鬼不觉地完成了合围文家市的兵力部署。20日凌晨，敌人还在睡梦中，红军从天而降，风驰电掣，突然将戴斗垣部团团围住。红三军第一、二纵队率先发起攻击，迅速占领了敌棺材岭阵地。戴斗垣梦中惊醒，仓促应战，命部下死守仅剩的高升岭制高点。戴部凭着坚固的工事，架起轻、重机枪和迫击炮等，用各种火力顽抗，我军数次冲锋均被击退下来，伤亡很大。正在这僵持阶段，毛泽东、朱德率军团总部等急行军至距文家市8华里的五神岭将军庙。毛泽东再作临战动员后，部队迅猛投入了战斗。毛泽东、朱德还将前线指挥所搬到了高升岭山腰的陈太仙人庙并亲临指挥战斗。全体指战员受到极大鼓舞，士气大振。红三军第一纵队司令员柯武东（安徽籍，年仅26岁）立即组织80名突击队员，手持马页刀和驳壳枪，腰挎手榴弹，在密集的火力掩护下，亲自率队，带头冲锋，发起最勇猛的一次强攻。刚攻下敌人第二道战壕，柯武东不幸腹部中弹，小肠流出。战士们要抬送他下山，但他置生死于度外，一手挥动驳壳枪，一手把外流的小肠塞进腹腔，死死捂住伤口，强令突击队“不要管我，继续冲上去”。全体突击队员舍生忘死，猛力冲锋。与此同时，兄弟部队也从山后袭来，两面夹击，终于拿下了高升岭敌阵地的制高点。红军占领了地形上的优势，居高临下，用夺过来的机枪猛烈还击顽抗的敌人，把敌人压至山下，汇集到文家市街上。这时，四面八方的红军铺天盖地而来，枪声、杀声惊天动地，敌军顷刻瓦解。戴斗垣见大势已去，率余部向浏阳县城溃逃，又遇红四军迎头痛击，只得退回。与此同时，孙家塅守敌也被红十二军击溃，红十二军也已逼近文家市。戴斗垣负隅顽抗，混战中受伤，吓得浑身哆嗦，自知逃不出红军布下的天罗地网，只得掏出手枪自杀。

文家市突袭战不到四个小时，全歼了敌三个团另一个营，击溃一个

位于文家市的工农革命军第一军第一师雕塑

团，毙敌旅长戴斗垣和一个团长，俘敌1000余人，缴获长短枪1500余支，机枪37挺，而红军仅伤亡官兵700余人。军史和战史上都称之为“文家市大捷”。

文家市大捷是红一军团成立后取得的第一次重大胜利，也是红军初创时期一个成功的突袭战例，在军史和战史上有着重要地位。

戴斗垣战死后，国民党军事委员会追赠他为陆军中将，举行隆重的安葬仪式，将他葬在长沙市岳麓山上。“文革”中，墓葬被毁。

戴斗垣还有一个哥哥戴恢垣，字洪门，生于1888年，云南讲武堂毕业，一直从军。曾任常桃警备司令，后在戴斗垣部任团长。1930年戴斗垣死后，接任湘西剿匪指挥部司令，晋升少将，任旅长。1931年辞职回乡，在地方办慈善事业，1953年病逝。

南方长城发现始末

2000年4月下旬，凤凰县为了申报国家历史文化名城，专程邀请了当时的国家建设部古建筑专家赵景慧，国家文物局古建筑专家组长、长城学会副会长罗哲文等10多名专家学者，来凤凰古城进行全面考察。当他们来到廖家桥至阿拉途中，看到一段形似长城的城墙和城堡时，深深地被吸引住了。特别是长城专家罗哲文先生，对此十分感兴趣，爬上了城墙进行反复考察，回城后翻阅资料，详尽考证。几天后，一个惊人的消息震惊世人：湘西苗疆发现了中国南方长城！

在此之前，这些叫作“苗疆边墙”的零散长城并没有引起有关专家的重视。它们散布于湘西的崇山峻岭，数百年来，因为缺少保护，大部分已经坍塌甚至消失。只有一些古兵营、古城堡尚存于高山之巅，风雨飘摇，未能湮没。这次惊人的发现，振聋发聩，使“南方长城”从此蜚声中外。

根据罗哲文先生的看法，在北方的明长城也称边墙，每一军事防区的边墙有长有短。北京保卫明十三陵的“昌镇”有200余公里，与湖南“镇筸”（今凤凰县）边墙的长度差不多。苗疆边墙“较之北京的居庸关、八达岭、慕田峪、司马台长城毫不逊色，且展示了南国风光和湘西少数民族风情的特色”。从而肯定，苗疆边墙防御工程体系与北方明长城一样，而且，其军事机构设置、官兵制度也都相同，因此该长城完全应该属于中国长城的一部分。

罗先生称，他搞长城研究50年了，以往历史学家只是在历史文献的记载中知道中国南方也有长城，但许多人皓首穷经也没能找到它客观存在的证据。他觉得，说苗疆长城是中国长城的一个组成部分不存在任何争议，应和北方长城一样加入世界文化遗产之列。

南方长城中尚未坍塌的古堡

说起南方长城的历史，可以追溯到明朝。当时湘黔边境的苗人被划分为生苗和熟苗。生苗是不服从朝廷政府管辖的少数民族，他们因不堪政府的苛捐杂税与民族欺压，经常揭竿而起。为了安定边境地区，镇压反抗，明朝廷拨出银两，在生苗与熟苗之间修筑起了边墙。据《凤凰厅志·道光志》记载："边墙，明万历四十三年，辰沅兵备道蔡复一筑。自本厅亭子关起，至乾州镇溪所止，组山织水，三百余里。高八尺，厚五尺，费公币四万三千有奇，今塌。又天启间，兵备胡一鸿、游击登祖禹复筑六十余里，在乾州境内。"

由于当时南方少数民族的军事实力不如北方少数民族强大，苗疆长城也就没有修筑得像北方长城那样雄伟壮大，更没有像北长城一样绵延不断。它实际上只是南长城的雏形，是时断时续的城墙，有时候连成一片，而大多是断断续续的。平时驻军，以预防为主。遇有敌情，可以迅速传递消息，通过碉卡营哨，进行抵御、镇压。

到了清初，为了加强对湘西少数民族的统治，康熙三十九年（1700），设凤凰厅，"改协为镇，以沅州总兵官移驻"（《凤凰厅志·乾隆志》）。清乾隆嘉庆年间，这里爆发了以吴八月为首的规模浩大的苗民起义，参加的苗汉群众共有20万人，纵横三省六府十三厅县，持续达12年之久，给清政府以沉重的打击。起义被镇压后，清政府拨出巨款，用于修筑南方长城。《凤凰厅志·道光志》载："自三厅由乾州交界之木林坪，至中营辖转之四路口，筑围墙百数十里，其界画严矣。”《凤凰厅志·光绪志》又载：“于嘉庆二年以后，经前道傅鼐，修建汛堡、屯卡、碉楼、哨台、炮台、关门、关厢，共一千一百七十二座。又修边墙一百一十里，分拨兵丁，常川驻守。”花了那么多银两，修复和扩建了南方长城，自然要派官兵驻守。此时，边墙附近驻守的官兵六七千人，常年需要更多的粮食和经费供养。清政府只得采取屯田的办法，即将边墙周边的田地，划出一部分，让镇守的官兵自己耕种，以解决粮食问题。这就是史载的“厅治于苗变初平时，筹办善后事宜，制行屯田，有攻御之便，而省馈饷之劳”（《凤凰厅志·道光志》）。

这些长城约高 3 米，底宽 2 米，墙顶端宽 1 米，绕山跨水，大部分建在险峻的山脊上。当地的地名也因此而大都以炮台、哨、卡、堡、碉、关、营来命名，如：亭子关、乌巢关、阿拉关、靖边关等。

清末以来，苗疆长城上的石块不断地被当地人拆去建房、垒坎、筑坝、修塘，破坏相当严重。只留下部分城墙和一些城堡。现在我们看到的南方长城，是 2001 年凤凰县政府出资在永兴坪拉毫营盘段进行抢救修复的，约有两公里。新修复的南方长城全部用当地青石砌成，有城墙、城楼、碉堡和炮台，地势险要，气势恢宏，可与北长城媲美。

修复后的南方长城

一件苗族古老服饰的发现

寒冬的一个夜晚，我同凤凰著名画家刘鸿洲先生喝茶聊天，听他讲故事。讲到一条苗族古裙的发现经过，引起我浓厚的兴趣。

20 世纪 80 年代初，刘鸿洲先生因为版画和绘画方面的突出成就，相继加入中国版画家协会、中国美术家协会。县里把他调进了县文化馆，从事专业创作。当时国家刚颁布《文化馆工作条例》，要求基层文化馆工作人员一年要有三分之一时间下乡，他便经常抽时间下去写生作画。

当时，省文化厅和群众艺术馆正在开展民族民间工艺品的普查和发掘工作，他主要负责山江苗区各乡镇的普查。有一天，在聊天中他听说山江有个苗族妇女一次赶场，穿了一件从没有人见过的苗族服饰，特别的精美漂亮，引起整个墟场的轰动，数百人围着她，争相去看她的服饰。看了之后赞不绝口，没有一个不夸奖和羡慕的。

言者无意，听者有心。刘鸿洲听说后，赶紧追问，到底是哪一个村哪一个寨的？现在能找到吗？在座的回忆了好一阵，有说这个村的，有说那个村的，最后有人说好像是那个叫好友村的。她家有个亲戚在村学校教书，你去学校问问就知道了。

事后，刘鸿洲专门步行到那个村学校去打听，找到那个教师。一问，果然是好友村的，那妇女还真是这位老师的亲戚。

当时才“拨乱反正”，还没有进入改革开放，人们的思想观念比较落后。那是个苗族村，当时大多说苗话。贸然去人家家里要求看古老的服饰，怕人家不肯拿出来。刘鸿洲不太会说苗话，考虑到沟通有困难，就要那老师写了一张条子，说明情况。老师很快写好了，要他带着条子去找人。

找到该村民家里，该家的男主人刚出去打米去了，只有妇女在家。刘鸿洲取出条子给妇女看，没想到，这妇女没念过书，居然不识字。这时，寨上一个姑娘来串门，刘鸿洲请小姑娘翻译给那妇女听，然后听见她们用苗语交谈了一阵，妇女还是拿不准，说要等她男人回来。过了一会，她男人挑着一担米回来了。一听说情况，很爽快地答应了。接着，妇女从箱子最里面翻出了那套服饰。刘鸿洲一看，十分震惊，这是一套苗族妇女的披肩，披肩上挂满银饰，上面的苗绣和银饰十分精美，可以说美不胜收，好些图案是以前从未见过的。而披肩的款式，更是闻所未闻。刘鸿洲要那妇女穿在身上试一试。那披肩一穿上身，更加漂亮。他赶紧用当时尚算珍贵的120相机拍照，一张张拍摄下来。

精美的苗绣

苗绣

后来，县里、省里组织湘西民族民间工艺美术精品展，他们将这套服饰借出来参加展览，每每引起展馆的轰动。那些专家学者们站在披肩前，无不啧啧称赞。后来还拿去上海展出过。

1982年，沈从文老先生在黄苗子、黄永玉等陪同下，回到故乡凤

1982年，刘鸿洲在古椿书屋给沈从文先生看苗族服饰照片

凰。刘鸿洲参加全程接待。一天，刘鸿洲将拍摄的这套苗族服饰的照片给沈从文先生看。沈老一看，也感到十分惊奇。新中国成立后，沈老一直从事中国古代服饰研究，对服饰最有发言权。他激动地说，他还没有看到过这么精美的苗族服饰，这种服饰在中国历史博物馆也没有。当即要刘鸿洲冲洗放大几幅照片，他要带到中国历史博物馆去。而刘鸿洲请沈老看这套服饰的照片时，被《团结报》记者拍摄下来，这幅照片至今挂在凤凰沈从文先生的故居里。

据刘鸿洲分析，湘西苗族妇女古时候是穿披肩的。自从乾嘉苗民起义被镇压后，清政府在苗区推广满服，结果苗家妇女就很少穿戴披肩了。而原来的老披肩，大都改成了妇女背孩子的背裙。看现在乡村一些背孩子的旧式背裙，那些款式、花样就是那样来的。只有极少数老苗族披肩能够保存下来，那次的普查算是难得的发现，因为毕竟相隔300多年了。

后来，凤凰县民族事务委员会和湘西州民族事务委员会拨出专款，请苗绣老人和银饰专家专门复制了几套，至今还保存着。而好友村妇女那套服饰，根据苗族的民族传统，一定会传承下去的。

麝香

一

麝香，乍听起来有点像远古时的名称，现代人或许很少听说过。其实麝香是一种很名贵的香料和药材。在历史上，是一种与黄金、美玉等价的宝贝。而现在，麝香的价格是黄金的6倍至8倍，可以说是其价值连城。

麝香是从一种叫麝的动物身上提取出来的。麝，俗称香獐。《说文解字》中解释：“麝，如小麋，脐有香。”李时珍在《本草纲目》中记载：“麝之香气远射，故谓之麝。或云麝父之香来射，故名，亦通。其形似獐，故俗呼香獐。”它是产于中亚山地的一种小型粗腿的鹿，雄兽有值钱的麝囊，在鹿类中是唯一具有胆囊者，能分泌麝香。

我国麝类资源丰富，有林麝、马麝、原麝、黑麝和喜马拉雅麝等五种，原麝和马麝体型较大，呈浅褐色。原麝主要分布于东北、华北，只有它们全身具白斑点。马麝见于青藏高原及邻近各省。林麝数量多，长江流域及南方各省区均有分布。

麝栖居于山林，多在拂晓或黄昏后活动，听觉、嗅觉均十分发达。白昼静卧灌丛下或僻静阴暗处。食量小，吃菊科、蔷薇科植物的嫩枝叶，地衣，苔藓等，特别喜食松或杉树上的松萝。喜独居生活，很警觉。行动敏捷，喜攀登悬崖，常居高以避敌害。也喜跳跃，能平地起跳2米的高度。雄麝利用发达的尾腺将分泌物涂抹在树桩、岩石上标记领域。在领域内活动常循一定路线，卧处和便溺均有固定场所。栖息在某一领域的麝不肯轻易离开，即使被迫逃走，也往往重返故地生活。夏末上高山避暑，每年垂直性迁徙约 2 个月，然后重返旧巢。

麝香是从成熟的雄体麝的香囊中提取出来的干燥分泌物。有人又说麝的香囊其实就是它的睾丸，所以只有雄性麝才会有。麝为什么有香囊呢，主要是用于吸引雌性麝，通过香囊散发的麝香来吸引异性，达到交配、繁衍后代的目的。

麝是什么模样呢？从一些图片来看，有点像鹿，也像麂子，但头上没有角。据说比麂子个子小一些。比较精灵小巧，所以捕捉是很困难的。

二

20 世纪末在湘西，我曾经有幸遇见一位老猎人，凤凰腊尔山人，当时已经 80 多岁了，但老当益壮，精神矍铄。年轻时，他是当地狩猎中的“大佬”，很有名的。不仅打到过无数的野猪，也曾经打到过老虎。他最津津乐道的是套取麝，提取麝香。主要是到凤凰西部的贵州梵净山一带。据他说，以前凤凰大山里也有麝，以后随着人口的增加，枪炮的增多，把它们吓跑了，进了梵净山。梵净山位于贵州的东部，是贵州的一座大山，也是佛教名山。在贵州的名气，不亚于湖南的南岳。整个武陵山脉的主峰，就在梵净山，最高峰凤凰顶海拔达 2500 多米，是贵州的高峰之一。梵净山现在是国家级自然保护区，里面山高路远，森林密布，生态良好，是一些珍贵动植物的栖息地。

老人所猎的这种麝，应该是林麝。它们主要分布于四川、贵州和长江南岸一带。林麝体型比较小，体长 70 ～ 80 厘米，高 50 厘米，体重约 9 千克。林麝前肢短、后肢长，能攀上斜树，其所产麝香为上品。

据老人说，他们猎取麝，很少用枪去打，主要是下套。那麝也是通人性的，被猎人逼急的时候，它会狂奔着攀上高岩，先将脐下的香囊毁掉，然后跳岩自尽。所以猎人们很少用追捕、枪击的办法。老猎人一到山上，根据脚印、粪便，就知道那地方有没有麝，是公麝还是母麝，麝应该从哪里经过，于是就在那里下套。所谓套，就是用棕或麻绳索简单编织成的，有许多种拴的方法，各有不同。一般选择一根生长的檀木，这种木弹性特好，将它去掉枝丫，扳弯，设置机关，固定在地上。然后套好绳索。只要麝经过，踩进绳索套中，那绳索一弹，就会将麝的脚锁死，然后触动机关，那弯着的檀木猛地弹起，将麝吊在半空中，永远无法逃脱，只等猎人来取麝。

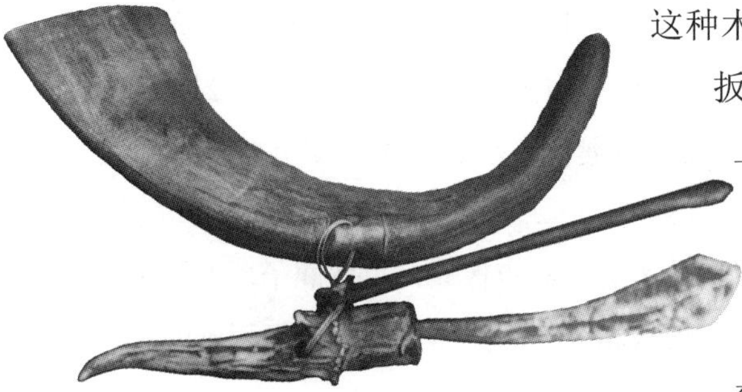
湘西猎人用的工具：牛角号、麂角和刀具

一般在每年十月到第二年三月为狩猎时期，但以十一月间猎得者质量较佳，此时它的分泌物浓厚。捕获后，将雄麝的脐部腺囊连皮割下，捡净皮毛等杂质，阴干，然后将毛剪短，即为整香，挖取内中香仁称散香。

雄麝从一岁开始就分泌麝香，三到十二岁是麝香分泌最旺盛的时期。猎人取下麝香后，要将麝香用小布袋装好，紧贴在胸脯前的皮肉上，让身上的热气将它焙干，据说这样的麝香最好。如果在家乡附近，可以将麝的身体带回家，剥皮后爆炒、炖着或者熏干吃，味道最好。如果在外地捕获，取麝香后，只能把麝抛弃，不能带到附近农家去变卖，或者送人。因为那会暴露你猎取了雄麝，身上暗藏着麝香，那是无价之宝，可能会因此而被人抢劫或者谋杀。

大山里，有时几十里没有人烟，一个人在外，可以凭着机智和勇敢捕获猎物，但到了附近老百姓家中借宿，在熟睡中则很难保证自己的人身安全，所以老猎人处事十分谨慎。

三

我在“湘西王”陈渠珍的传记《艽野尘梦》中看到西藏人猎取麝

香的经过，很是有趣。陈渠珍为湘西凤凰人，湖南武备学堂毕业后入川军，参与赴西藏抗英平叛，出生入死，历尽艰辛，最后回到湘西，成为统治湘西近 30 年的“湘西王”，他的《艽野尘梦》被认为是中国的《鲁宾孙漂流记》——现代最早记录西藏的传奇著作。

他在书中记载：“藏地多獐麝，予曾从番人（藏人）至山中行猎，始知取麝之法。獐长二三尺，类鹿而无角，毛灰褐色。”

他这里描述的獐麝应该是马麝或喜马拉雅麝，马麝多生活在海拔 2000 ～ 4000 米的高山草原或密林中，主要分布在青藏高原。体长 85 ～ 90 厘米，高 50 ～ 60 厘米，是体型最大的麝品种。

每到春夏之交，獐子侧卧于山中，肚脐眼张开，散发出腥臭的气味，虫子蚂蚁闻到气味，就爬上去。这时，獐子将肚脐眼一收，就把这些虫子蚂蚁收进去，其后又张开。就这样，循环反复，肚脐眼塞满了，慢慢就形成了麝香。麝香中最珍贵的，为蛇头香，乃麝香中之珍宝。这是怎么形成的呢？那蛇闻到腥臭，将蛇头附在獐的肚脐眼上，獐用肚脐眼将蛇头吞进去，使蛇不能成活，辗转一个多月，蛇身脱落，其头含于獐子肚脐中，久而成为麝香，重达一两以上。其他的麝香重量只有三五钱。打猎时，獐子行动迅猛快捷，猎狗都追不上。但獐子每跑一程，就会停下来频频回头张望，所以容易用枪箭射杀。藏人捕获獐子，立即取下它的肚脐，回家后挂在家中，几十天后才干。挖一土窟，用一种生树叶将麝香包裹，放于土窟中，覆盖一层薄土，再在上面烧火，去其腥味，而后就特别香了，这就是上等的麝香。

> 余自出炉（打箭炉）关，沿途番人馈赠之麝，不下数十枚。入工布后，馈赠尤多，余又多方收买，总计藏麝二百余枚，重一百一十三两。

这些麝香最后到哪里去了呢？陈渠珍在书后面记述：“共有麝香一百七十两（包括后面又收获一些），满装一背囊，令护兵刘金声负之随行。”他们在出江达时，刘金声背着麝香，悄悄逃走了，不知去向。

若干年后，陈的另一部将贵州人张子青从西藏回来，告诉陈渠珍，刘金声逃走后，被乌拉番人所知，追杀了他，取走麝香。番人黑夜过江达，为士兵管带谢营兵士知道，又截杀取之。很快被谢管带所知，派兵一排去追，杀了十几个人，将麝香夺回来。最后谢管带战败，麝香又落入藏人之手。藏人为争夺麝香，互相杀戮，又死了数十人。可见麝香这宝物，终成了害人之物。

四

天然麝香的主要成分是“麝香酮”，但还含有几十种其他已知的和未知的成分，并且天然麝香中的所有成分都是动物体内的纯天然有机成分。

麝香作为一种名贵的中药材和高级香料，在我国已经有 2000 多年的历史。汉朝的《神农本草经》，明朝的《本草纲目》等诸多本草药典均将麝香列为诸香之冠、药材中的珍品，是四大动物香料（麝香、灵猫香、河狸香、龙涎香）之首。认为它能通诸窍、开经络、透肌骨，主治风痰、伤寒、瘟疫、暑湿、燥火、气滞、疮伤、眼疾等多种疾病。很多著名的中成药，如安宫牛黄丸、大活络丹、六神丸、苏合香丸、云南白药等都含有麝香的成分。现代临床药理研究也证明麝香具有兴奋中枢神经、刺激心血管、促进雄性激素分泌和抗炎症等作用。

碾坊

此外，麝香是一种高级香料，如果在室内放一丁点，会使满屋清香，气味迥异。不仅芳香宜人，而且香味持久。

我国古代文人、诗人、画家都喜爱麝香、珍藏麝香。他们在上等墨料中加少许麝香，制成“麝墨”，写字、作画，芳香清幽。若将字画封妥，可长期保存，防腐防蛀。

麝香在当代香料工业和医药工业中也有着传统的不可替代的价值。我国生产的麝香不仅质量居世界之首，产量也占世界的70%以上。然而，由于世世代代都在采用杀麝取香的方法，致使野生麝类资源越来越少，以至于在海拔较低的山地已很少见到麝的踪迹，如果不加以保护，就会有灭绝的危险。

由于各种麝类动物已经成为濒危物种，我国近年将它们均从国家二级保护动物升格为一级保护动物。目前我国麝类动物资源的总蕴藏量估计有60万头，仅为20世纪50年代的五分之一。其中林麝最多，以下依次为原麝、马麝、黑麝和喜马拉雅麝。现在我国对麝类的生存和发展，已经采取了很多有效的措施，不仅在其分布区内建立了许多自然保护区，保护野生麝类资源，而且早在20世纪50年代后期就发展了麝类养殖业，并改变了以往杀麝取香的方法，逐步摸索出了从香囊口直接掏取麝香的科学方法。每年3—8月为麝腺分泌旺盛时，可以活体取香二次，为减少破坏野生种群、扩大饲养规模、提高麝香产量发挥了重要作用。与此同时，我国科研部门还开展了人工合成麝香的研究，以及利用生物工程的最新手段，培养麝香腺细胞，为早日解决商品麝香的供求矛盾打下了基础。

三　谜案

抗英名将郑国鸿籍贯之谜

凡了解中国近代史的人，对定海保卫战一定很熟悉，1841年9月到10月初，定海三总兵郑国鸿和葛云飞、王锡朋率领官兵，与入侵的英军顽强拼杀，血染疆场，壮烈殉国，演绎了一曲捐躯赴国难的慷慨悲歌。

郑国鸿本是凤凰县人，这原是不争的事实。但是，近年来湘西溆浦县或溆浦籍的一些文史工作者，根据溆浦郑国鸿墓葬，推论郑国鸿是溆浦人，在溆浦出生并长大成人，因为承袭其伯父的官职才到凤凰，最后在定海壮烈殉国。

对于这种说法，本人不敢苟同。现根据我所掌握的一些情况，谈谈自己的一点看法，供有志于近代史和方志研究的学者、同仁参考。

一、郑国鸿是土生土长的凤凰人

第一，所有史志、传记都记载郑国鸿是凤凰人。

查看清人的历史，最权威的要算《清史稿》了，虽然它有不完善之处，但它是记载清代历史最完整的资料。《清史稿·郑国鸿传》载：

> 郑国鸿，字雪堂，湖南凤凰厅人。父朝桂，贵州协副将。伯父廷松，镇筸千总，殉苗难，无子，以国鸿嗣，袭云骑尉。从傅鼐剿苗，授永绥屯守备，擢宝庆副将。

上面提到的凤凰厅，就是现在的凤凰县。因县域内有一高山形似凤凰而得名。清康熙三十九年（1700）独立设厅，命名凤凰厅，厅设镇筸镇，即今沱江镇。民国二年（1913）改为凤凰县，相沿至今。

另一本记载清代杰出人物的传记《国朝先正事略》也有郑国鸿的传记，其开篇即为“郑国鸿，字雪堂，湖南凤凰厅人”。

《国朝先正事略》作者李元度（1821—1887），系湖南平江人，曾入曾国藩幕，后任浙江盐运使、云南按察使、贵州布政使等职。该书凡60卷，其中收录了清朝开基至同治200余年间1108位人物，每人一传记之，颇具史学价值。作为湖南人，对郑国鸿的出生地应该是了解的。

《凤凰县志·郑国鸿传》记载“郑国鸿（1777—1841），字雪堂，回族”。这里把郑国鸿是回族都点出来了。

在郑国鸿殉难的浙江定海，其《定海厅志》也有《郑国鸿传》，其记载是“郑国鸿，字雪堂，湖南凤凰厅人”。

此外，《中国名人大辞典·郑国鸿传》《中国近代史词典·郑国鸿》《中华姓氏通史·郑国鸿》等都记载郑国鸿为凤凰厅人，而没有一本书上说郑国鸿是溆浦人，所以说他是溆浦人没有任何文字依据。要知道，古人修史是很严肃的，绝不会随意。即使是有争议的地方，也会标注出来，加以说明的。

第二，郑国鸿出生于凤凰有其生活的落地载体。

据《郑氏宗谱·凤凰部分》载，郑国鸿出生于今茶田镇都桐村。这里至今居住的多是郑氏家族，而且人才辈出，有“青山年年绿，子孙代代兴”之称。

据《郑氏宗谱》载，郑氏家族历史上经多次迁徙。远祖郑鸾围发祥吴西，生九子，派分郑国明，余八子皆属本族另八个支系。

郑国明由江西吉安始迁临江新俞县南门外三都毛家坪，历时14代而生郑仕文。

郑仕文始迁湖南辰州（今沅陵）四眼井上（现改为龙头井），复迁溆浦堆村。仕文生五子，郑均通留居溆浦堆村，其余四子分迁各地。

郑均通生郑绍荣等三子，郑绍荣生郑美甫等六子，郑美甫生一子郑宣泰，仍居溆浦；郑宣泰生一子郑源柒，郑源柒由溆浦始迁麻阳。

郑源柒生三子世兴、世宁、世元。世兴留居麻阳，世宁迁贵州玉屏，世元迁湖南凤凰茶田都桐，为都桐郑氏后裔始祖，后成为整个凤凰郑氏始祖。

有一年，三兄弟相约来到凤凰都桐郑世元的居住地为老母方氏祝寿，分别时在都桐茶山各栽一株松柏树，以昭示各自后裔对先辈的萦怀。后人在这几株树旁修建了郑氏宗祠。现宗祠已毁，但三株大树历经数百年，至今尚存，树干需三人合抱，枝繁叶茂，青翠挺拔。

郑世元一直居住都桐，延续到第八代为郑之兰，之兰生七子，分别为廷松、朝柱、廷梅、廷柏、朝栋、朝松、朝枢。

朝柱又名朝桂，生二子国鸿、国林。伯父廷松膝下无子，以国鸿为嗣，承袭云骑尉世职。

至此，郑国鸿家族的世系脉络已经很清楚了，尤其是迁凤凰后，有其发展和传承的清晰脉络和轨迹。

第三，凤凰都桐有郑国鸿的生平事迹及各种传说。

郑国鸿出生于清乾隆四十二年（1777）丁未八月二十日，他家的居住地是都桐一个叫芒田的小地方。其时父亲郑朝柱在贵州任上，母亲秦氏和亲人在家。这天半夜丑时，突然一阵鸟叫，震惊了在房内陪伴秦氏的妇女。她们走出来一看，一群身体发红光的鸟从屋顶飞了过去，将天空映得通红。就在这时，秦夫人分娩了，生下一个胖胖的男儿。孩子出生后，哭声很大，吵得四邻不安。按当地风俗，孩子出生的第三天，要办喜酒，俗称“打三朝”。因为郑朝柱没有赶回，外公根据孩子出生时有红鸟出现的情景，将孩子取名“国鸿”，这就是郑国鸿姓名的来历。

郑国鸿 6 岁就在都桐私塾读书，并从这时起由他三叔郑廷梅教授武功。他聪明好学，武功也很好，15 岁时，已长成身材魁梧的大汉。他力大惊人，练武时，家中原有的刀枪都觉得太轻，父辈便专门为他打造两把特大关公刀，一把重 120 斤，一把重 90 斤。他都能舞动起来，运

90 斤重的大刀至今还保存在都桐郑国鸿的第十代孙郑明君家中，图为郑明君手持大刀

用自如。这两把大刀一直保留了下来。1958 年，那把 120 斤大刀在大炼钢铁中被毁，90 斤重的大刀至今还保存在都桐郑国鸿的第十代孙郑明君家中。

在其故居前面约 50 米处，有一丘长约 100 米的农田，当地叫作“跑马田”。据说是当年郑国鸿练习骑射跑马的。下面还有一丘“洗马田”，是郑国鸿用于给马洗澡的。附近还有郑国鸿练习射箭以及打猎的地方。

后来，郑国鸿不满足于在凤凰本地学习，父亲便把他送到沅州明山书院（院址在今芷江），师从严如熤，学习经学。《国朝先正事略·郑国鸿传》有“父朝柱，贵州上江协副将，素与溆浦严如熤善，国鸿少颖异，师事如熤，讲求经世学”，记述的便是这个。

严如熤，溆浦县桥江人，14 岁就读于岳麓书院，25 岁主掌沅州明山书院。留心经世之学，精研天文、地理、兵法。清乾隆五十四年（1789）举优贡，著有《洋务辑要》《苗防备览》等。郑国鸿在这里学习一段时间后，于清乾隆五十九年（1794），考取了武举人。第二年，投军于伯父郑廷松部下，协助伯父镇守镇筸城。其后伯父在镇压乾嘉苗民起义中被义军击毙，因无子，便以郑国鸿为嗣，承袭云骑尉世职，从而奠定了郑国鸿步入仕途的基础。

二、郑国鸿的从军履历和殉难经过

郑国鸿承袭云骑尉世职时，年仅 18 岁。因为有文化，有武功，忠义爱国，又有湘西人那种不怕死的精神，所以不断升迁。1803年，补永绥（今花垣）屯守备。1817年，调湖北黄州协都司。1821年，擢升湖北提标中军参将。1824年，升迁广西平乐协副将。次年复调湖北竹山协副将并代理郧阳镇总兵。1829年，调任浙江湖州协副将。60岁时，又调任湖南宝庆（今邵阳、娄底）协副将。楚督裕泰对他倍加赞赏，说他"老将德高，才干出众"。上奏朝廷，竭力推荐。这样，1840年，道光帝将郑国鸿提升为浙江处州镇总兵，调守边疆。郑国鸿时年已63岁。这年六月，鸦片战争爆发，英国政府向中国清王朝宣战。

1841年2月，郑国鸿奉命与安徽寿春总兵王锡朋，协助定海总兵葛云飞一道接收定海。

浙江定海是海防重镇，英军入侵浙江必从此处登陆，战略地位十分重要。

1841年9月中旬，英舰29艘聚集在定海洋面的黄牛礁一带。26日上午，舰船全部窜到离定海30里的横水洋。郑国鸿等立即集合队伍，勉励将士们坚决保卫定海，"城亡吾亡，不离定海半步"。

这天下午，气势汹汹的英舰列成纵队闯入定海海面，突然向竹山门方向进发。葛云飞跨马奔向竹山门，把炮口对准战舰，亲自点火，击中敌舰"布朗底"号，打死英夷10余人，打响了战斗的第一枪，英军仓皇而逃。初战告捷后，三位总兵重新调整防区，由郑国鸿防守要隘——竹山门。

9月27日凌晨，英军"皋华丽"号等4艘军舰窜入竹山门狭巷，向土城发炮猛攻，企图突破正面防线。郑国鸿率军与其恶战八九小时，击毙英军400余人，使其惨败而逃。但敌我力量悬殊，英军达2万多人，而定海守军只有4800人，且武器装备落后。

9月28日，郑国鸿巡视竹山门时捉获一英军间谍，探知英军情报后，立即作出周密布置。果然，不久后英舰"哥伦拜恩"号等3艘舰艇来犯，守军隐伏于屏障后，等到英军登陆，突然杀出，杀敌300余，碎其舢板船2艘，我军无一损伤，阵地犹存。

29日，英军“布朗底”号等3艘舰船及2艘武装船进攻，被葛云飞击退。

正当其时，连日台风不断，大雨倾盆，郑国鸿独守竹山门。竹山门是拒敌入港必经要隘，远离营房，在风雨中连生火煮饭的地方也难找，生活十分艰苦。但郑国鸿与士兵同甘共苦，极大地鼓舞了士气。

9月30日，英军自竹山东南吉祥门驶进，被守军再次击退。随后进犯晓峰岭，亦被击退。五奎山的敌人又发炮隔山轰击。部属劝郑国鸿：“退保晓峰，与葛军合力以抗。”郑国鸿坚定回答：“竹山不守，晓峰焉能自存？武臣效命疆场，分也！”仍带领将士们拼命奋战，再一次把侵略者赶入东海。至此，5天5夜，英军共发射1000多枚炮弹，仍无法攻下定海。

10月1日晨，大雾茫茫，英军以为我军无从瞭望，企图偷袭。郑国鸿等将领料定英贼必至，伏地倚土，严密监视。突然发现英贼两只载运火药大船，用铁索连在一起，并行开过来。立即瞄准开炮轰击，弹入敌舱大火燃烧，片板无存，船中英军五六百人歼灭过半，军中大乱。守军连环开炮，逆贼且拒且走，狼狈窜逃。

几个小时后，英军倾巢出动，分三路夹击：一路攻土城，一路攻晓峰岭，一路攻竹山门。这次总攻，英军共派出船舰、运兵船、测量船、汽船共15艘，规模巨大。英军在五奎山炮队的掩护下，分两路纵队强行登陆。第一纵队向晓峰岭再次进攻，镇守此处的王锡朋首当其冲，督兵阻击。英军潮涌般袭来，守军前赴后继，杀退数次。无奈敌愈聚愈多，守军所有炮体打至红透，不能装弹，仍拼命死战。总兵王锡朋左冲右突，手刃数人，最终寡不敌众，被炮弹断肢阵亡。

晓峰岭失守后，英军又兵分两路，一路从山巅直下进攻定海城，用大炮轰开北门，一拥而入，定海城失守。另一路沿晓峰岭北脊而下，参与对竹山门的进攻。竹山门的战斗，从早晨打到中午，三千英兵，水陆并进，攻打郑军。郑国鸿腹背受敌，毫无畏惧，沉着指挥。在炮筒发红不能再装火药的情况下，使用刀矛阻击。面对敌人步步逼近，郑国鸿见败局已定，乃将将印交给将校，单枪匹马冲入敌群，挥刀连斩数敌，身受十余伤，终于血染沙场，壮烈殉国。竹山门也被英军攻破，随征人员及 1200 余名处州士兵，几乎全部牺牲。

竹山门失守，敌人乘虚而入，很快进入关山炮台南端，与停泊在东洋港浦的战船和五奎山上的炮队，三面夹攻关山炮台，围攻葛云飞守军。葛云飞分段严守，英勇抗击，肉搏血战，突然被枪弹射中左眼和胸膛，鲜血淋漓，坠崖身亡。

这一役我军连续血战六昼夜，毙敌千余，终因寡不敌众，三镇总兵同殉，守军五千，全部阵亡。

郑国鸿等三总兵牺牲后，钦差大臣、两江总督裕谦于 10 月 4 日向道光皇帝奏陈了定海战况及结果，极力陈述三镇总兵的壮烈忠勇。道光皇帝挥泪下诏，赐金治丧。对三总兵照提督例恤，予骑都尉兼云骑尉世职，郑国鸿被追谥忠节。

定海保卫战，是鸦片战争中打得最激烈、最雄壮、时间最长的一次海战。以郑国鸿等三总兵为首的定海守军，为了保卫祖国领土和海疆，凭着土炮、大刀、长矛等落后的装备，在孤悬海外、无一援兵、十分艰难的情况下，与当时世界上第一号资本主义强国、用洋枪洋炮武装起来的英国侵略军，相持战斗了六昼夜，前仆后继，殊死搏斗，表现了中国人民反抗侵略者英勇无畏的爱国主义精神。他们的爱国功绩，已写进中国近代史中，成为彪炳千秋的历史丰碑。

三、郑国鸿与溆浦的关系

第一，郑国鸿祖上曾经迁居溆浦，后又从溆浦迁出。

据《郑氏宗谱·凤凰部分》记载，郑国鸿祖上从江西吉安迁湖南辰州（沅陵），又从沅陵迁溆浦，后从溆浦迁麻阳，再从麻阳迁凤凰。从迁徙轨迹来看，祖籍确实可以说是溆浦，而且他对溆浦有很深的感情，甚至可以说有不解之缘。

第二，郑国鸿少年曾经求学于溆浦老师处。

上面已经讲过，郑国鸿青少年时代，在父亲的好友、溆浦人严如煜处求学。严如煜也是两江总督陶澍的好友，为人正派，学识渊博，著书立说，对年轻的郑国鸿产生了良好的影响。郑国鸿后来在从军之余，著有《诗经疏义》《葩经括旨》《昌学崇源》等，就是受老师严如煜的影响。

第三，郑国鸿发妻詹氏病故后葬于溆浦。

郑国鸿师从严如煜在沅州明山书院读书时，认识了店主詹老板的女儿，该女明眸皓齿，端庄大方。通过接触，两情相悦，后经明媒正娶，于嘉庆三年（1798）正式成亲。詹氏外公是溆浦江口岩坪村人。詹氏婚后四个月，去父母处探亲，其后又去溆浦看望外公外婆。没想到，詹氏到江口岩坪村的第二天，就得急病，抢救无效，不幸早亡。詹氏父母及郑国鸿闻讯赶来，料理后事。考虑到将詹氏遗体运回凤凰都桐安葬，太不方便，便决定就近安葬。恰好得到溆浦郑氏家族的关照，遂葬于江口岩坪村附近的溆水河边。郑国鸿殉国后，为与詹氏合葬而葬回溆浦。

第四，郑国鸿殉国后葬于溆浦。

郑国鸿战死两年后，1843 年 10 月，浙江、湖南沿途地方官以 20 余艘官船，载着郑国鸿的灵柩，自沅水转入溆水至溆浦大江口岩坪村，将郑国鸿与前夫人詹氏合葬，并在附近建昭忠祠，进行祭祀。

位于溆浦江口镇岩坪村的郑国鸿墓

其墓碑碑文刻有“皇清诰封武显将军浙江处州镇总兵官崇祀忠祠郑公和诰封夫人郑母詹氏老太君合墓”，落款为“道光二十三年十月榖旦”，石碑上方刻有“双凤朝阳”“双龙抢宝”浮雕，底座是一只大石龟。原石龟已破裂损坏，维修时修复。

昭忠祠在“文革”中被毁，其墓葬于1997年经族人集资修复，被列为怀化市重点文物保护单位。

综上所述，我觉得，郑国鸿出生地应该在凤凰，且成长于凤凰，而不是溆浦。我们不能因为他的墓葬在溆浦就认为他生长在溆浦。要让史料说话，让事实说话。

（此文刊发于《文史博览》2016年6期）

凤凰三个大佬的恩怨情仇

俗话说，乱世出英雄。20 世纪初到三四十年代，凤凰成长起一批乱世英雄。因为个人性格和帮派不同，他们相互倾轧，演绎出一幕幕惊心动魄的命案来。唐世钧、田三怒、龙云飞是其中的典型代表，他们的故事，骇人听闻，引人深思。

乱世游侠田三怒

沈从文散文集《湘西》中，有一篇《凤凰》，里面写到凤凰人的游侠精神，举了一个田三怒的例子，说他“二十年闻名于川黔湘鄂各边区”，是“这种游侠者一个典型”。

田三怒何许人也？本是凤凰的一个平民子弟，大名田兴汉，小名田三怒，学名田少峰。他生于 1879 年，父亲是开米粉馆的，母亲杨氏，凤凰茅坪乡乌头村人，会武功。田三怒自幼跟其习武，学得一手好功夫。

这田三怒自小就有一股豪侠气，年纪不到 10 岁，看木偶戏时，就随身携带一根血梼木加工成的短棒，在戏台下向屯垦军子弟中顽劣而横蛮的人挑衅，或把人痛殴一顿，或者被人家打得头破血流，都不以为意。12 岁时，对三江四海的口诀背诵如流，身揣一种叫黄鳝尾的尖刀，带着一帮小兄弟，在凤凰城里招摇过市。

15 岁时，为了替朋友报仇，行走 350 多公里到常德去杀一个木客镖手。因为听说这个镖手在沅州（今辰溪）有意调戏一个妇人，曾用手摸过女人的乳房。田三怒找到那个镖客，经过生死较量，将那镖客的双手砍下，带到沅州去送给那个朋友。

田三怒成人后，投奔凤凰哥老会首领田应全手下，当“小老幺”，意思是哥老会中年纪最小、最被看重的小老弟。

田应全，凤凰人，原贵州巡抚田兴恕之子，湘西镇守使田应诏之兄。曾留学日本，参加同盟会，是凤凰哥老会中的“龙头大哥”。辛亥革命前夕，田三怒奉田应全之命赴贵州联络哥老会人马来凤凰参加起义，失败后在贵州闯荡江湖。辛亥革命胜利后，田应全去世，田三怒晋身为“龙头大哥”，有兄弟数十人，龙云飞为其“小老幺”。

田三怒个子瘦小，皮肤黝黑，瘦弱如一个书生，不认识的人见了，绝不相信他是湘西的风云人物。

混江湖的人，十分讲义气。田三怒在虹桥边开了一家米粉馆，昔日的朋友和兄弟经常来光顾。这些人都知道田三怒慷慨又讲面子的个性，多数人吃了粉只记账，并不出钱。田三怒也从不催款。时间一长，粉店债台高筑，难以经营。一天晚上，田三怒将粉店值钱的东西取出，一把火将粉店烧了，烧得差不多时才喊人救火。他借这把火趁机收场，以免

凤凰古城北门

人家讲他怕人吃白食和不善经营。

虽然威名不小，但田三怒平常为人低调，在凤凰本地每天抱大公鸡去米场斗鸡时，一见长辈或教书先生，必侧身靠在路旁，为长辈让路。见女人路过，必低头而过，目不斜视。见做小生意妇女，必叫伯母。见人相争相吵，就心平气和去劝解，使双方消气，将大事化为小事。城里有鳏寡孤独，生活困难，或者办丧事，他就悄悄去送点钱，从来不肯声张。各个寺庙庵堂的和尚尼姑有行为不正当，怕败坏当地风俗，他就在短时间内想办法，把不守清规的法门弟子驱逐出去。

作为龙头老大，身边兄弟很多，有些鱼龙混杂。但凡有调戏良家妇女，赌博耍赖，或仗势欺人，抢夺别人财物的，经人告发，必招来把事情问清楚，照条款处罚，绝不袒护。执法的老幺，被派往几百里外杀人，随时调遣，按期带回证据。如此，在地方结怨很多，也积德很多。

有一次，田三怒上街，见一恶汉与人斗殴，正气势汹汹地吼道：“老子哪个都不怕，还怕你吗？”恰好田三怒经过，听了这话很不舒服，便上前去一把捏住恶汉的手，盯着他的眼睛，喊了一声“老弟”。恶汉一见是田三怒，当即改口道：“我讲哪个都不怕是把你大哥除外的。”田三怒这才不找他的麻烦。

凤凰吉信镇有个叫傅振吾的，在外头当过连长，也耍过大哥，颇有些名气。有一次来凤凰县城走玩，刻意将头上缠的青丝帕在耳朵后面吊下三寸来长的头子。这下垂的帕头江湖上称为“英雄坠子”，其长短要与身份相符。田三怒对傅振吾这种张扬身份的傲气很愤怒，派人向傅传话说，傅欠他 300 吊钱，要傅立即还清。傅知道自己的越轨行为激怒了田三怒，三天之内就将钱如数送去，并请求田三怒原谅。其实傅并不欠账，田三怒也无意要钱，只是想杀杀傅的傲气与轻狂。

常言道，光棍服软不服硬。白羊岭有一个姓张的汉子，出门远走云南贵州 20 年，回家时与熟人聊天，问本地近来谁最有名？有人说，田三怒。姓张的脸上露出轻蔑的神气：“田三怒不就是正街卖粉的田家小孩子?”当天夜里，就有人去敲张家的门，在门外大喊：“姓张的，你明天天亮以前走路，不要在这个地方住了。不走路后天我送你回老家。”姓张的不以为意。到了第三天大清早，有人发现他在桥头上斜坐着，走近一看，原来两把刀插在心窝上，人早已死了。

街上有个卖牛肉的，姓王，过节时喝了点酒，酒后忘形，当街大骂田三怒不是东西，若有勇气，可以当街和他比比。正闹着，田三怒从街上经过，听得清清楚楚。事后有人跑去告诉那醉汉的母亲，老母亲一听吓慌了，赶忙去找田三怒，哭哭啼啼，求他不要见怪。并说自己只有一个儿子，儿子一死，自己的老命也完了。田三怒只是笑，说：“伯母，这是小事情，他喝醉了酒，乱说的。我不会生他的气，谁也不会动他，你放心。”事后果然没有追究，还送给老妇人一笔钱，要那儿子开了一家面馆。

田三怒 40 岁以后，豪气渐消，厌倦了江湖，将兄弟遣散，洗了手，在家养马种花过日子。有时骑马下乡去赶场，买几只斗鸡，或者赶着猎狗，上山去打野猪，捉野鸡。人们见了，想不到这就是当年的英雄田三怒，他自己也似乎忘记了以前做了什么。

1924 年秋天的一个早晨，田三怒牵着他那两匹心爱的白骏马下河去洗马，城头上两个人居高临下，持枪向他开了 13 枪，有 2 发打在后颈上，5 发打在腰背上。那两匹马受惊，脱缰狂奔而去。田三怒受暗算后，伏在水边石头上，挣扎着翻过身来，从怀中掏出勃朗宁手枪拿在手上，默默无声。他知道等会有人会出城来的。不一会，一个人果然提着枪出城来了，到离田三怒三丈左右，只见田三怒手一扬，枪声响过，那人应声倒下。子弹从左眼进去，即刻死了。城头的那个躲在暗处重新打了 5 枪。田三怒大骂他：“狗杂种，你做的事丢了镇筸（凤凰）人的丑。在暗中放冷箭，不像个男子。有种的你下来?”那人慌忙逃走了。田三怒知道自己不行了，在自己太阳穴打了一枪，便死去了，也完结了当地最后一个游侠者，时年 45 岁。

后来了解，派人打暗枪者，也是一个好汉，叫唐世钧，是一个率领数千苗族群众参加凤凰辛亥首义的苗族领袖，也是一位龙头大哥。

首义领袖唐世钧

唐世钧，号力臣，诨名唐莽子。苗族，1874 年生于木江坪得架村一个贫苦农民家庭。1881 年大旱，父母带他们姐弟三人迁到长宜哨。

唐世钧幼时活泼好动，喜欢舞枪弄棒。稍大一点喜欢交朋结友，打抱不平。8 岁时父亲病逝，生活困难，无钱读书，靠帮人放牛为生。其后母亲相继去世，更加孤苦伶仃。1893 年，在朋友的资助下远游四川、贵州、云南等地，结交义士，抑强扶弱，很得人缘。1905 年，在昆明加入哥老会，在结盟兄弟中排行第八。后来受孙中山民主革命思想启发，辛亥革命前夕，离开云南东游，与革命党人往来密切，曾被官府侦缉。

1910 年春，唐世钧回到凤凰，住在长宜哨老家，积极联系汉苗群众，发展反清势力，并带头剪去辫子，表明反清决心。

这年冬，凤凰另一哥老会龙头大哥田应全从长沙回到凤凰，他们意

凤凰乡间至今保存许多古堡

气相投，歃血为盟，结为兄弟，并决定共图反清义举。第二年，武昌起义消息传来，凤凰人心振奋，田应全利用其岳父是镇台的关系，进行策反活动。唐世钧则在长宜哨组织光复军，以便里应外合。

经过多次密谋，他们决定于农历十二月二十八日起义。唐世钧经过发动，组织义军近万人。他眼看参加的义军越来越多，加上同城内联系中断，经与各路义军领袖商议，决定十二月十七日夜半攻城，提前起义。他们兵分三路，直捣凤凰厅城。唐世钧率1000多人进攻北门。此次攻城，由于没有内应，众寡悬殊，加上清兵枪械占优势，义军仅凭刀矛冲杀，虽经英勇奋战，但城未攻破，伤亡很大。唐世钧一见，火冒三丈，从背上抽出一把明晃晃的马刀，大喊“不怕死的跟我冲啊！”接着搭起人梯，飞身跃上城墙，一阵砍杀。清军欲围过来，被唐世钧杀得狼狈逃窜。因后援跟不上，他趁机跃下两米多高的城墙，此次攻城失败。

为了保全实力，他只得率部退至贵州边境，并传书四方，再聚集凤凰、乾州、松桃、永绥（花垣）四厅各族义军，声言“誓众出师，光复凤凰，祭我先烈，杀猪（辰沅兵备道朱益浚）宰羊（中营游击杨让梨）”。一时城内流言四起，田应全趁机刻制“湖南都督府”大印，连夜在城门张贴告示，通令居民响应革命。这时，各省义军捷报频传，唐世钧也率部由黔边抵长宜哨。辰沅兵备道朱益浚见大势已去，在城头挂上白旗，宣布投降。

凤凰光复后，1912年元旦，成立了湘西临时军政府。田应全被举为外交部长，后又任巡防营管带，不久去世。唐世钧被任命为镇标前营（凤凰营）都司兼巡防营第八队管带，后升右营游记。

1917年，唐世钧任护法联军湖南第一军第三梯团团长，随军北伐。在攻占常德临澧县城时，他身背大刀，肩扛云梯，身先士卒，英勇无畏，趁虚爬上城垣，打败北军。

1922年，唐世钧从临澧回到凤凰，就任前营都司，手下兵丁众多，率数十枪兵保护庭院，可谓威风凛凛。

1924 年，便发生了派人打死田三怒的事。这是两人多年的积怨造成的。

田应全在时，他们都能听从田应全的，尚能相安无事。田应全死后，他们都成为哥老会的龙头大哥，渐渐有了分歧和隔阂。有一次口角，唐世钧当众直呼田三怒的乳名田躾（niang，细小）拏，田三怒也随即叫唐世钧的小名唐倻（nuo）林，二人越吵越凶，终于结下仇怨。

唐世钧率部回凤凰后，已有搞掉田三怒的意向。有人把唐的企图告诉田三怒，田说没什么，不怕的，表面上进出如常，但怀中不离两把勃朗宁手枪，随时防备着。

最后还是防不胜防，被要了性命。

田三怒死后，他的妻妾和妹妹赶到河边，抱尸痛哭。他母亲闻讯赶到后，立即训斥她们，不准哭啼，命令她们收尸，给田三怒头裹青绸巾，身着蓝色短褂、草鞋，配木手枪、匕首入棺，表示田三怒到阴间也要报仇雪恨。

1926 年北伐，唐世钧任国民革命军第十军独立旅旅长，转战鄂西和江苏、安徽等地，攻克徐州，并任徐州警备司令。1928 年，回到湘西，任辰（辰溪）麻（麻阳）清乡司令，后又任湘黔边游击司令。

1935 年，唐世钧已经 59 岁，因年老多病，辞职回乡闲居。田三怒的“小老幺”龙云飞花 1000 块大洋买通凤凰县长宋琨，诬陷唐世钧屯兵通匪，向湖南省主席何键告密。1936 年 9 月 8 日，宋以通牒形式，令唐“立即自杀，否则，明日天亮枪决示众”。唐明知是陷害，申诉无门，服安眠药自杀身亡。

可怜一代英雄，就这样被人要了性命。

“青帕苗王”龙云飞

田三怒兄弟和弟子很多，自从他洗手上岸后，许多人改行经商或者从军。而他被暗杀以后，可以说树倒猢狲散。留在本地的，大都找到固定职业，养家糊口过日子去了。有些个性不改的，因犯案离乡出走，漂泊不定。人们渐渐把田三怒及其弟子们忘记了。

当年田三怒的得力助手之一，人称“青帕苗王”的龙云飞，这时已经成长为一个团长。

龙云飞，1886 年生，苗族，凤凰三江镇蛤蟆洞人。幼时读过两年私塾。18 岁时，离家外出，入哥老会，结伙赌博，贩运烟土，包路护送客商。后来杀了一个牛客被通缉，逃离凤凰。

龙云飞为人豪侠好义，在苗民中称领袖。沈从文说他“二十年前眼目精悍，手脚麻利，勇敢如豹子，轻捷如猿猴，身体由城墙倒掷而下，落地时尚能作矮马桩姿势。在街头与人决斗，杀人后河边去洗手时，从从容容毫不在意”。

这龙云飞是田三怒最好的结拜兄弟，田三怒被暗杀后，龙云飞知道是唐世钧派人干的，已经埋下仇恨的种子。只是当时碍于唐的权势，不敢轻举妄动。

辛亥革命后，龙云飞参加地方部队，在杨明臣、陈渠珍等部下由排长升至营长、团长、游击司令等，成为凤凰苗族中显赫的人物。

这时，唐世钧已经退役闲居在家，英雄暮年，身边无兵无卒，但以前的部下常来走动。他在苗民中威望很高，四乡八寨的苗族头人也经常上门。

此时龙云飞已身为团长，有了很大的势力，同县长宋琨关系十分要好，并送 1000 块大洋，设计要搞掉唐世钧，以报兄弟田三怒被杀之仇。他串通县长宋琨，诬陷唐世钧屯兵通匪。当时，湖南省主席何键正为湘西剿匪的事伤脑筋，责令彻查处置。有了尚方宝剑，于是他们合谋，将老将军唐世钧害死了。

殊不知，十多年后，“青帕苗王”龙云飞的结局更惨，他在湘西剿匪时执迷不悟，不肯投诚，上山为匪，在凤凰都里乡一个叫报木林的地方，被解放军剿匪部队乱枪打死。

如此冤冤相报，都没有好的结局。

几个凤凰人筹划的“石门兵变”始末

1943年10月，国民革命军新6军暂5师部分湘西籍官兵，因不满国民党军队内部倾轧，以及对湘西籍将士的欺压，准备在湖南石门县发动兵变，因不慎泄密而失败，从而写下极其悲壮的一幕。

追踪这段历史，首先要弄清楚两个主要人物及其历史背景。

陈范（1909—1943），出生于凤凰老场村一个农民家庭。其叔父陈斗南，曾任国民革命军少将，参加过北伐，与贺龙交情深厚。1931年因病逝世于汉口医院。陈范16岁入贵州崇武军事学堂就读，成绩优良。18岁入国民革命军陆军新编34师，历任排长、连长，22岁任营长。23岁因战功卓著，破格升任团长。1936年，34师改编，任128师384旅767团团长，参加嘉善抗日阻击战，以善打恶仗、硬仗著称。1939年5月，任新6军暂5师第二旅少将旅长。后奉调赴重庆陆军大学学习，1940年改任第六战区长官司令部少将高参。

吴光烈（1906—1943），苗族，出生于凤凰阿拉镇新寨村一个殷实农民家庭。先入湘西巡防军军官养成所学习，后考入贵州崇武军事学堂，回湘西后任34师排长、连长、营长。在嘉善阻击战中，任陈范团2营营长，因战功显赫，后任暂5师15团团长。其后又被送到成都中央军校高教班第六期受训。

嘉善阻击战是抗日战争初期规模较大、最激烈的一次战斗。以凤凰籍官兵为主组成的国民革命军第128师，由师长顾家齐率领奔赴浙江嘉善，阻击侵华日军第六、第八两个军团。这些将士发挥湘西人不怕死的

青年陈范像

勇武精神，出生入死，冲锋陷阵。白天，日本鬼子仗着飞机大炮狂轰滥炸，然后重兵冲进阵地。晚上，128师将士摸黑战斗，短兵相接，又把鬼子赶出去。本来只需坚守三昼夜，在援军没有赶来的情况下，竟坚守了七昼夜，伤亡过半，损失惨重。

虽然打了胜仗，因为不是嫡系部队，国民党部队借故将他们部队改组、拆编。1940年，该师被拆分为暂5师、暂6师，归新6军管辖。其后，又将暂5师编归73军，暂6师编归79军。湘西籍官兵普遍被削弱兵权，四处受到欺压。将士们愤愤不平，却又无可奈何。

长沙第三次会战刚结束，团长吴光烈和副团长田兴超一并调到成都军校高教班学习。

在学习期间，吴光烈、田兴超一起去重庆会见了在重庆陆军大学将官班深造的陈范。他们谈到湘西部队受歧视和干部受排斥的情况，深感国民党军队的腐败，打算另谋出路。这时，他们加紧了同八路军将领朱早观的联系，并与共产党地下组织有了往来。

朱早观（1903—1955），原名昭观，号丹波，苗族，凤凰沱江镇人。父亲曾任绿营千总。他16岁入军校，后任粤军第二师参谋。1921年回家乡，在湘西巡防军统领陈渠珍部任少校参谋，与陈范、吴光烈等交好。1922年，再赴广东，经林伯渠介绍，加入改组后的国民党，参加北伐，任国民革命军中央直属独立第三师旅长、师参谋长等职。1937年8月，去延安参加了八路军，任八路军总部高级参议兼总部随营干部学校军事教员。1938年加入中国共产党。1939年调赴抗日前线，任太行区十八集团军干部教育科副科长，主持总部参谋训练班工作。1940年任十八集团军总部副官处长兼干部训练大队长。

这期间，陈范、吴光烈等还曾到四川南川县去拜访“湘西王”陈渠珍。

陈渠珍是原34师师长，湘西巡防军统领，他们的老上司。当时因为受排挤而被监视居住在四川南川县。他们谈及自湘西分别后的遭遇，不胜感慨。陈渠珍要他们多与贺龙、朱早观联系。

学习结束后，他们先后回到凤凰。这时，陈范已与朱早观取得联系，朱早观要他以八路军特派员身份在凤凰、乾城（吉首）、永绥（花垣）、麻阳一带联络陈渠珍旧部和地方实力人士，开展工作。

接着，吴光烈、田兴超回到部队。当时，部队集结在湘北的石门县。他们到达时，已有命令调他们去军部任参议，不给安排实职。等于变相削职，激起了他们的愤怒。

他们所在的二旅15团二营营长吴皓是吴光烈的侄儿，三营营长王吉全，14团二营营长唐国钧、三营营长宋益兴，以及十九军军械室主任田牧等，都是乾城、凤凰、麻阳人，并且都是陈渠珍的学生或旧部，他们之间往来密切，亲如兄弟。他们都立下战功，但没有得到重用，一个个怨气十足。吴光烈多次找他们商量，认为这么下去，不是办法，不如与八路军联系，把部队拉过去。他们密谋，设法把队伍拖到湖北的五峰、鹤峰一带大山区，向共产党八路军靠拢。

吴光烈

经过一段时间秘密组织发动之后，1943年9月7日，吴光烈召集吴皓、王吉全、宋益兴、田牧等秘密开会。会议决定，在“双十节”晚上，实行兵变，把新派来的军官一起干掉，夺取枪械，按计划行事。

第二天，即9月8日晚上，15团三营营长王吉全在营部会餐，喝得酩酊大醉。他将吴光烈写给他的约定第二天晚上12时行动的“手谕”丢失，被该营中尉书记陈苏樵发现。陈与王素有矛盾，仔细一看，大吃一惊。因事变涉及陈范、吴光烈等高级军官，当时师长郭汝瑰已赴重庆，师部湘西人多，便越级向军部告发。军长汪子斌获悉，当晚将吴光烈扣下。第二天，代师长彭士量以召开重要会议为名，按团分三处召集营以上军官开会，又将王吉全、唐国钧、吴皓、宋益兴等逮捕，宣布他们叛党叛军，解送军部严刑审讯。后经薛岳批准，于11月下旬将吴光烈、吴皓、王吉全三人枪决于石门城外澧水河边的宝塔之下。唐国钧、宋益兴则以“知情不报”罪，判处有期徒刑一年二个月，由石门递解原籍凤凰执行。

再说参与谋反的原六战区少将副官陈范和暂5师15团副团长田兴超二人，此时正在凤凰，准备联络凤凰、麻阳，以及贵州铜仁、松桃的地方武装，以策应石门兵变。事发后，湖南保安司令部立即密电凤凰县长李宗祺，缉拿陈范、田兴超“就地处决”。李宗祺想到陈范在凤凰的影响，假意“放走”，暗中派特务跟踪，待陈离开凤凰再予以杀害。陈范躲藏一阵，忽接到国民党军事委员会政治部主任陈诚的来信，说有要事召见。因为他们平时有交往，并受陈诚器重，便寄希望于陈诚，向重庆方面逃跑。他带着几个随从，沿途机警谨慎，多次摆脱特务追踪。到了贵州贵定县，认为已逃出险境，打发随从返回。谁知一上汽车，就被特务抓住。原来，这特务是重庆方面派来的，还出示了陈诚的手令。陈范正在看“手令”时，特务即从他脑后开了一枪，陈当场毙命，时年34岁。特务又指挥汽车从陈的尸体上碾过，造成车祸假象。围观的旅客见了，敢怒而不敢言。

陈范逃离凤凰次日，凤凰县长李宗祺派警察局长姜瑶琴带领武装前往阿拉营乡老岩桥村捉拿副团长田兴超。当地村民多是田姓，暗中向田兴超报信。田从后门逃走，躲在附近山中避难，第二年病逝。

至此，石门兵变以失败而结束。由于暂5师在石门事件中损失了一批有实战经验的干部，动摇军心，致使部队战斗力受到巨大的削弱。后来在常德会战中，73军损失惨重，暂5师师长彭士量阵亡，这和石门事件中大量湘西籍久经沙场的骨干军官遭到杀害、株连和排挤是密不可分的。

2005年，中共中央授予陈范将军中国人民抗日战争胜利60周年纪念奖状及奖章。

抗日名将顾家齐被暗杀之谜

一、喋血张排寨

1949年5月9日上午10时许，一辆挂着湖南省政府标记的中型客车，风驰电掣由乾城（今吉首市）向沅陵方向开去。车上坐着刚被湖南省政府委任的省政府委员顾家齐将军，国民党十六兵团少将政训处长、军统特派员杨仲璞，乾城、永绥（今花垣）县的县长，以及一些卫兵。汽车刚到河溪镇的张排寨渡口，只见前面公路上，横放着几根树干，将车拦住，汽车只得停下来。

这时，公路两边的树丛中突然跃出几十名荷枪实弹、身穿便服的官兵，将汽车团团围住。为首的一人大声喝令：“停车检查！”车上人一看这阵势，一阵紧张。卫兵们握紧枪杆，密切注意动向。双方变得剑拔弩张起来。这时，只见顾家齐将军将头伸出车窗，有点不以为然地说：“明明有省府标记，还检查什么?!”卫队长龙开生双手紧握冲锋枪，也探出头来察看究竟。对方问：“谁是顾委员？”顾回答说：“我就是！”说时迟，那时快，拦路队伍中靠近顾将军的龙大牛对准顾的胸部，“砰砰”两枪，就将顾击倒。卫队长龙开生还没有反应过来，也被另一刺客击中。紧接着，围住汽车的官兵，一阵乱枪，对着汽车狂射。一时间，张排寨河谷附近，被激烈的枪声笼罩。

过了一阵，枪声渐渐停下来。围车的队伍中，有人高喊：“车上人举起手来，缴枪不杀！”接着又持枪围上去。过了好一阵，车中慢慢走下几个身上溅满鲜血的人来，一个个面无人色，浑身发抖。接着一个个搜身、

顾家齐碑铭

问话。车上下来的人中，有一个叫谭德森的年轻人，在国民党南京政府任职。刺客中有人认识他，便对他说："你赶快走！走得越远越好！今天的事你什么也没看见。不要再回来，否则，当心你的小命！"谭德森战战兢兢地走了。接着，另外几个幸存者因都有一定社会背景，经问话并交代后也被放走了。

一场震惊湖南甚至全国的大血案至此结束。然而，因其过程惊心动魄，现场血肉淋漓，背景错综复杂，案情扑朔迷离，一直引起人们的争议。特别是指使这场暗杀的幕后人物到底是陈渠珍还是他的部下谭自平等，众说纷纭，莫衷一是。本文试图通过一些采访到的新情况，对其案情作一些补充分析，以解该案多年未解之谜。

二、顾家齐其人

在此次暗杀行动中遇害的主角是顾家齐将军，他号修之，湘西凤凰县人。原籍江西省丰城县，祖父于咸丰初年到凤凰经商，然后定居下来。

顾出生于1894年农历正月十三日，少小聪颖，读了几年私塾后，因家境贫寒，就报考湖南常德的省立第二师范学校公费生。他在此接受了新式教育，痛心国家衰败，深感仅依靠振兴教育无法救国，于是毅然投笔从戎。1914年，进入湘西军官团接受军事教育。毕业后，即在湘西巡防军中服役。此后20年间，他在湘西镇守使田应诏、陈渠珍麾下历任排、连、营长、统带、团长、旅长等职，后又到庐山军官训练团接受训练。

1935 年，湖南省主席何键率军在追击红二六军团时进入湘西。大军压境，强令“湘西王”陈渠珍将其所辖的部队缩编为一个丙种师，并调离湘西开赴抗日前线，以削弱陈的割据势力。顾家齐暗中投靠何键，陈不愿受制于何，就顺水推舟，举荐顾家齐为陆军新编第 34 师师长。部队再经整训，于 1937 年改番号为陆军第 128 师，先驻安徽宁国、宣城，后守浙江宁波、定海一带海防。

1937 年“八一三”淞沪战起，他于 11 月奉第十集团军总部命令，率领 128 师从宁波昼夜兼程奔赴嘉善，阻止从金山卫登陆的日军，以保障淞沪抗战部队撤退。当时日军在飞机大炮掩护之下，轮番向顾军阵地发起猛攻，战斗十分惨烈。128 师系湘西地方部队，属杂牌军，枪械落后，弹药缺乏。但顾镇定自若，毫不畏惧。他不仅在指挥所里发号施令，指挥杀敌，而且常常亲临火线，鼓励士气。接受任务时，本来只需坚守三天，但当时国民党部队指挥混乱，战斗到第六天，后援部队尚未到达，而右翼阵地已经失守，顾将警卫连、工兵连、师部军官队编成战斗队，亲自率领增援右翼，终将阵地夺回。白天，日本鬼子仗着飞机大炮狂轰滥炸，然后重兵冲进阵地。晚上，128 师战士摸黑战斗，短兵相接，又把鬼子赶了出去。战斗至第七天，前线官兵伤亡大半，仍坚守阵地。直到黄昏，接防部队赶到之后才撤退。嘉善之战，128 师凭爱国之心，以劣势装备抗击强敌七天七夜，真可谓惊天地泣鬼神。当时报刊曾作了大量报道，顾家齐一时成为抗日名将。

1945 年日寇投降后，顾退役回家，在辰溪县办惠民煤矿，自任董事长。他厌倦内战，无心参政。

1949 年初，湘西沅陵爆发“三二”事变，驻防桑植、永顺、大庸的省保安十团团长汪援华，纠集永顺警察局长曹振亚等，率部数千人，于 3 月 2 日攻入湘西门户沅陵县城，奸淫掳掠，无恶不作，造成“万户千门尽劫灰”的惨案。3 月 4 日到 5 日，辰溪的张玉琳、泸溪的徐汉章、古文的张平等又将辰溪兵工厂武器抢劫一空。一时间，湘西十余县群魔乱舞，一片混乱。“湘西王”陈渠珍临危受命出山，组织成立了“凤凰县防剿委员会”及“湘鄂川黔四省边区人民自卫军总司令部”，集中数千人枪，由陈渠珍、谭自平、熊子霖等主事。他们曾多次邀请顾家齐一道参与，均遭顾的拒绝。顾说：“这些扯烂污的事我不参加，打来打去都是湘西人，我要为子孙积点德。”于是闭门不出。3 月下旬，自卫军开抵沅陵，与省保安旅隔河对峙十余日，时开小战。后撤退时，沿途骚扰。顾评议此事时忿然说道：“我只要一个团，就能解决这些乌合之众。”于是与自卫军等地方势力分歧公开化。

程潜主湘后，顾曾与之多次接触。5 月初，程潜任命顾为湖南省政府委员，电召赴省就职。凤凰的权势人物对此极为反感，遂密谋杀害顾。顾知悉后不以为意，不听别人改道潜行的建议，率大队人马从凤凰启程，取道乾城、所里（今吉首），乘专车赴长，于是出现了张排寨罹难一幕，顾遇难时才 55 岁。

顾遇难后，湖南省主席程潜发来唁电，深为哀悼，并抚恤遗属。

三、有关史料记载

顾家齐遇刺后，其儿子顾远学、顾远扬先在辰溪，后到长沙向省政府告状并发“快邮代电”，指控陈渠珍指使匪徒刺杀其父，要求国民政府逮凶查办。因证据不足，时逢乱世，省主席程潜也无能为力，此事最后不了了之。

关于顾家齐遇刺的文史资料，旧时《湘西日报》应有记载，可惜很难找到了。新中国成立后最早见诸报端的应该是沈从文的散文《新湘行记——张八寨二十分钟》。

1957 年 5 月，著名作家沈从文先生回故乡湘西，在吉首市河溪镇的张排寨，因为汽车过轮渡，停留了 20 分钟，后写下这篇著名散文。在该文的结尾部分，沈从文先生写下这样一段话：“这小地方和中国任何其他

顾家齐将军像

乡村一样，正起着深刻的变化。第一声信号还在十年前，即那个青石板砌成的粪箕形渡口边，小孩子游戏处，曾有过一辆中型客车在此待渡，有七个文武官员坐在车中，一阵枪声下同时死去。这是另外一时那个‘爱惜鼻子的老友’告诉我的……”

沈老在这里看似轻描淡写，其实笔调深沉。因为死者都是他熟识的人物，尤其是顾家齐，是他很崇拜的将军，又是在旧湘西最混乱时遇难的。文章中写的“张八寨”，应为“张排寨”，时间不是十年前，而是八年前。

1988年版《凤凰县志·人物传·顾家齐》一文中是这样记录的：“1949年5月初，国民党湖南省政府主席程潜任命顾家齐为省政府委员，电召赴省，陈渠珍、谭自平闻讯惊恐，认为顾去长沙，于己不利，便秘密策划，遣人刺杀顾家齐。9日上午，顾一行10人由所里（今吉首）乘专车赴长沙，至张排寨渡口时，突然遭到谭自平部下中队长侯尚仁等30余人的伏击，除1人幸免外，顾家齐等9人均被害。”

湘西的罗善达先生在回忆文章《两起政治谋杀案》（载《乱世湘西风云录·乱世纷争》）中又是这样记述的：“顾家齐住在乾城黄鹤鸣家……于是就决定即刻动身，同行还有凤凰县长杨仲璞，乾城县长曹仲明，保靖（应为永绥，作者注）县长王超群，卫队长龙开生，另有4名卫士，加上其他乘客12人，一起乘着程潜派来的专车二辆于这天上午由所里（今吉首）出发，向沅陵驶去……”

而田儒雍《截杀顾家齐前后》（《凤凰文史资料》第一辑，吴曦云整理）是这样记录的：“这次我们打死顾家齐一行九人……死者除顾、龙、杨外，还有顾的秘书田道鸣、永绥县长王超群、杨仲璞卫士一人，顾家齐卫士三人……后面的汽车（不知一或二部）听到前头响枪，没有过渡就掉头回去了。”

上述四段文字各有不同，一是车辆数不同，前两种说法是一辆，第三种说法是二辆，第四种说法后面还有车，但不知道是否是同行的。二是坐车人数和死亡人数不同，第一种说法是 7 人，全部死亡。第二种说法是同车 10 人，死亡 9 人。第三种说法是同车 12 人，死亡人数则没有写具体。第四种说法是 9 人全部死亡。

这就留下一些悬念，使人无法定论。

第一种说法，是沈从文从“爱惜鼻子的老友”印瞎子那里得知的，也许是通过闲聊或书信往来获悉的，属于道听途说，因而不太准确，在所难免。

第二种说法是同行 10 人，死亡 9 人，还有幸存者一人是谁呢？以前通行的说法是指谭德森。因为事隔 30 年后，谭德森从美国回来了，谈起当年枪口底下逃生的经历，尚心有余悸。他是现场目击者、见证人，后文将专门介绍。

第三种说法是 12 人坐车，如果死亡 9 人，谭德森 1 人逃生的话，还有两人是谁呢？后来到哪里去了呢？这需要我们进一步考证。

第四种说法是 9 人全部毙命。

先看看这些刺客及其指使者到底是何许人。

四、行刺者何许人

据《凤凰县志》的记载，顾家齐一行是“遭到谭自平部下中队长侯尚仁等 30 余人的伏击”，这里说得很明白，是谭自平的部下，中队长侯尚仁等人。谭自平何许人也？为什么要刺杀顾家齐呢？

谭自平（1890—1963），又名振华，祖籍麻阳，清咸丰年间迁入凤凰。1917 年，谭考入云南讲武堂，毕业后在滇军中任排长、参谋等职。1920

年，在辰沅镇守使署任副官长，代理辰溪县知事。此后，长期在“湘西王”陈渠珍手下委以重任，任团长、少将副师长等，是陈渠珍的心腹爱将。1945 年，凤凰县参议会成立，谭为参议员、参议长，后又任湖南省参议员。陈渠珍出山组织湘西“自卫军”，谭任凤凰“自卫军”指挥。

谭自平比顾家齐大几岁，都是陈渠珍麾下的骁将，但两人素来不睦。据说谭以前的一个好友曾被顾家齐以军法处置而枪杀，从此结怨。顾家齐个性上比较清高，特立独行，与其他将领多不协调。平时好酒，酒后豪言壮语，容易得罪人。1935 年整编时，因出卖陈渠珍，投靠何键，激起湘西军政界人士的普遍反感。陈渠珍、谭自平他们成立“自卫队”时，多次邀其出山，他断然拒绝，更引起谭自平等人不满。尤其是说“我只要一个团，就能解决这些乌合之众”的话，更是犯了大忌。外加这时湖南省主席程潜委任他为省府委员，电召他赴任，所以引起很多人的忌恨。尤其是谭自平等人，磨刀霍霍，暗藏杀机。

据《湘西统领陈渠珍》一书记载：顾家齐接到程潜电令后，1949 年 5 月 4 日，与参谋田道鸣（一说田道明）持程潜电文亲自来到陈渠珍公馆“廖天一庐”，面见陈渠珍。陈急迎入内室，顾说：“我接到程公来电，要我就任湖南省政府委员，现我特来与玉公商酌，看是去还是不去？”陈反问道：“你打算去不去？”顾说：“我看现在湘西很乱，凤凰偏僻，交通闭塞，外面什么情况也不知道。我如果到省里，可以了解情况，掌握局势，可随时报告玉公，更好来办湘西的事。”陈说：“你去省里很好，多有几个人在外面，我们的事就好办了。我们湘西人，特别是凤凰人，要团结，同心协力，办好家乡的事。”并问顾：“你几时动身？”顾说：“明天就动身。”陈说：“现在很乱，去时多带几个护卫。杨仲璞明天也起身转恩施，我派 6 个枪兵护送他到乾城黄鹤鸣那里，到了乾城搭你的车到常德。”顾说：“那很好，我就和他同车去。到了省里有什么情况，再转来向玉公报告。”说完告辞，陈送到大门口。

陈渠珍这里提到的杨仲璞，是国民党十六兵团少将政训处长、军统特务，永绥人，曾任过凤凰县长。他是川黔湘鄂四省边区绥靖公署主任宋希濂的特使，专门派来湘西做陈渠珍等人的工作，要陈出任川黔湘鄂四省边区绥靖公署副司令长官一职。当时局势复杂，各方势力都想控制湘西，陈渠珍他们也在观望之中，同各方都保持着联系。

与此同时，顾也采取了一些自我保护措施，随身带着龙开生等二三十个镖手，配有四挺机关枪，24 只快慢机。从凤凰到乾城，是坐轿去的，带着 200 多人的庞大队伍，浩浩荡荡，使行刺者无从下手。这样，从凤凰出发，平安抵达乾城。

顾离开凤凰时，陈渠珍亲自来到顾家送行，但顾已经出发。顾的老婆对陈说："家齐刚走，大概到了池塘坪。"这池塘坪是凤凰平时杀人的刑场，也是摆放死人的地方。后来大家议论，顾妻的这句话，是个不祥之兆。

据说谭自平布置了一个暗杀队，经过周密策划，选派侯尚仁为负责人，事发前给所有参加行刺者发了安家费。在凤凰沿途没有得手后，又去请人帮忙。侯尚仁尾随顾家齐经过箪子坪时，去请求曾任新一旅团长的田儒礼派人协助，田选派心狠手辣的枪手龙大牛带领配备有轻机枪、冲锋枪一个队的人枪，连夜赶到张排寨设伏，等待顾家齐他们到来。

5 月 9 日早上，黄鹤鸣接到河溪电话，称张排寨发现不明番号队伍数人，情况不明。黄将情况告诉顾，顾有些紧张犹豫。顾的参谋兼秘书田道鸣却说："陈渠珍他们的势力只能控制凤凰，离开凤凰就不用怕了。"顾家齐于是有点听信，说："湘西玩枪杆子的我都认得，不会搞我们的。"于是就决定动身，这时是早上 8 点左右。9 点左右就到了张排寨，接着就发生了遇刺事件。

五、参与者田儒雍的回忆

田儒雍是凤凰新场乡古冲村人，曾在侯尚仁连当排长，亲自参加了截杀顾家齐的行动，因而对这次行动的台前幕后都了解。下面是他的回忆。

5月8日清晨，参加行动的十来个人全部换上便衣，带着短枪，吃饱早饭出发。这次行动由侯尚仁负责，他的胞弟侯飞山（正名侯尚义）协助指挥。有好几个杀手是从水打田等乡公所抽调来的强悍枪兵，因此我不认识他们。杨和清匪部被陈渠珍收编为凤凰防剿委员会警卫营后，侯尚仁带着弟兄到杨的手下当连长，我在侯尚仁连当排长，因此得以参加截杀顾的行动。在凤凰的五个师长中，就数顾家齐最能打仗，对于谭自平来讲，主持杀顾行动就像打老虎一样。在出发前谭对我们讲，这次行动只准成功，不能失败，事成之后都有重赏，当官的每人升一级。

顾家齐由陈渠珍、陈晓丹派的两班枪兵（带有轻机枪）和自己的4个卫士护送去所里。为防暗算，顾一行绕道潭江避开"倒挂猪头"，到达勾田垅时，两班枪兵分别在峡谷两边的山岭上搜索，4个卫士保护顾的轿子小心翼翼地穿过峡谷，大有剑拔弩张之势。

下午，我们走到三拱桥，在桥上饭店打尖时，看到护送顾家齐的部分枪兵七八个人打转身回凤凰。抵达箄子坪，才知田儒礼因打二酉山时受得枪伤发作，死了，侯尚仁便把谭自平的信交给田茂福（田儒礼儿子）。田茂福邀集吴文明、田星云等人来商量，都觉得杀顾是件很棘手的事。为确保成功，他们立即派出向海泉到泸溪的百约溪找杨元机联系，请杨协助。计划是，张排寨失手，就请杨元机派人在能滩吊桥下头再次截杀；若又失败，便在三角坪又干一次。箄子坪方面因侯尚仁提出顾家齐认识他，不便出头露面，就派田星云去带队，并从吴文明那里抽龙大牛，田茂福那里抽龙狗、周宗等人去当杀手。杀顾能否成功，侯尚仁心中无底，他到田儒礼灵前烧纸时曾许愿道："田团长，请你保佑我们此次成功，往后我一定多多给你烧纸烧香。"说的时候他还一本正经地对着灵床作了几个揖。夜里，所有人员从箄子坪出发，经强虎哨直奔张排寨，到达时天刚破晓。

在张排寨的行动计划是这样的。大多数人埋伏在渡口下头约一里路的公路两侧，用树干横挡公路，由两个顾不认识的人拦车，说是要检查。若顾不在车中就放行，让后面的车上来；若顾在车中，就先把杨仲璞叫出来再下手。准备派人护送杨到湾溪。吃过早饭，将近10点钟时顾的汽车还没有来，我们怀疑顾可能听到风声不来了，开始动摇，侯尚仁说再等一阵不见车来就撤离张排寨。这时我与侯飞山到公路边的一个小饭店买了些豆腐干下酒，各人刚喝完二两酒，便听到汽车的响声，大家立即各就各位。龙大牛与田星云拦住汽车说是要检查，司机见势不妙，立即把车停住并跳下车来，我们即从车后包抄过来把汽车围住。田星云对着车喊："哪位是杨仲璞先生请下来！"杨是文人，这时吓得张皇失措，坐在车中发抖。顾的保镖龙开生曾是龙大牛的上司，知道龙大牛现跟吴文明，就跳下车来问道："雄哥（即吴文明）来了吗？"田星云应道："没有来！"顾晓得拦截他的是凤凰人后，便在车里骂了一句："凤凰这几个人就这么歹毒！"龙开生晓得寡不敌众，只好抱着一点侥幸心理说道："顾师长下去之后，会给各位想办法的，请各位高抬贵手让条路。"龙大牛未等他说完就吼道："我还会相信你龙开生！记得你要杀我吗？"龙开生明白龙大牛投靠他之前是匪首石光寿的干将，心狠手毒，今天只有硬拼了。龙开生伸手抽枪，枪还未到手就被龙大牛射来的一梭子弹当即打死。同时，田星云用二十响快慢机把汽车挡风玻璃打得稀烂，顾家齐被打死在司机座位的旁边。紧接着，大家围住汽车一齐开火，杨仲璞因为不下车亦被打死在车中。后来，侯飞山还钻到汽车里去打。这次我们打死顾家齐一行九人，缴得六支短枪和一些财物，除了一把二十响快慢机，其余的都给了草子坪来的人。死者除顾、龙、杨外，还有顾的秘书田道鸣、永绥（今花垣）县长王超群、杨仲璞的卫士一人、顾家齐的卫士三人。王超群因被尸体盖住，先前未被打死。后来他们进车用机枪扫射，才把他打死。顾那天穿黑呢中山装，佩一支左轮手枪，田道鸣穿黄呢中山装，二人的头均被打烂，顾还被捅了几刀。后面的汽车（不知一或二部）听到前头响枪，没有过渡就调头回去了。截杀顾家齐得手后，我们立即赶回凤凰，事后睡了两天。

六、幸存者谭德森

在张排寨遇刺事件中，幸存者谭德森只是一个搭车人。他 1924 年出生于凤凰县长宜哨王家寨一个农民家庭，幼时丧父，家境贫寒，但勤奋好学。抗战时期，考上重庆警官学校，后在国民政府外事部门任职。抗战胜利后，在南昌、南京等地任职。谭是一个孝子，这次是回老家探亲，看望老母，顺便完婚。休假期满，便搭车去长沙。没想到在张排寨遇到刺杀。遭此惊吓，他以后再不敢回凤凰。1949 年大陆解放时，去了台湾，后考取留美生，远涉重洋，到美国谋职。此后在美国经营咖啡连锁店和房地产业，1990 年被旅美华人推选为北加州湖南同乡会会长，连任四期，1998 年病逝。

直到 30 年后的 1979 年，中美建交后，谭才返回故乡，与友人谈起张排寨遇刺一事，尚心惊不已，面呈惧色。谭晚年皈依佛门，济困扶危助人为乐，多次给母校凤凰文昌阁小学捐赠，还捐资 16 万元给老家王家寨兴建自来水站，解决了 300 多人的饮水问题，这是后话。

七、还有一个见证人

2006 年 5 月，笔者筹拍历史纪录片《“湘西王”陈渠珍》时，有幸采访了一对老夫妇，男的叫黄昆成，女的叫陈运汝，时年都已 80 多岁，就住在吉首花果山下靠近峒河的私宅里。他们为我提供了一些前所未闻的情况。

黄昆成先生是乾城名人黄鹤鸣的儿子，陈运汝是陈渠珍的亲哥哥陈开藩的孙女，是陈渠珍的亲侄孙女。黄昆成是陈渠珍最疼爱的侄孙女婿，当时也在这辆车上，属于搭车人员，是这场血案的直接见证人，更是这辆车上为数不多的幸存者之一。

说起黄昆成，必须先介绍其父黄鹤鸣。黄鹤鸣，又名翊湘，乾城人，父亲黄玉庭，早年从江西迁来乾城，做小生意起家，后在乾城开设“黄义发”商号，生意越做越大。黄鹤鸣从小读过私塾，后随父亲做生意，很快发家，成为江西商人中在乾城的头面人物。民国初期，乾城附近盗匪猖獗，治安管理差，黄鹤鸣等人经向湘西巡防军统领陈渠珍申请，成立商团，黄出任商团主任。因为人忠厚老实，会当家理财，1932年，陈渠珍在湘西成立湘西农村银行时，委任黄为总行行长兼经理。1949年沅陵“三二”事变发生后，乾城成立“湘黔川鄂边区人民自卫军护路总司令部”，黄鹤鸣被推为总司令，后又兼乾城县长，成为乾城本地的显要人物。这次顾家齐一行路过乾城，住在他家中，便是这个因素。黄后来起义投诚，迎接解放军入城，使乾城县和平解放。

黄昆成是黄鹤鸣的大儿子，也是陈渠珍的侄孙女婿，当时经商，准备去沅陵常德进货，听说顾家齐的专车去长沙，便请求搭车，顾当然应允。于是，乘车同行。没想到，路上发生枪击事件，而他在枪口下捡得一条性命，真是万幸。

八、黄昆成如是说

这是我采访黄昆成的一些访谈内容，根据录音整理如下：

我当时经商做生意，只想多赚点钱。头天听说顾委员有车去长沙，心想，现在局势这么混乱，我搭顾委员的车去沅陵或常德，进点货物来不是很好吗？于是跟顾委员一说，他就答应了。当天晚上，我和五爷（陈渠珍）通过电话，说要搭顾委员的车去沅陵。他说，要去你去吧。我于是准备了两三百块光洋，用一个袋子装着，第二天一早，就上了车。因为五爷和父亲的面子关系，我被安排坐第三排，和顾委员的秘书田道鸣一排，他靠车窗，我靠里面过道。

顾委员坐的是一辆客车，可以坐20人左右，但后面空着的，没坐满。这是当时公路局的车，因为顾委员要去省城赴任，所以临时征用。

车到张排寨，被几根树干拦住。这时，公路两边冲出许多荷枪实弹的人，大喊："停车检查！"这时，杨仲璞站起来，对车外的人说："这是省政府顾委员的车，检查什么？"双方僵持一会。对方问："哪个是顾委员？"顾家齐说："我就是！"这时，拦截为首者对着顾委员连开三枪，将顾委员击倒。紧接着，其他围堵者都用连枪开火。车上顾委员的卫兵没来得及掏枪即被打死了。

我一听到枪声，俯身趴在汽车沙发上，使劲低着头，大声叫喊："莫开枪，莫打了！我是黄鹤鸣的儿子！"过了好一阵，枪声才停下来。

顾的秘书田道鸣死时压在我的背上，脑浆和鲜血都流到我的身上。这时，围堵者走上车来，一个个检查。当时顾委员还没有死，正在大口喘着粗气。来人把他拖下车，又补了几枪。有人走到我前面，将我拉下车，我当时吓得心惊肉跳，走路都发抖。他们问情况，知道我是黄鹤鸣的儿子，问我有什么东西。我说有一个袋子，他们就让我提着袋子，站在旁边。接着又问其他人，其中有谭德森。他们将死尸拖下来，清理现场，死的是8个人。他们将死者的枪全部收走，然后训诫我们不要乱说，就让我们回家。他们兵分两路，一路回乾城，一路回凤凰了。

我提着袋子，受此惊吓，神情恍惚，一个人不敢回去，就在渡口喊了一个认识的伙计，叫他送我回家。于是一起步行回去。到了家门口，父母正在焦急地等待，看到我浑身是血，叫我先别进屋，将血衣脱掉。妻子取来衣服，给我换上，接着将血衣烧掉了。

出事后，我父亲当即安排人准备了8副棺材和白布，去为顾委员和死者收尸。然后将他们的遗体用棺材装殓，分别运回乾城和凤凰。

九、另几个版本

还有另外一些版本。

版本一：顾将军汽车到了张排寨渡口，枪手们截住了汽车，高喊：“哪位是杨仲璞老师？请下车！”杨是文人，吓得不敢动。顾家齐的保镖有人认识枪手，便下车交涉。顾家齐晓得拦截他的是凤凰人后，说了他终身最后的一句话：“都是凤凰几个人，就这么歹毒！”交涉不成，互相开枪，最终顾家齐等被乱枪打死。

这个版本也很有传奇色彩，意思是刺客们受命不杀杨仲璞，所以要喊他先下车，可他不敢下车，以至于被冤枉打死。如果是这样，顾家齐的保镖很快会发觉，将严阵以待。互相开枪的话，刺客方面则必有人受伤或被打死。但是，查遍所有资料，没看到对方受伤或死人的记录。

按这个版本说法，如果是陈渠珍指使的这场谋杀，吩咐手下不要杀杨仲璞，喊他先下车。那么，他的侄孙女婿黄昆成也在车上，要不要喊他也下来呢？如果这样，这刺杀就无法完成。如果不这样，只喊杨仲璞，不叫黄昆成，这又将怎么解释呢？

版本二：顾家齐接到程潜电令后，与参谋田道鸣面见陈渠珍，征求

古城凤凰一角

陈渠珍的意见，去还是不去长沙？陈渠珍开始劝他不要去，说是时局复杂，世道太乱，怕有危险。在顾家齐坚持要去的情况下，才答应让他去，同时叮嘱他一路小心。

按这个说法，陈渠珍根本就没有要谋害顾家齐的意思，反而为他担心，劝他谨慎。

版本三：顾家齐遇难时，陈渠珍正在自己的议事厅召集军政要人及各方头目开会，电话铃响了，陈接电话，听到消息，开始暗喜，接着显得十分悲痛的样子。谭自平代接电话后，向众人宣布："顾师座在张排寨遇刺身亡。"

这有点像电视剧中的情节，典型的蒙太奇手法，怀疑是演绎出来的。

据《湘西统领陈渠珍》的说法，事实上是，陈渠珍是9日晚上听到顾家齐死讯的，"深感哀恸"。一面安排人处理丧事，一面派警察局长刘祖平赴恩施向宋希濂报告杨仲璞遇难及回复宋的情况。

顾家齐的遗体第二天被运回凤凰，按凤凰的民俗，大摆灵堂，请道士超度亡灵。陈渠珍参与吊唁。

1949年11月，陈渠珍已率部和平起义，乘解放军车辆自乾城赴沅陵。车到张排寨，陈示意停车，在顾家齐等被刺杀处，默默无言，看了好一阵，以示对老朋友的悼念。

十、不是结论的结论

根据上述情况分析，可以初步得出这样的结论。

一、顾将军乘坐的汽车是一辆，而不是两辆。车辆为公路局管理的客车，而非省政府派出的专车。

二、车上乘坐者应该是10人以上，死亡人数为8人或9人，不是全部死亡，还有几人幸免于难。

三、刺杀顾将军事件是谭自平等人策划，并指派得力下属所为，陈渠珍应该没有直接指使或参与。

这谭自平和顾家齐，是一对冤家对头。早年积怨很深，加上后来发生的一些事，谭对顾一直心存芥蒂。此时顾被程潜电召，委以重任，谭认为于己不利，于是暗藏杀心，布置了这场震惊中外的暗杀行动，这是合乎情理的。谭自平后来随陈渠珍参加凤凰和平起义，任凤凰临时治安委员会副主任委员。1952 年被错判徒刑，赴辽宁抚顺战犯管理所改造，1963 年因病去世，终年 73 岁。1983 年，凤凰县人民政府给予平反纠正，认定谭为起义人员。

至于说陈渠珍派人刺杀顾家齐，则有点勉强。

一、从陈渠珍和顾家齐的长期交往来看，他们一直是上下级关系，都是凤凰的头面人物。虽然也有过工作中的矛盾，但私交不错。再从顾家齐接程潜电令后去陈家请示，共同商谈中也可看出，他们彼此也很尊重，不至于“当面说好话，背后下毒手”。

二、这时的陈渠珍已近古稀之年，历经了各种艰难困苦，对权力早已失去了兴趣，是辰溪的张玉琳为报杀父之仇扬言要血洗凤凰才逼他出山的。陈这时人心向善，要他再为争权夺利去杀曾经的部下，似乎也不太可能。

三、更重要的，这个杨仲璞是陈渠珍的好友、宋希濂的特使，他是带着陈渠珍的密信去回复宋希濂的，陈渠珍当然不希望他死去，要他搭顾家齐的车，就是想让他尽快安全到达，不然就会阻止他去搭车。

四、陈渠珍的侄孙女婿黄昆成也在车上。陈渠珍的哥哥陈开藩英年早逝，这侄孙女就像他的亲孙女一样。谁也不会让自己的亲人做枪下之鬼，这是人之常情。

五、假如陈渠珍要杀顾家齐，什么时候都可以派人将他干掉，可做到天衣无缝。没必要兴师动众，到张排寨去截杀。倒是谭自平，为了掩人耳目，又可以躲避陈渠珍的视线，才布置这场暗杀。

至于陈渠珍是否知道谭自平刺杀顾家齐的计划，是否首肯或默认，则不得而知。这也许将成千古之谜。

运钞机坠落两头羊之谜

在凤凰县的北部山区，有一个叫“两头羊”的地方，因境内有两座山活像两头山羊而得名。1949 年 5 月，因为一架国民党的运钞机坠落于这里，更使这里名声大噪，也给当地老百姓带来无尽的苦难。

事情的缘由是这样的。

1949 年 5 月 24 日下午 3 时许，两头羊的老百姓正在耕田、插秧。这时，天空突然传来一阵“嗡嗡”的飞机引擎声。老百姓抬头一看，只见一架飞机，尾部拖着浓浓的黑烟，向着地面俯冲过来。老百姓吓慌了，以为是投弹的飞机，纷纷逃窜。只见飞机直冲向前，接着听到

两头羊的高山峡谷

"轰"的一声巨响，飞机坠落在前面一个叫鱼井的山沟里。

老百姓感到稀奇，纷纷跑去观看。只见飞机燃烧着，谁也不敢靠近，怕飞机发生爆炸。过了一阵，飞机燃烧完了，并没有发生爆炸。老百姓才开始走近飞机。这时，有人无意中发现，飞机坠落的附近农田里，有撒落的白花花的银元。于是，大家飞机也不看了，纷纷下田去捡银元。有的用斗笠去装，有的干脆脱下衣服去装。有的捡多了，还奔跑着送回家去。

"飞机掉银子了"，消息迅速传遍附近村寨。大家都跑来了，一个个捡着银子，喜笑颜开。真是天上掉下的银子，一直到天黑，多的捡了数百元，少的也捡了几十元。大家心里高兴，笑容洋溢在脸上。殊不知，乐极生悲，等待他们的，却是一场灾难。

坠机的第二天，凤凰县新德乡乡长吴有凤和维新乡的武装头目欧文章，各带枪兵和匪众赶到现场。乡长因势单力薄，被强势的土匪赶了出去。乡长因此怄气，立即将飞机坠落银元的事，报告了凤凰县防剿委员会。县里马上电令驻扎在新民乡的城防大队长余子坤，要他带人去保护现场。余率部赶到两头羊后，一面驱赶捡银元的群众，一面派人挖地三尺，搜捡地里的银元。一连搞了五六天，共捡回银元五万余元。他们向新德乡乡长下命令说，凡是到过鱼井看飞机的人，要统统登记，追回银元。

命令下达后，乡长吴有凤只得带着人，一家一户登记，收缴银元。6月初的一天，他去县里送交银元，被国民党地方政府扣押，说是没有收缴完。同时，政府又派出吴久卓，率领30多人枪，坐镇乡公所督办。乡长没办法，就逼保长。保长逼甲长，甲长找百姓，搞得鸡犬不宁。因为飞机坠毁后，虽说有不少人捡到银元，但捡的人有先有后，有多有少，有的去迟了，没有捡到。但官府规定，只要到过鱼井的，都要交银元。在枪杆子的逼迫下，捡到的就一五一十交出来。没捡到的，只得变卖田地，按摊派的数目"退赔"。无田地耕牛可卖的，就卷起被子外逃。当时，新德乡农民因交不出银子外逃的，有26户80多人。农民龙老六是坠机后第四天到了鱼井附近，不但没捡到银元，坠机现场因有驻军守卫，连进都没进去，乡公所却摊派他退赔银元 80 元，逼得他把一头耕牛卖掉才还清了这笔冤枉钱。

这还不算。这时，一个地方部队号称自卫军总指挥叫龙膏如的，系凤凰“苗王”龙云飞的儿子。他听说飞机掉下银元，也眼红起来。招来地方武装头目欧文章，指示欧利用捡银元这事，怂恿地方派人筹钱买枪自卫，组织以欧岩保为首的 9 个人，去凤凰县城购买枪支弹药。当他们购得枪支，在返回途中的喇叭口，被龙膏如埋伏的人抓住，没收了枪支不算，还一个个五花大绑，使用“吊半边猪”等酷刑，逼他们交出银元。欧岩保等人受刑不过，只得答应按照规定的数目上交银元。弄得 20 多户老百姓变卖田产耕牛，筹交 8000 多块银元，欧岩保等 9 人才被放出来。真是雪上加霜。

后经了解，坠毁的飞机是国民党财务署雇佣的美国陈纳德航空大队的运输机。当时，解放战争如火如荼，蒋介石军队节节败退。蒋为了扩充军饷，使其盘踞在西北和西南的军队负隅顽抗，批准动用厦门国库银两运往重庆、兰州等地。这次共雇佣飞机 3 架，每架运载银元 10 万元，从广州白云机场起飞，经重庆去兰州。没想到其中一架飞机失事，坠毁在凤凰的两头羊。坠机遇难的有正、副飞行员各一名，押运员数名。

事发后，在广州的国民党中央财务署署长吴嵩庆打电话给湖南省主席程潜，请求派兵协助追回丢失的银元。程潜电令湘西从速清查具报，但都被余子坤等人以正在清查为由搪塞敷衍，一直拖着。这时，国民党政府因解放军迅速南下而忙于撤退，无暇顾及此事，因此，这笔巨款被湘西的地方官员、武装头目、土匪恶霸趁机吞没。

“青帕苗王”上山为匪之谜

在湘西老一辈人中，“青帕苗王”龙云飞是一个众所皆知的人物。他之所以闻名，与他跌宕起伏的人生经历和纷繁复杂的众多身份有关。

青帕苗王

龙云飞生于1886年，死于1951年，又名腾汉、红麟，典型的苗族血统。祖居凤凰县大田乡大田村，后迁山江镇蛤蟆洞寨，而出生又在木里乡。

1886年农历十月的一天，湘西凤凰木里乡打谷岩寨一幢苗式木房里，传出一声婴儿响亮的啼哭，这是清末毛都塘苗守备龙福寿又喜添贵子了。

就在孩子降生落地之时，突然间狂风大作，电闪雷鸣。乡亲们正在产妇家里忙前忙后，一声巨响在庭院炸开，吓得人心惊肉跳，魂飞魄散。人们走出去一看，只见一块方桌大小，形状不规则的天外来石正砸进院子，将木楼的立柱砸坏了，导致吊脚楼倾斜摇晃。

龙家这一惊非同小可，认为是不吉之兆，第二天就专门请了一些道行高的苗老司到家里作法，驱逐鬼神，然后才宣布，龙老爷喜添第二子。

龙云飞在父亲的熏陶下，从小舞刀弄棒，学习苗拳，练就了一副强健的体魄。他只读过两年私塾，初通文墨。长到十五六岁，已经身手不凡，且身板结实，俨然成大人了。

龙云飞五短身材，方圆脸庞，传说为“蛤蟆精”所变，勇武豪爽，胆识过人。18岁离家外出，闯荡江湖。他加入了田三怒为首的哥老会，并与田结拜为兄弟，成为哥老会的“小老幺”，常聚众赌博，贩运烟土，保送客商。

辛亥革命爆发后，他参加了凤凰苗民光复军，第一个叼着刀爬上了凤凰城墙。凤凰光复后，参加了湘西镇守使田应诏的讨袁护法军，任田手下的团长。后来田应诏将军权交给陈渠珍，龙云飞深得陈重用，先后当过永顺、保靖的驻军统帅，凤凰、麻阳、辰溪、泸溪的警备司令，坐镇麻阳。而后又当游击司令、七县屯务军指挥、旅长、师长，成为凤凰苗族中的显赫人物，人称“青帕苗王”。当时拥有田地数百亩，在总兵营（山江）附近的黄茅坪修建了豪宅、炮楼及军事工事，至今尚存。

1935 年，盘踞牛练塘的土匪龙清富和他争地盘，互相仇杀，龙云飞用武力将龙清富赶走，并把当地的多栋民房和下打郎附近五六个寨子烧毁一空，化为瓦砾。

这段时间，龙云飞与贺龙也关系密切。贺龙正在湘西建立湘鄂川黔革命根据地，广结朋友。他们曾在龙角崖地方义结金兰，有八拜之交。经常秘密往来，为红军提供枪支弹药。

1936 年，“湘西王”陈渠珍被湖南省主席何键架空，接受改编。龙云飞带着儿子龙膏如及一排多人枪闲居在家。经常与陈渠珍暗通消息，

龙云飞的官邸

陈授意龙云飞择机倒何。

抗日英雄

1937 年秋，龙云飞联合苗乡头目龙清富、龙和清、龙再云、田儒礼等集合 2000 多人，在总兵营成立“湘西革屯抗日救国军”，龙自任总指挥，率队攻下乾州城，又围攻永绥（今花垣）县城，包围凤凰县城五昼夜，队伍迅速发展到上万人。

倒何成功后，1938 年，张治中任湖南省主席，收编龙云飞为湖南省新编第一旅旅长。下辖两个旅，四个团。次年，新一旅改编为暂编第六师，龙升为师长。接着，率领部队开赴抗日前线。

1937 年 10 月，龙云飞在湘西沅陵稍作停留，遇到从北京返回故乡的沈从文。晚上，沈从文在其兄弟沅陵的“芸庐”公馆里，同凤凰的几个大佬陈渠珍、龙云飞、戴季韬等老乡天南海北地神聊。最后，沈从文将龙云飞单独留下，劝他将湘西的各路“英雄”统一起来，像个真正勇士那样不错过这“千载难逢的报国机会”，走上抗日前线，为湘西，为全国苗民争一口气。从 1920 年代初就与沈从文相识的龙云飞，在小老乡面前第一次动了真情。他紧握着沈从文白皙的手说：“就请听腾汉战场上的消息吧！”

在第一次长沙会战中，龙云飞带领暂六师一个团的兵力牵制东下日军，奋勇血战，最后全团只剩下 16 个人，受到嘉奖。接着，在湖南津市抗战中，指挥少许兵力，夜袭敌营，激战三小时，歼灭日军一个小队，而自己部队无一人伤亡，

龙云飞官邸的炮楼

龙云飞与外国传教士

再次受到嘉奖。在长沙保卫战后期，龙云飞率领暂六师全部压到战斗第一线，并亲临火线指挥作战，粉碎了日寇一次又一次的反扑，部队伤亡过半，仍坚守阵地。中国军队终于取得了胜利。

战役结束后的第四天，龙云飞被请到战区正规部队去作报告。从没有见过这阵势的龙云飞，登台后极为紧张，语无伦次，只听到“我们半夜打冲锋，消灭敌人一个小队”的凤凰腔，搞得大家十分扫兴。战区司令长官薛岳说龙云飞不过是打仗不怕死的“一介莽夫”。

1941 年，龙云飞被调任第九战区长官司令部任少将参议。这实际上是明升暗降。蒋介石要他去重庆，另行安排，他不愿离开湘西，借故推辞了。从此失去兵权，闲居沅陵。1947 年才返回凤凰，利用自己的声望协助其儿子龙膏如竞选苗族国大代表。

嗜杀成性

行走江湖的人，既讲江湖义气，必然爱憎分明，龙云飞也是这样。他杀三姨太和弟媳吴妹者的事传说很多，手段极其残忍，说来怵目惊心，惨不忍睹。

龙云飞娶了三房老婆，大老婆出身本分，为他生了儿子龙膏如。二老婆漂亮机灵，没有生育。一次，龙云飞跟随“湘西王”陈渠珍镇守湘西时，在花垣县的一个小镇上看上了身材苗条、皮肤白嫩的张玉蓉，一下子就被她迷住了。没多久，龙云飞就把比他小 20 岁的张家姑娘娶回总兵营。老夫少妻，英雄美女，龙云飞将张玉蓉视若掌上明珠。过了几年，张玉蓉又先后为他生下一男一女。当了母亲的张玉蓉更加娇艳迷人，常跟龙云飞出入各种社交场合，并且迷上了麻将，经常同龙云飞的朋友搓麻将，牌桌上顾盼生辉，令一些男人垂涎欲滴。后来据说与毛都塘国民党保安团杨营长关系暧昧，龙云飞指示儿子龙膏如在接她回家的路上，开枪把她杀死。也有老人说，三姨太贤良，同杨营长根本没有奸情，龙云飞是听信了儿子龙膏如和二姨太的谗言才心生杀机的。

而残杀弟媳吴妹者和裁缝龙天胜的事，则更残忍，在凤凰一带广为流传。

龙云飞有个弟弟叫龙腾甲，在大田当守备时与当地裁缝龙天胜相交，两人关系密切。

龙天胜，苗族，大田乡大田村人。因排行第三，又称龙三佬。生于 1904 年，中等个子，身材匀称，面庞白净，能说会唱，待人很有礼貌。因家中田少，十几岁就学裁缝，学得一手好手艺。又因为家中困难，二十六七岁尚未成家。

龙腾甲妻子叫吴妹者，毛都塘人。与龙腾甲结婚后，住在总兵营，但经常到大田来，因而认识了龙天胜，并对其有好感。

龙腾甲当时与国民党部队一个营长发生恩怨，心里想不开，郁结于心，得了神经病，于 1929 年病死。当时，吴妹者 31 岁。

1931 年正月，吴妹者把龙天胜请到总兵营帮她家里人缝衣服，前后住了两个多月。孤男寡女，慢慢地产生了感情，暗地同居起来。吴妹者打算与龙天胜做长久夫妻，但也知道龙云飞会顾及家族的体面，不会答应。

龙云飞在江湖上混过，极其讲究名声，又听不得小话。只要风闻家里有人不守贞操，无论是谁，都要处死，心狠手辣。

这时，寨上就有传言，说吴妹者同龙天胜早已勾搭成奸，是他们合伙毒死龙腾甲的。事情传到龙云飞处，这个心如铁石的人认为有辱家门，便大开杀戒。

1931年农历四月初七，龙云飞一面派人去毛都塘把吴妹者的娘家人全部叫来，一面派大儿子龙膏如和另外一个枪手带了手枪，佯装帮工插田，到大田捉拿龙天胜。他们侦查到龙天胜在板参苗寨大户吴家缝衣，便埋伏在路上将龙天胜抓住，带回总兵营。

到了龙云飞家中，龙天胜即遭受严刑拷打，逼他招供邀约人刺杀龙云飞的“事实”。

四月初八日，是总兵营赶场的日子，那天赶场的群众特别多。这天中午，龙天胜被拖到龙腾甲坟前，做“谢坟”的牺牲品，请苗老司主持祭祀。然后，龙天胜被绑到村头的皂壳树上，用四根棱形大铁钉钉住四肢。龙云飞的枪兵龙建标拿一把快刀，白晃晃的，将龙天胜剥皮至死，其状惨不忍睹。后来，人们叫那棵皂壳树为“剥皮树”，树旁边一个亭子叫“剥皮亭”。

与此同时，龙膏如带着十几个枪手押着吴妹者来到总兵营赶场的广场上。吴被反绑着双手，龙膏如猛踢她一脚，让她跪在地上。然后，让枪兵围成一个大圆圈，龙云飞命令吴妹者的父亲吴荣真，要他让儿子亲手打死吴妹者。枪手将子弹上膛的枪交给吴妹者的弟弟。吴的弟弟因年幼无知不能持枪，吴荣真只得叫侄儿吴如能从背后开枪把妹妹打死。

龙云飞还参与杀害了凤凰辛亥首义领袖唐世钧，前面的文章中已记述，这里不再重复。

上山为匪

1949年，龙云飞已经63岁，这时，其儿子和侄儿已经成长起来。

长子龙膏如，名恩普，生于1907年。幼时在凤凰朝阳中学就读，1924年在“湘西王”陈渠珍办的军官养成所学习，后又保送到南京国民党中央军官学校高等教育班训练。其后在陈渠珍或父亲手下任连长、营长、团长直至旅长。后回乡，任敦仁乡乡长。为人刚愎自用，思想狭隘，沉默寡言。

侄儿龙恩铭，名廷凤，1919 年生，系龙腾甲与吴妹者所生。其母亲被龙云飞杀害后，随伯父龙云飞长大。中央军校长沙分校毕业后，在地方部队一直做到营长。1941 年后，随伯父闲居沅陵。1947 年回凤凰，接替龙膏如任敦仁乡乡长。为人面善心恶，狡诈固执。

1949 年春天，中国人民解放军大举南下，国民党军队节节败退，但仍想固守湘西，建立反共基地，形势变得越来越复杂。在这种情况下，龙云飞回到凤凰。

龙云飞是凤凰及周边苗区中职位较高的人，凤凰以及湘西各县有相当一部分军、政界要人和匪首是他的同僚或旧部，加上他是“湘西革屯抗日救国军”总指挥，抗日将领，因而在苗区有相当高的权威，在湖南也有一定的名望。我党政军为了团结少数民族，很早就开始做他的思想工作，争取让他站到党和政府这一边来。但龙云飞是个外表豪气仗义，内心犹豫不决的人，反应迟钝，没有主见，很大程度上，听取儿子和侄儿的意见。

这时，与凤凰相邻的贵州松桃县一支中共地下党领导的武装因受国民党部队追剿，投奔龙云飞处。龙令儿子龙膏如将其收编为独立支队。支队负责人董啸眉试探说，我们是被当成共产党嫌疑犯的，你不怕受牵连吗？龙云飞说：“我不管你们什么犯，到了我这里，就安然无事。”这支武装一个大队 20 余人一直留到凤凰和平解放。

山雨欲来风满楼，湘西局势错综复杂，各种势力上蹿下跳，都在观望，寻找出路。

1949 年 10 月下旬，解放军挺进湘西，“湘西王”陈渠珍等起义投诚，宣布凤凰和平解放，成立凤凰县临时治安委员会。

这时，陈渠珍部下的暂二师师长周燮卿约龙云飞准备炸毁泸溪的能滩吊桥，据险抵抗，阻止解放军大军进入湘西。被陈渠珍知道后，一顿训斥，方才作罢。

凤凰和平解放后，龙云飞父子一直是中共的重要统战对象。陈渠珍离开凤凰去沅陵时，特约他相见，要他守好地方，伺机起义。他口头答应，等待陈公的来信。陈到沅陵后，给他写了信，劝他起义投诚，托人带去，但一直没有消息。

在凤凰，有一种说法，说陈渠珍的信是托给一个熟人带去的，这个人也是苗区很有势力的人物，他不希望龙云飞起义投诚，得到新政府的重用，因而私下扣下了信件，没有交给龙云飞，致使龙云飞错过了起义投诚的大好时机。但后来其实还有多次机会，只是龙云飞没有把握住。

这时，中共地下党员董啸眉受组织派遣，来总兵营找到龙云飞，联系解放军二野第三兵团第十军过境问题。董转达军队首长意见，将龙云飞作为统战对象，参加全国政协，介绍他儿子龙膏如到长沙军政大学学习，再行安排。龙云飞听了很高兴，嘱咐家人为他准备好民族服装，计划去北京。因此，积极做好迎接解放军的工作。

11 月 9 日，二野部分部队过境凤凰，龙云飞叫儿子龙膏如把部队撤到毛都塘，让开大路，还负责筹备粮草，维持治安。

然而，树欲静而风不止，1951 年 3 月，国民党特务陈靖熊窜至总兵营，潜伏龙云飞处，怂恿龙云飞父子组织叛乱。

陈靖熊，国民党南京团管区上校副司令，带着台湾警备区司令陈诚的“面谕”，回湘西任暂九师参谋长，主要从事收编土匪和策动土匪武装反共活动。

通过接触，陈靖熊觉得，龙云飞已经老了，只要做好其儿子和侄儿的工作就行了。他封官许愿，极力拉拢龙膏如和龙恩铭，使他们死心塌地跟国民党走。

4 月，凤凰县人民政府成立，特邀龙云飞出席会议，龙顾虑重重，拒不参加。

5 月底和 6 月上旬，中共凤凰县委书记崔强、县长宋子兴分别亲自前往总兵营会见龙云飞，动员他出山参加政府工作，并传达湘西区党委的意见，要他去沅陵商讨苗区工作问题，又被他婉言推却。

恰在这时，《湘西日报》被国民党特务操纵，刊登了龙云飞父子是大土匪大恶霸的文章，引起了他们父子的恐慌与不满。

时值朝鲜战争爆发，国内外反动势力甚嚣尘上，凤凰县内外大小股土匪先后到总兵营串联，表示愿与龙云飞父子一起行动。龙云飞父子错误估计形势，认为第三次世界大战即将爆发，遂决定举行武装暴动。

1950 年 7 月 11 日，他们纠集凤凰、松桃、泸溪边境土匪成立“湘鄂川黔四省边区救国自卫军”，拥有 3000 多人，并把指挥部设在总兵营龙云飞家里，龙云飞任总后台，龙膏如任总司令，龙恩铭任前敌副总指挥，命令各路土匪一律于 15 日在总兵营集中待命。

凤凰县委、县人民政府为了争取龙云飞父子，于 7 月 15 日再次派人送去专函，恳切告诫龙云飞父子悬崖勒马，迷途知返。可他们在陈靖

龙云飞的苗王府大门

熊的策动下，不听忠告，并兵分两路，向得胜营、阿拉营两地发起进攻，抢劫公粮，破坏交通线路，还计划攻占凤凰县城，作为反革命基地。他们的行径，遭到解放军417团的痛击。24日，解放军攻下龙云飞老巢总兵营，各路土匪四处逃窜，携枪投诚者越来越多。龙云飞父子东躲西藏，遁入深山老林。

这时，人民政府仍在继续坚持做争取工作。7月下旬，湘西区党委统战部长顾凌申曾去信给龙云飞，进一步阐明民族政策，表明政府宽大为怀，既往不咎。8月，又通过陈渠珍以口头传话和书信形式婉言相告，要龙云飞幡然悔悟，听共产党的话，放心去长沙参加湖南省政治协商会议。龙云飞也有这个意思，但同儿子龙膏如、侄子龙恩铭商量后，遭到他们二人的坚决反对。龙顾虑重重，又拒绝了人民政府的规劝。

1951年1月，湘西沅陵军分区发布布告，缉拿匪首龙云飞、龙膏如等归案。20日，人民政府配合剿匪部队，发动群众，组织万人大搜山。龙云飞同其儿子龙奎元、秘书田瑞卿等，被围困在都里乡暴木林山上。随着包围圈越来越小，他们拒不缴枪，被解放军开枪击毙。也有种说法，龙云飞看大势已去，朝自己的腹部连开六枪，结束了他亦侠亦盗、亦英雄亦败寇的一生。死后，他须发皆白的头颅被割下，悬挂在他曾经第一个攀爬上的凤凰城楼上。那一年，他65岁。

2月1日，“自卫军”前敌副总指挥龙恩铭在千潭洞被围，自杀身亡。2月13日，“自卫军”总司令龙膏如只身潜逃至老洞寨后的大沟溜，被群众活捉。2月15日，凤凰县在箭道坪召开公审大会，将顽固到底的龙膏如执行枪决。

至此，因与政府为敌，在凤凰和周边赫赫有名的龙云飞家族近乎灰飞烟灭。

有人说，龙云飞还是中共地下党员，本有投诚意向，是受儿子、侄子的挟持才没有起义投诚的。黄永玉先生就持这种说法。

斯人已逝，虽已盖棺，却难以定论。因为这个人太复杂了，甚至太血腥了。

龙云飞可以说是个十分复杂的人物，在凤凰苗区，人们始终认为他是个英雄，而不是土匪。因为他是坚持剿匪的，在他当权时，地方匪患倒很少。他后来之所以走入歧途，与他的个性有关，猜疑心重，犹豫不决，嗜杀成性，积重难返。一个作恶太多的人是很难有善终的。天理乎？报应乎？

四　轶闻

凤凰风水趣闻

每个地方都有自己的传说，特别是那些历史悠久文化发达的地方。凤凰因为山川秀美，人杰地灵，其传说也就更多，尤其是风水方面的，传得更为神奇。

一

相传很久以前，凤凰沱江不是穿过三拱虹桥流到回龙潭的，而是绕过挺秀的奇峰，经沱田注入沙湾。如今的回龙潭，当年是奇峰与观景山连在一起的岩土。奇峰像龙头伏在江中喝水，观景山是龙颈部，南华山才是龙身。有人说，这是很好的龙脉，呈长龙吸水格局。拥有此等风水宝地，镇筸（凤凰的旧称）不仅人才辈出，还会出皇帝。

明初，湘西五寨司“蛮族”多次反抗朱氏朝廷，自拥“蛮王”，声称要“平分天下”。军师刘伯温进谏：“观龙脉风水，五寨司龙虎风云气

盛，要想平息蛮叛，只有斩断龙颈，让江水改道。”明太祖朱元璋为保住皇位，就用朱笔在山河图中的龙颈部点一点，传下圣旨，派兵挖通。从此，沱江就直流沙湾了。这一截余脉，便成了一座平地兀立的独峰，叫奇峰。

龙脉被斩断后，凤凰不仅不出人才，连老百姓的生存也越来越困难了。有人便想到怎么去修复风水，经风水大师指点，便在原来开河道处架设一座桥梁，这就是现在的虹桥。

虹桥一修建，又把斩断的龙脉接上来，从此，凤凰又开始兴旺发达起来。

二

双龙来治水，五马来朝阳。

凤凰会百鸟，金盆摆中央。

谁能拥得此地在，又出将军又出王。

据说这是古时候一位云游天下的风水先生，在凤凰南华山一带堪舆风水之后，作出的凤凰古城地灵人杰的论断。

为什么凤凰弹丸之地而人才辈出呢？一位风水大师说，主要原因是山好水好。具体说来，一方面是凤凰的山脉好，也就是风水中说的来龙好。

凤凰紧靠贵州的铜仁，位于云贵高原的东侧。整个龙脉的走势是从云贵高原一路逶迤东下，到了凤凰境内，形成三级台阶。最高一级是北部的腊尔山台地，其次是西南部的高山丘陵，再次是东南部的低海拔地区和盆地。龙脉来势长远，经过多次起伏，到地势较低地方歇势落穴，因此在凤凰附近乡村形成了许多风水宝地。因这些山多石山，挺拔突兀，状似各种猛兽和兵器，所以多出武将。像清末有田兴恕、沈宏富、张文德等，民国有陈渠珍、顾家齐等，新中国成立后有朱早观、李振军等，武将一批一批的。

说凤凰的水好，主要是水流蜿蜒曲折，水口锁得紧。凤凰的水多秀丽，沿江奇峰挺秀，状似文笔或笔架，水流似流淌的墨汁，再加下游有文昌塔护卫，所以凤凰除了出武将，还出大文人，像熊希龄、沈从文、黄永玉等。关于水口，以凤凰古城为例，沱江自虹桥流下去，两岸双龙合抱，溪流狭窄。从远处看，根本看不到水口在何方。常言道，山管人丁水管财。水口紧锁，也是这一地方生意兴隆、繁荣发达的重要原因。那么有人说，为什么以前多年凤凰不怎么发达呢？一方面是大气候因素，另一方面与拆除虹桥上的廊亭有关。前面讲过，虹桥是为了“接龙”而修建的。新中国成立后有段时间，为便于通车，拆除了廊桥，桥体裸露，等于龙体受伤了。但自2000年，黄永玉先生倡导修复虹桥上面的廊亭后，整个凤凰旅游形势为之大变，一时间宾客如云，纷至沓来，以至于人满为患。这给凤凰带来滚滚财源，而且源源不绝。事实上，在湘西州，凤凰的地方财政一直以来，在全湘西州都是很好的，在20世纪90年代初就过亿了。所以说，凤凰的风水是湖南也是全国最好的风水县之一。

三

虹桥的下游，叫沙湾。沙湾有一座万寿宫，又名江西会馆。江西的商人将会馆建在这里，就是看上这里的风水。以至于后来引出风水斗法的故事来。

虹桥共有三个拱，桥拱呈半圆弧形，像彩虹一样，所以得名。

江西人在修建万寿宫时，请了有名的风水先生指点，把三个圆形拱门对着虹桥的三个拱，把沱江滔滔不绝的江水像滚滚财源一样吸纳进来。果不其

万寿宫的正面，三张大门正对着虹桥的三个桥洞

然，会馆建好后，江西人的生意风生水起，红红火火，把凤凰人的财富吸纳了很多。凤凰人急了，在风水先生的指点下，在对面回龙阁半山腰上修了一座准提庵，在庵门口的正墙上开了两个大大的圆形窗户，取意为"一双用来监督江西人的法眼"，日夜盯着万寿宫。江西人知道了，又请来风水先生，在万寿宫附近建了一座尖尖的白塔，取名"万名塔"，意在当作一根神针，刺向准提庵那双圆圆的大眼睛。凤凰人见了，又在准提庵后殿塑了一座本地人称为"骷髅子菩萨"的布袋和尚像，双手拉开一个大大的布袋，专等着装江西人的财富……他们就是在这样的斗法中竞争发展着。

四

在凤凰的著名景点奇梁洞附近，有一个叫"九牛下祠堂"的风水宝地。清末有一大官人就埋葬在这里。

这位大官人因为参加湘军镇压太平天国起义，积官至提督。生前荣耀，讲究死后葬个风水宝地，以带来后代荣昌。他不惜花费巨资，请风

古城凤凰，是一块风水宝地

水大师为他选择墓地。风水先生踏勘很久，终于找到这块宝地。群山逶迤而来，其中一座山的来龙很远，蜿蜒起伏，到平地时，有一些石头山，远看状似九头奔跑的牛，向着前方平地奔去。在那九头牛前，是一块很大的平地，风水上称为明堂。明堂的前面是一座像茶几书案的山，风水上称为案山。这前面的案山上，有一块石头，像一个倒立着的印，当地人称为“翻山印”。而山脚靠近平地的地方，有一个某家族的祠堂，因而风水先生美其名曰“九牛下祠堂”。

这“九牛下祠堂”真是一块风水宝地，该大官人下葬后，几代都出文臣武将，当地人都说这是风水好的原因。

五

凤凰县山江镇有个凉登村，里面群山环抱，山重水复。特别是山的主脉，是从腊尔山下来的，绵延奔腾几十里，穿山过峡，铺山展神，十

沱江边的万民塔

分雄奇，有风水先生说，这是一个要出帝王的地方。

附近有一个风水先生，在该村有亲戚，经常借故走亲戚，前往当地察看，想把帝王之穴找出来，虽然不一定占有，也算是开开眼界。

他的亲戚年纪同他差不多，60 多岁了，每次风水先生一来，必好酒好菜招待。有一天晚上，两人酒足饭饱后，亲戚问他，你找到那帝王之穴了吗？风水先生说，这片群山中结了很多穴，有一处是天子之地，现在只找到方位，还没有找到正穴。那亲戚说，我也不求要多好的地，你看有没有找到稍为好一点的地，后代有吃有穿就行了，有富有贵就更好。如看见有的话告诉我，留给我自己百年之后用吧，而那种大地找到后你自己留着用吧。

风水先生说，这片群山中，中间有一条九曲水把这片山分成两边，右边那龙头山隔河对面有一处悬崖上面结了一穴，你百年后可以留着自己用。但是你要记住，这片群山自有天数，天子之地按风水理论来讲，以九曲水为界而居群山中，结穴正中而坐正殿，余都为小结中结之龙穴，以九曲河谷为界，左为阳而要葬阴，右为阴而要葬阳，留你用的那地在右阴，正合适你，你留着百年后用吧。

数年后，这位亲戚的老婆去世了，一时没有找到好地。他老婆跟着他辛苦了一辈子，儿女也长大了。这位亲戚心想，既然是好地，让老婆葬下去也一样，于是便把风水先生为他选的龙穴安葬了他的老婆，而他老婆生肖是属狗的。

当天安葬完后，客人都回去了。当晚他的大儿子入睡到半夜时，突然从梦中惊醒，吓出一身大汗。连忙起床，把父亲叫醒，告诉父亲，刚才做了一个奇怪的梦。梦到不知是谁很生气地跟他说，怎么你们把这堆狗骨头放到我这里来，你不搬走那我就走了。老人听他大儿子这么一说，也吓了一大跳，一晚上再没有入睡。第二天，他把大儿子的梦告诉了寨子里的其他老人，很多人都安慰他，叫他放心，只是做个普通的梦，何必去多想些什么。

入葬后的第三天早上，寨子里的人突然都听到一声巨响，然后地动山摇。大家跑出寨外去看，惊呆了，三天前入葬的那个坟墓连同那片大悬崖全部坍塌到峡谷中去了，只留下山体滑坡后的痕迹。

后来这位亲戚专门找到风水先生，把这件怪事说了，风水先生听了又气又骂，都告诉你留作你百年之后的归属地，而且还强调过你右则阴，必要葬阳，你怎么把女命葬到九曲水界右阴龙穴的地方，而且生肖还属狗的，都跟你说了你不听，现在连老婆的尸骨都找不到了吧。可惜了一块好地。

原来送梦的是地方的土地神，葬错了人，弄得土地难安，所以出现垮山的奇事。

六

民国期间，凤凰县山江镇有一个团长，在当地算是大官了。可是令他苦恼的是，虽然威风凛凛，名声在外，但他在地方没有威望，与全村的老百姓关系不好，村里家家户户暗地与他及家人作对，搞得他很烦恼。

这团长听说附近有一个风水先生很厉害，能改良风水，就带着钱财，上门去请。

风水先生去团长家周围一看，觉得问题不大，可以改正，只要团长家修建一个庭院大门，调整方向，与村里百姓的关系就可以缓解了。于是，把修改庭院大门的地址测好了，并把日期都算好了，在安排时辰时，却说要等鲤鱼上树的时候，才可以正式动工。

到了那天，团长将风水先生请进家中，安排木匠砌匠和帮工们把一切准备妥当，只等待鲤鱼上树就可以开工了。可是等了大半天，也没有见什么鲤鱼上树。那些工匠笑风水先生是不是疯子，鲤鱼怎么会上树呢？除非有神仙来。甚至连团长也不敢相信风水先生了，只是碍于情面，不好说话。

正午过后，有一个打鱼的男人，捕到了很多鲤鱼，用绳子串好，提着路过团长家门口。看到团长家人多，正要修庭院大门，路边还摆放了不少的糯米粑粑。他想，团长家有钱有势，修建庭院大门，这么多糯米粑粑一定是用来扔给人捡的。因为当地不管是修新房上梁还是修建庭院大门，都会扔些糯米粑粑给当地或过路的人来捡，以求吉祥。

这么想着，这个打鱼人就把他提着的鲤鱼挂到团长家门口路边的树上，准备趁热闹捡糯米粑粑。

这时，风水先生看到，立即大喊："鲤鱼上树了！鲤鱼上树了！可以开工了！"

团长和工匠们看到此情此景，不得不佩服风水先生的神算。不一会儿，庭院大门竖起来了，点起鞭炮，扔了很多的糯米粑粑。

说来奇怪，自从大门修建以后，团长同村里所有村民的关系慢慢改善了。

七

在凤凰的乡下，曾有一位有名的风水先生，一辈子在附近奔走，踏勘了多少风水，只有他自己知道。唯有他为自己看风水的故事，传得比较神奇。

据说在他生前，早就为自己选了一块风水宝地。经过他多年的观察勘舆而选定的，并带儿子到现场指点，来龙去脉、山的朝向、穴的深度都一一交待过。

在他临去世前，将儿子喊到床前，对其下葬的时间又进行特别交待。他说，应该在卯时发丧，即早上五点多，天刚亮时。然后要抬两个小时左右的山路才能到达目的地。到了后，却不能立即入土，要等到将近午时。这时会有人来放牛，而且会有两头牛突然之间斗牛。正在这个时候，即可入土。他儿子在旁边听着，心里想，哪有这么巧的事？为了满足老人的愿望，唯唯诺诺地答应着。

不久后，老风水先生就撒手归西了。其儿子在办理丧事时，按老先生的吩咐，卯时发丧，一行人抬着棺材，走了两个多小时，到了那块风水宝地上。此时才是辰时，离午时还有两三个小时。按当地风俗，棺材是不能落地的，就用两条板凳架着，抬棺材的人坐下休息，喝酒，抽烟。

时间一分一秒地过去，那时是大集体，生产队工夫紧，送葬的人也大都有事要赶回去，就催风水先生的儿子，赶快下葬吧，这荒山野岭的，哪有人放牛呢？风水先生的儿子尊重父亲的遗愿，总是说等等，再等等。

太阳越来越升高了，等的人也越来越不耐烦了。这时，忽然传来几声牛叫，接着，山那边有人赶着几头牛来。人们正感到奇怪。这时，山这边的小道上，也有人赶着牛来，人们更加惊奇。

两群牛远远相望着，慢慢地走近。就有两头水牯抬头叫唤起来，向对方发出挑战的信号。原来水牯是见不得陌生的水牯的，见到了，就要争斗，谁也不会服输的。接着两头牛就狂奔起来，跑到一块，顶起牛来。人们早看呆了，正感到惊异，风水先生的儿子大喊：“可以下葬了！”人们才回过神来，赶紧将棺材下井安葬。

以前，人们对这位风水先生并不怎么看好，通过这桩事，人们对老先生佩服得五体投地。

凤凰名人墓葬

田兴恕祖墓

田兴恕祖上本是凤凰县麻冲乡麻冲寨人，苗族。到了田兴恕高祖宏忠公手里，因为太穷，他便与妻子廖氏迁到篁子坪乡牯牛坪村长潭居住。宏忠生祖良，祖良生宗然，宗然生庆和，庆和生田兴甲、田兴恕兄弟。

田兴甲大田兴恕六七岁，母亲姚氏是强虎哨人。田父庆和早逝，田兴恕很小就给人家放牛，孤儿寡母常遭人欺负。于是母亲带他们兄弟二人搬到凤凰城北郊擂草坡的“饷兵庙”居住，靠在亭子上卖粑粑和草鞋糊口。不久母亲去世，田兴甲因患痨病不能下床，田兴恕和他嫂子用稻草裹着母亲的遗体，在一个风雨交加的夜晚安葬。田兴甲 29 岁就病死了，遗有一子田应龙，号雨卿，后来跟随田兴恕到贵州当了县官。

按凤凰老人的说法，田兴恕的先祖葬于麻冲的“八仙过海”山头，是一块风水宝地，所以才出了田兴恕，官至贵州提督、巡抚。2011 年春夏之交，在凤凰朋友的陪同下，我们专门去看过。其墓位于一座大山的山腰，属骑龙穴。后山高耸，来龙长远。墓穴位于山腰一突出位置。墓前和周边，有一块天然的石头，围成一圈，就像人工圈成的一样，其上面就是墓冢。因为地势较高，站在墓前，可以看到周围很多地方，很有气势。墓前有近案，右边有一巨石突出，呈牛角状拱起，也像一方石印。远案有多层，左青龙右白虎呈环抱之势。墓地两边是峡谷，深沟险壑，有水自左向右环流。右边的峡谷中，又突起一片石山，怪石嶙峋，如动物怪兽形状，也像八仙过海模样，当地人称之为八仙过海，其地名就是这样来的。其墓向为艮山坤、寅山申向，右水到左，出乙辰方。

田兴恕高祖墓地“八仙过海”，气势开阔

该墓葬曾被盗过，我们去看时，还有新挖的痕迹。因为没有墓碑，不知所葬是田兴恕哪一代先祖。但据估计，应该是其高祖宏忠的父亲或祖辈。如果隔代太远，一般情况下，后代很少去扫墓，何况他们家族已经外迁了。而据田兴恕的侄孙田景阳回忆，他听父亲的保姆说过，田兴恕在清咸丰九年（1859），解除宝庆之危后，回师贵州，经过凤凰停留时，带着家人和心腹半夜三更跑到麻冲去挂坟，烧香化纸。为什么要晚上去呢？因为他怕别人知道他是苗裔。

田兴恕的曾祖、祖父及父亲之墓，则都葬于筸子坪乡牯牛坪村附近。因为他们家搬迁到这边后，家境并不好，老人去世后，只能就近安葬。

其高祖田宏忠，居住在牯牛坪村的长潭，这里靠近万溶江，因万溶江积水成长潭而得名。这里有一座形似老虎伏地的小山，称为虎形地，田家的房子就建在虎头上，后已被毁。田宏忠死后，葬于虎屁股部位，被虎尾环绕着，据说也是一块风水宝地。墓地丙山壬向，右水到左，水出庚酉。

田宏忠的儿子、田兴恕的曾祖田祖良，生于乾隆五年（1740），卒于嘉庆二十三年（1818），其妻林氏寿七十九，葬对门牛形地，俗称“水牛练塘”。他们的儿子田宗然，族谱说他“为人忠厚，聪明好善”，生于乾隆壬辰年（1772），卒于嘉庆十八年（1813），寿四十一，死后也葬于这水牛练塘地。在其母亲墓的右前。这里也是一块风水宝地，整座山像一头牯牛，头部伏在水边作吸水状，墓葬就在牛鼻子位置。前面一对牛角包围，左环右抱，再前是万溶江玉带环绕，明堂宽广，朝山岸山俱全，真是一块难得的风水宝地。该墓巽山乾向，左水到右，出壬子方，合文库消水杨救贫进神水法，书云“禄存流尽佩金鱼”，主发富贵，福寿双全。

田兴恕另一祖墓

在凤凰山江至乌巢河的公路旁，有一个叫八公山的地方，在大山丛中有一座古墓，相传也为田兴恕祖墓。

这里位于凤凰台地从腊尔山向山江过渡的阶梯位置，山脉从腊尔山高峰逐渐向山江一带递减，万峰耸峙，犹如万马奔腾，向着山下奔去。其中有一条山脉，像一条巨龙，在左右山脉的护卫下，气势雄雄，犹似展开着大嘴，在大山中吞云吐雾。这个张开的大嘴中，有一个独特的坟墓，当地盛传就是田兴恕先祖墓。

传说田兴恕的先祖十分贫困，曾经讨米。有一年冬天，讨米路过这里，贫病交加，走不动了，就在石头下靠着歇息。这里附近几里荒无人烟，有人路过时曾经看到老人病了，可是山高路远，无能为力，准备第二天带人来帮助他。没想到，老人当晚竟死在这里。更没想到的是，当晚附近的蚂蚁，搬运泥土，将尸体掩埋了。等到第二天中午来人时，看到坟堆，十分惊奇。只得祭祀一番，带信告诉他的家里。几天后，其家人请来附近风水先生，准备找块好地方迁葬。来到这里一看，坟已成堆。风水先生拿出罗盘

田兴恕另一祖墓所在地

一量，好风水，好山向，浑然天成。便说，不要动了，这里风水很好，可出几代将军。田家人只得作罢。

数十年后，从田兴恕起，家中出了三代将军。

田兴恕祖居麻冲，位于阿拉附近。当时从麻冲到凤凰县城，这是一条必经的小路。所以田兴恕先祖死于这里，是完全有可能的。但田兴恕家族后来迁居筸子坪的牯牛坪，其高祖母和祖父均葬于牯牛坪牛形地，所以八公山坟墓不可能是田兴恕祖父或高祖墓，只能是比他们更早的先祖之墓。

再看八公山，这是万溶江的发源地，山高势险，地广人稀。为喀斯特地貌，多石头大山。其墓地后山来龙长远，气势威猛。龙口右前突起一山，像一块笏牌。前面众多山头，像狮子大象等猛兽，呈朝拜状。远处有八公山、将军山等主峰，呈环抱之势。其中八公山海拔高达1059米，其余主峰，也各有雄姿。“十个贵穴九个高，气势雄雄压百僚”，符合出武将的风水特征。

目前，凤凰县里正在开发这一带，设立八公山观景台，准备开发成一个景区。

虎威将军田兴恕墓

虎威将军田兴恕死后葬于凤凰县沱江镇北面一个叫朱家垅的地方。从凤凰古城南面的沱田出发，翻越后面的高坡，再经过一个叫江西桥的地方，跨过一条小溪，再翻过一个山坳，即可到达。

这里的小地名叫太阳冲，田的墓地位于山腰居中位置。整个墓地共有三个坟墓，中间是田兴恕墓，两旁是他的两个夫人之墓。因多次被盗挖，原墓损毁相当严重，最近其后人花重金修复。

该墓占地宽大，全部由当地所产的红麻石雕刻砌成。墓前有两根像华表一样的将军柱，像两支蜡烛一样耸立着。原有石兽一对，现仅存一个。此外还有供桌等，一些石刻，镌刻精细。墓碑因为被打烂，现拼凑为一块，字迹已模糊难辨，只剩“振威将军……田公讳忠普大人之墓”等字样。而两座夫人墓，墓碑早已损毁不见了。

墓葬坐北朝南，艮山坤兼寅山申向，水流从右前环绕着流向左边出乙辰方。风水中说这种水法可以五福满门，妻贤子孝，富贵双全。站在墓地，可见前方和左右山峦重重，呈合抱环拱之势，前有青龙作案，远望朝山一山比一山高，层层叠叠，峻秀挺拔。后山来龙长远，呈逶迤起伏之状。到此，恰似一龙头开口，而前面岸山，恰似一个龙宝。整个山中，长满各种树木，郁郁葱葱。据说这是一块风水宝地，是田兴恕生前请风水名师勘舆的。

田兴恕夫人杜母墓

杜母是田兴恕的一个夫人，后来任民国陆军中将田应诏的生母。田应诏为田兴恕的第三个儿子，长子田应熊，未成年即早逝；二子田应全，早年留学日本，凤凰辛亥起义的领袖之一，41 岁时因病去世。田应诏一岁时，父亲早逝，全靠母亲杜氏抚养成人，因而长大后，事母至孝，在沱江下游，为母亲买了一座花园，叫“杜母园”，即现沈从文墓地所在的山头。杜母去世后，田应诏又请风水大师，遍访风水宝地，修建了杜母墓。

杜母墓位于凤凰城郊白岩村一山窝中，为龟形地。在一座大山的下方，是一座小山，像乌龟模样，小山伸出一脉，约几十米，前有一个小山头，恰似乌龟头，杜母墓就在乌龟头上。原墓葬豪华气派，后来被破坏。墓葬旁边的石壁上，有袁世凯等名人的题词。

该墓为庚山甲向，前方左水到右，出甲卯方，属旺龙。据当地老百姓说，当年风水先生踏勘这处宝地时，是从贵州铜仁那边赶着龙脉，一路上找到这里的，说明这处宝地来龙的长远。

陆军中将田应诏墓

在田兴恕墓后方约100米处，有其儿子田应诏墓，墓碑保存完好，碑文中为“陆军中将故显考田公讳应诏府君之墓”，右刻生卒年月日时，左刻“男景详中华民国二十二年二月初十日立”。碑的两旁，刻有一副对联，“万事总成空惟卜牛眠钟浩气，终天长抱恨幸着马鬣郁崇封”。有人说这是他自己写的，他早年投身革命，后来看破尘世，从湘西镇守使位上退下来，每天养花画梅听戏，所以言辞中显得消极。也有人说，这是“湘西王”陈渠珍为他写的。因为他的丧事是继任陈渠珍一手操办的，而陈又喜欢做联，且做得很好。此联简要概括了他的一生，恰如其分。该墓葬方向水法与田兴恕墓一致，也曾被盗多次，前几年清明前才修复。

陆军中将田应诏墓

武功将军陈茂林墓

“湘西王”陈渠珍的父亲陈茂林墓地，位于凤凰县城沱江上游堤溪右岸一个叫将军坡的山上。从堤溪过桥，穿过一个叫辽坪的小村寨，进入一条长垅，翻上左边的山坡即可到达。

这里原来叫虎形山，山形活像一只猛虎伏在高处。因为埋葬了陈茂林这个武功将军，人们改称为将军坡。陈墓背靠挺拔高耸的虎形青山，前面和左右各有一座青峰相对，周围遍布一些山峦，右后边一条碧绿的沱江环绕，可谓山明水秀。整个墓地犹如将军坐帐，指点江山，有龙盘虎踞之势。

陈茂林，字杏圃，出身于一个医人之家。父亲早逝，年轻时因家贫没有出路，参加地方部队。太平天国起义后，入湘军，参加镇压太平天国。因作战勇猛，积功由守备、游击、副将升任总兵，并任重庆镇使，受到同治皇帝嘉奖，授三品武功将军。

陈茂林于清光绪丁酉年（1897）病逝，择葬于这里。当时小儿子陈渠珍才 15 岁。

该墓高大，墓庐占地约有 15 平方米，原用本地红石圈成。墓碑也为红石精雕细刻而成，碑文为“皇清诰封武义都尉显考陈公讳茂林老大人之墓”，碑文两边有一联：“秀启冈陵钟世泽，祥延奕叶绍书香。”墓碑上还刻有墓的坐向，为“辛山乙向”，另刻有死者生卒年月日时和立碑者姓名。因该墓多次被盗，墓碑被掀倒，墓庐被挖开或打盗洞。2010 年 5 月，其后人出资将其墓修复，主碑改为青石碑，墓庐也用青石重新圈成。

武功将军陈茂林墓

该墓穴为凤凰的风水宝地，属水局辛龙，龙从辛戌入首，是冠带龙。前左水到右，出巽巳方，与右后方沱江汇合，为水局墓向，书云“乙向巽流清富贵”，说葬此宝地，家中会大富大贵，人丁兴旺，福寿双全。

该墓下葬几年后，陈茂林幼子陈渠珍入湖南武备学堂，参加同盟会，后入藏抗英平叛，九死一生，辗转回到湘西。后任陆军中将，成为统领湘西 30 多年的“湘西王”。1949 年，又率部起义投诚，回到人民的怀抱。曾任湖南省人民政府委员、省人民政府参事等职。

苗族武师轶事

古城凤凰，曾有一位有名的苗族武师。

武师姓吴，因为年纪大，辈分高，当地人都称吴伯。

他出生于苗区，自幼习武，学得一身好功夫。后来进城读书，曾与黄永玉同学，一同玩耍，练武画画，很是要好。年轻时当过兵，上过战场。因为功夫好，杀敌勇猛，立过功，受过奖。后来退役，在地方保安部队任职。

因有旧军官的身份，新中国成立后无职无业，被列为“四类”分子，接受管制和改造，在县城以开场子教武功为生。

他人也本分老实，从不乱说乱动，见到当权领导，唯唯诺诺，点头哈腰。久而久之，人们差点把他忘记了。

但“文革”中，他在山江一次不寻常的举动，又使他名声大噪，成为县城妇孺皆知的人物。

事情的经过是这样的。

“文革”开始，因为他是管制对象，不准再习武授徒。他失去了生活来源，便做些小生意，挑担到附近赶场谋生。某一天，正逢山江赶场，他挑着一担东西，从县城往山江场上赶。

山江旧时叫“总兵营”，是驻军的地方，又是典型的苗区，民风十分彪悍。以前赶“边边场”，即男女青年利用赶场机会前来唱苗歌，约会，也有一些要好的老情人前来幽会。约会中，两个男青年为某姑娘争风吃醋，打起架来。一打架有时一寨子出动，出现打群架现象。老吴路过，只见十几个男青年手持扁担、木棒正在打三四个人，下手很重。那三四人无力招架，受伤严重。

路见不平，怕出人命，老吴放下担子，提着扁担，前来解劝。当即钻进人群，大喊“莫打了，莫打了，有话好说”。那群人以为他是被打一方请来帮忙的，挥动扁担木棒就来打他。只见他眼明手快，扯起扁担就把那些木棒挑开了。那群人不服气，一齐挥舞棒子向他袭来。他只得严阵以待，全力招架。只听得“噼噼啪啪”，一阵棍棒声音，一些人倒在地上，喊爹叫娘。老吴因为出手太重，对方十几个人中，前面的几个，已经倒地，不能动弹。后面的渐渐招架不住，不得不停下来。

这时，有人将打群架的消息告到乡政府，武装部长带着枪赶了过来。一见这场合，叫双方停止打斗，带到乡政府问话。问了打架的起因，就问老吴，你是干什么的？老吴说，我是来赶场的，遇到打架，解劝的。这时，对方说，他打伤了我们的人。接着，受伤者叫唤起来。老吴说，他们人多，我看难以招架，就出手比较重，无意中伤了他们几个。不过没有重伤，愿意给他们治伤。武装部长感到不对，你一个人，他们十几个，你还打伤了他们几个，你到底是干什么的？这时，围观的有人出来说，他是县城的吴武师。这时，大家才明白过来，原来是有名的吴武师。那些被打者倒吸一口凉气。后来，因为对方伤势不重，又是先动手的，双方被乡政府训话一阵，都放回家了。但老吴在山江小试牛刀，对付十几个人，还打伤好几个人，立即在县城传开了，并且越传越神。

因为他功夫了得，有一段时间，被贵州那边请去当教练，教武功。

这时的老吴，六十多岁了，身体精瘦，头发花白，但走路脚步很轻，行动尚算敏捷。

半年多以后，老吴又回来了。人更消瘦了，显得精神不振。见了熟人也不打招呼，绕道走。后来遇到一位关系十分要好的晚辈。晚辈问，吴伯，你怎么这么快就回来了？他才说，被人家破堂子了，不能再呆，只得回来。原来，按武林的规矩，教武之人一般是功夫了得的人，一旦被人破了堂子，名声扫地，就得卷铺盖走人。他在贵州教武的时候，遇到一位中年人，要与他过招。他虽然年纪大了，也只得应招。没想到，几个回合后，因年老眼花，出手太慢，被对方抓住破绽，打败了。所以就丢下饭碗回来了。自觉丢了颜面，无脸见人，遇见熟人都不好意思。晚辈劝他说，你都六十多岁了，人家才四十多岁，老把式哪里斗得过猛水牯？要是你四十多岁，人家六十多岁，哪里是你的对手？这么一说，他有点释然了。晚辈又请他喝了一顿酒，安慰一番，以后心态慢慢就平复了。

后来，政策松动了，他以前的历史问题也无人追究了。加上年纪大了，又有功夫，在县里颇受人尊重。他年轻时曾学画画，很有一点功底。有一次，县里搞活动，把他请去同大家一起作画。休息时，大家请他表演功夫。他先是一番推辞。这时，大家就开始起哄。后来，见推辞不了，就说，你们想看什么吗？有人想到他在山江的事，就说，耍棍吧。他说，没有棍呀？这时，有人从隔壁房间取出一根铁水管，有两米多长，十多斤重。他用手一握，试了一试，说，勉强行，就开始舞起来。这时，大家看到房子中间，有一个大灯，只怕他无意中把灯打烂，心里正后悔着。只见他一招一式，将铁棍舞得“呼呼”作响，给周围带来一股股风。那电灯也被风扇动者，兀自摇曳。老人眼睛始终注视着铁棍的前端，多次挑到电灯前，眼看碰着电灯了，又把铁棍收回来，往旁边挑去。尤其是后面一个动作，他跳将起来，手持铁棍，奋力向地面打去。“啪”的一声，震天动地，地上溅起泥土和灰尘，半天才消散。一阵表演，直看得人们眼花缭乱，目瞪口呆。表演完毕，老人将铁棍竖起，做收山动作，面色红润，出气均匀。自那以后，人们才知道老人的功夫，的确不同一般。

有一次，黄永玉回凤凰住了一段时间。他们在一起叙旧、喝茶、作画。黄永玉当即给他画了一幅肖像画，神似。老吴得画，十分高兴。拿出来后便走到凤凰有名的书画家家里，要他们在上面题字。因为是黄老的画，一般人都不敢题，借故推辞。老吴便显得很生气："人家大伯（黄永玉在家中排行老大，凤凰人都称大伯）都给我画了，叫你们题一个名字都不肯，你比大伯架子还大？"没办法，只得题上。见大家题上名字，他便高兴地抱着画走了。

到了晚年，吴老没了老伴，就一个人生活，孤苦伶仃的，也没什么经济来源。黄老知道后，想帮他。就对他说，你还画画吗？画几幅，我带到北京去，给你推一推，看有朋友买不，也给你找几个零花钱。老吴说，好久不画了，只怕画不好。大家就鼓励他，他才说，我试试。

过了一阵，老吴找小一辈的画家们讨宣纸，说是大伯要他画画。大家知道他生活困难，买不起宣纸，就送他几张。画了，觉得不满意，废了。找另外的画家要。再画，又废了。黄老在故乡住了一个月，始终不见他送画来。临走时还提起，怎么不见老吴送画来？陪同的人说，可能没画好，不等了。于是黄老坐车启程。

这帮朋友刚送走黄老，正准备分散。只见老吴手中拿着一捆纸匆匆赶来，问大伯走了吗？朋友说，大伯刚才上车走了，您干什么去了，怎么才来？他说，我在等画，还没有干。大家感到奇怪，叫他打开一看，原来是两幅画，画在白纸上的，墨迹尚未干。他们问，怎么画在白纸上，我送你的宣纸呢？老吴不好意思地说，我画坏了。大家哭笑不得，转而安慰他，等大伯下次回来，再送他。

老吴这时快80岁了，还经常练功，不时有人跟他学武。有一次，一个从深圳来的十几岁小青年，专程来到凤凰，要拜他为师，学习武功。老吴看小伙子容貌清秀，长得聪明伶俐，也就决定收他为徒。小伙子学习十分认真，进步很快。他原来租住附近地方，老吴见他可教，就叫他住到家里来。反正自己一个人，可以做个伴，节省开支。住了一段，有一天，小伙子不辞而别了。老吴感到惋惜和奇怪，一翻家中东西，别的都在，唯黄老给他画的画及凤凰一些书画家送他的画作，一张也不见了。老吴这才知道着了人家的道，被小家伙算计了。虽然心里恨，但也无可奈何，暗自叹息而已。

过了两年，老吴无疾而终。当时已满80岁。

老吴无儿无女，丧事是晚辈朋友们为他操办的。大家感叹，吴伯文武双全，按说应该是有一番作为的。无奈时运不济，历经坎坷，终其一生，没有什么作为。然而作战没被流弹打死，新中国成立后平平安安，能得善终，也算不错了。

凤凰老街

神秘的巫术（一）

田广，凤凰木江坪人，是我的一个好友。为人豪爽侠义，最会讲故事。他有文化，属于乡村能人，经常来吉首走玩，喝几杯酒，然后给我们讲凤凰乡村的奇闻逸事，尤其是那些乡村巫术之类，说得有板有眼、活灵活现。2010年，他出版有《愚汉拾页》一书，里面记录了一些故事，耐人寻味。

砍古树·开山咒

1977年，田广准备修建一栋新木房子。修房子要木材，当时他们生产队有一株五人合抱的大枫树，树高30多米，长于距其家约两里路远的山中。他花了40元，将该树买下，准备砍下来锯开做主要材料。他请了两个壮年劳动力，准备第二天砍树。当天晚上，其妻子做了一个噩梦，半夜吓醒来。她说梦到树上有一个大鸟窝，窝内盘蜷着一条大蟒蛇。蟒蛇惊恐不安，从树上盘旋而下，又从树下绕树而上，来回爬动，不得安宁。田广听后，只得安慰妻子，梦是假的，不用多心。

第二天清晨，吃过早饭，他们三人上山砍树。因为有了老婆的梦，他留了心眼，悄悄准备了香纸、刀头肉、茶叶等供果礼品，先去敬山神和树神。到了树下，烧香化纸，磕头作揖，敬奉山神树神完毕，开始砍树，他回家准备中饭。到了中午，他背着中饭上山，只见距砍树200米的稻田中，从山上滚下一个五六立方米的大石头。当时天气晴朗，不可能出现滑坡或泥石流。再往前走，溪边原有一座木桥，称为“王板桥”，下面是三根大杉树拼成的，上面铺着石板，很结实。这时，该桥断了，垮塌于溪沟中。拐过一道弯，他看见枫树已经被砍倒，两个人正在锯枝。

当晚，家里来了很多人，田广将妻子做梦、砍树落石、桥梁垮塌之事说给众人听，大家都觉得不可思议，无法理解。其岳母娘见多识广，来走亲戚，听了后，一番解释，才释疑。她说，你砍的是山中的老树，属于树王、神树。大鸟窝就是龙窝，蛇就是龙，树砍倒了，龙无处藏身，顺溪而下，自然要天崩地裂，塌山垮桥。好在你用了香火敬神，不然还会出事故。你修新屋，夜梦大鸟窝、蟒蛇，属于千年龙窝，是个吉兆。

1998 年，桥溪口乡麻良村独人组有一株四人合抱的大松树，生长在山顶上。因树老枯死，组里将树卖给一姓唐的村民。唐请了四个人，准备把树砍倒，锯开后搬回家来。几位砍树人挥动斧头正要砍时，一群土蜂子从树洞里飞起来，直扑砍树人。土蜂子个大、毒性也大，要是被蜇，轻则受伤，重则要命。几个人飞奔逃窜，无法砍树。第二天，几个人又来砍树，同样被蜂子追赶。其中一人说，这树大了，是树王，只怕要请人开山，才能砍树。于是主人到乡敬老院请来一位姓林的老巫师。老巫师烧香化纸，敬过山神树神后，念了一段“开山咒”，那土蜂子从树洞中钻出来，聚成大大的一团，突然“嗡”的一声，飞走了。这时巫师交待说，可以砍树了。于是，几个人很顺利地将树砍倒了。

据说，“开山咒”是一种巫术咒语，主要用于上山砍树或开山炸石，为防止神灵怪罪，妖邪作祟，免伤人身，要请巫师念“开山咒”，念过之后，可免一切灾难，保证平安无事。

封尸·雪山咒

1978 年夏天，木江坪乡柏村有位王氏老婆婆去世。当地属土家族，按风俗习惯，老人去世要停尸五天，做法事等。但当时正值农历七月，夏日炎炎，气温似火。虽然王氏老太的尸体已经进棺入殓，但开始腐烂，臭气熏人，无人敢进灵堂。

王氏老太的娘家是泸溪解放岩人，那里民风刁蛮强悍。第二天就要来人吊丧，如果发现王氏尸体恶臭，绝对不会罢休，轻则大闹一场，重则打家劫舍。王氏子女无法，只得求救于巫师田师傅。田师傅笑着安慰他们，不要紧，给收一下臭就好了。只见他穿上法衣，摆上香案，陈列三牲、供果、茶酒、香烛、纸钱，念经“请圣”，奉请各路神仙，历代祖师。烧香化纸，打筶，然后叫人端来一碗清水，造化为“圣水”“法水”，口中念起咒语。念过之后，水碗加符，向四方、棺木喷洒法水。半个小时后，臭味消除，灵堂里开始有人进来祭拜。可见巫术起作用了。但第二天，几个孩子到山湾放牛，闻到了死尸的恶臭。连牛都不肯

乡村巫师，准备做巫术表演

过去。有人讲给田法师听，法师只是笑。原来，法师不仅会封尸，收臭，还会寄臭，即将尸臭解除后，寄放到无人或少人去的地方。

据了解，田法师念的咒语叫“雪山咒”。其咒语主要是：“弟子举目望五山，五阴山背雪门开。雪山圣母大世尊，雪山童子下山来。童子来时身带雪，十腊龙宫下凡来。左手擎得千年雪，右手擎得万年霜。霜上又加雪，雪上又加霜……敬请雪山圣母、雪山童子，降下乌风雹雪，入

吾法水之中，永令亡人身尸，硬如针铁，邪魔秽气，悉皆消灭。”

在湘西，这种巫术称为“封尸”，就是说将尸体封住，就不会腐烂发臭。即使是热天也一样。其原理是请来雪山圣母、雪山童子搬来霜雪，把尸体冷藏起来，当然不会腐烂了。说起来真是神奇。

化鸬鹚水

有一次，几个朋友同田广一起吃鱼。有人在吃鱼时，不小心，被鱼刺卡住喉咙，进退不得，疼痛难忍，急得满头大汗。正准备去医院时，田广说，不要紧，给你打扮一下就好了。

只见他问餐馆老板，要了一炷香，几张纸钱，从厨房端来一碗清水。先将纸钱燃烧，接着点燃香，将香灰弹进碗内，口中念念有词。念完后，将香折断为三截，放入水碗中。然后，用右手食指在水碗上画几圈，将水让患者服下。患者喝水后，一下子就觉得轻松许多，如鲠在喉的感觉不见了，原来，卡喉的鱼刺已经被冲下去了。

这一碗水叫鸬鹚水，师傅作法的过程叫化鸬鹚水。还有师傅将盛水的碗里放醋，再放几根切成长条的葱，叫患者喝下，一般也能治好卡鱼刺。有人据此认为那鱼刺是被葱带下去的，有一定的道理。但据田广说，其实是念一道咒语，其咒语很简单：“轻重一锄开，洪水打天台，龙来只要水，万物化物开。吾奉太上老君，急急如律令。”

据他说，这是比较简单的巫术，只要跟师傅学过，作法时请过师傅，照此办法，是很灵验的。

巫师斗法

原桥溪口乡有个牛场村，村里有个田景友老人，是个有名的巫师。他从小父母双亡，流浪到麻阳，给一个专门放鸭子的张姓鸭客放鸭子。鸭客本是个草医和巫师，见他聪明伶俐，便将自己的医术和法术教他。田景友成人后，回到家乡，经常行医，有时也施行巫术，在当地赫赫有名。因他在家中排行第三，当地人称他“牛场老三”。

新中国成立前几年，他与同村的田景德、图强乡的朋友张九元相邀到得胜营（今吉信镇）的冷水洞打耙坳烧炭。有一天吃过早饭，老三同田景德各挑一担炭去得胜营卖。因新装了一窑柴，张九元留在山里生火烧窑守棚子。张九元正要生火，这时，附近一个烧瓦的瓦匠师傅过来走玩，抽了一袋烟，聊了几句天，就走了。其后，张九元生火烧炭，就是烧不燃。到了下午，两人卖炭回来了，那火还没有烧起来。老三问，今天哪个来了？张九元说，是那边烧瓦的泸溪师傅来了，抽了一袋烟。老三说，是他弄了手脚。说完，老三拿着烟袋，就到瓦窑那去。瓦窑正在烧瓦，已经烧了一天，正在添柴。老三抽了一袋烟就回来了。这时，烧瓦的无法烧了。原来烧得好好的瓦窑，从进柴处往外吐火。因火大，人无法走近添柴。烧火的村夫赶忙喊瓦匠师傅回来。瓦匠一看一问，知道是老三报复来了，早上因自己一时兴起，动了邪念，弄了人家的手脚，惹来了麻烦。这瓦匠也非等闲之辈，原来也是巫术高手。他叫徒弟捉来一只公鸡，口里念念有词，将公鸡从火口投进去，想用巫术的法力，将老三化为公鸡烧死。但这公鸡不仅没有被烧死，反而从瓦窑的烟窗中飞了出来。瓦匠师傅连投两次都不见效。第三次投公鸡前，先将三个烟窗用土砖封死了，再将公鸡投了进去。这时，老三在路边急了，一下子大汗淋漓。瓦匠师傅与老三暗中斗法，已将老三的元神封在高温的窑中，无法脱身。他

巫师进行杀鸡祭祀

只得赶紧往寨子赶，一边走一边想主意。走到瓜斗坡脚下，追到本村一个赶场归来的老太太，背着一背篓东西。老太太见他亡命奔走，满头大汗，忙问出了什么事？老三忙说，婶娘有布袋子吗？老太说，有，正装着东西。老三说，快取出来。说完，老三将布袋里的东西倒出来，忙将自己套进布袋中。叫老太太将布袋口扎紧，并嘱咐说："我喊'破'，你跟着喊'破'。"老三蹲在布袋内一使劲，大喊一声"破"，外面的老太太也跟着喊。只听见"哧"的一声，布袋被撕开了一大口子，人从破口处钻了出来。老三长长地舒了一口气，说，得救了，得救了。就在这时，离这里几里远的瓦窑突然倒塌了。一窑没烧好的瓦全部报废了。瓦匠师傅知道斗不过老三，已无面目在冷水洞呆下去，连夜卷起铺盖回家了。

田景友老人2008年才去世，享年92岁。他的许多故事，当地人还津津乐道。

当然，乡村的巫术还有很多很多，有些甚至更玄、更神奇，用科学道理是无法解释的。这也是湘西的神秘之处。

祭祀用的图腾

神秘的巫术（二）

封血口止痛咒

乡下人每天劳作，不小心经常会受伤，尤其是用刀砍柴，动斧头砍树，木材加工等，一旦疏忽大意，就会受伤，刀口见红，血流如注。不过乡下人见多了，一点不怕，他们中一些人会“止血”，念几句咒语，鲜血就止住了，伤口也不痛了。这种咒语叫“封血口止痛咒”。

这种巫咒，一般的木匠、石匠都会，因为他们干的活，经常会遇到伤痛。当学徒时，师傅就会教他。如果这个都不会，只能说明师傅功夫浅，在江湖是没有地位的。

其实，在乡下，即使不会这种咒语，也不要紧，因为一般人家都有草药，同样有止血功效。

在乡村的水塘边，有一种长势很高的草，有点像芦苇，更像菖蒲，到了夏秋，会长出一根根像蜡烛一样的芯来，土红色，就像蜡烛一样，凤凰叫“毛蜡烛”，这毛蜡烛是一种止血的良药，一般人家中都会采摘一些，插在家中的墙壁上。有人受伤流血了，将毛蜡烛取下，拔一点毛绒绒的屑，糊在伤口上，那流血便止住了，有奇效。

还有家中木门后面或阴暗地方，有一种蜘蛛窝，比铜钱略大一点，白色的，绒绒的，也是最好的止血材料，把它撕下来，贴于创口处，像创可贴一样，既能止血，也可消炎。我甚至怀疑创可贴是根据这个而发明的。只是遇到特大的伤口，这种办法还是不行，最好去医院。

男女和好咒

在凤凰乡下，还有一种奇特的咒语，叫“男女和好咒”，也简称“和和咒”。这是一种劝夫妻和好的咒语，曾经使许多闹矛盾发誓不愿在一起的夫妻和好如初。

据师傅介绍，使这种巫术时，先盛一碗清水放前面，然后烧香烛，双手握拳，拳拳并拢，大拇指翘起并齐，开始念“和和咒”：“红头美女，隔山喊，隔山应；隔河喊，隔河应；我不喊，你自应。小郎化变粮白米，代妹化变鹅鸡娘，鱼见水，几有当，鸡鹅要啄白米尝。”念毕，用圣水喷洒男女衣裳。或用一盒烟，用手指在烟盒上画“天、地、人、和”四个字，再在烟盒上用大拇指与小拇指量七次，称为“七阴尺”。又用手在烟盒四周画一个圈，弹出一根烟给男女抽完即可。如遇到不抽烟的女性，也可以到夫妻床上念咒施法。

湘西巫师敬奉的列祖列宗

这种咒语主要是针对那些夫妻反目，经常吵闹要离婚的，或分居很久，见面像仇人似的。一般情况下，念过此咒，十分灵验。好像夫妻把原来的隔阂忘记了似的。

在湘西，传说还有一种叫“黏黏药”的，说掌握这种药的人，只要反目的夫妻或家人求他，他让夫妻双方吃下药，很快就和好了。还传说有这种药的人，要是去迷惑年轻漂亮的姑娘，也很灵验。因此，有时人们笑话那些惹女孩子喜欢的男人，说他身上有“黏黏药”的。

当然，真有这种药的人一般是经过修炼的，会洁身自好，否则，犯了师傅的教诲，只怕药物也不灵验的。

打猎的咒语

湘西山高沟深、地广人稀，旧时野兽众多，老百姓在征服自然、寻找食物时，发明了狩猎。

湘西狩猎人一般都要敬梅山神，简称敬梅山。老猎人在家中神龛的下面，装有一个倒立的木雕神像，这就是梅山神。据老猎人说，只有敬了梅山神，打猎才顺利，有收获。不敬梅山神，就是看到猎物，也打不到，甚至发生伤人的灾厄。

除了敬梅山神，还有些猎人有打猎的咒语，据说也很灵验。比如，打猎中有一种挖坑，用来装夹子、装套子，然后夹野兽或者套取野兽。这种挖坑凤凰人称为“挖凹”。

“挖凹”是有咒语的，就是在野兽必经的路口，或十字路口，或三叉路口，手握锄头开挖，一边挖一边念咒语：“一开东方甲乙木，二开南方丙丁火，三开西方庚辛金，四开北方壬癸水，五开中方戊己土……”咒语很长，必须念完。挖好坑后，装上夹子或套子，上面伪装起来，野兽走来，往往会被夹住或套住，无处逃生。

围山打猎，不可能百发百中，手到擒来。有时急需野物时，往往不得，干着急。这时，老猎人会念“围急卡咒”，念这个咒语，就是跟祖师打通关，希望得到祖师的帮助，必须赐猎物给弟子，非要不可。

这种咒语，比较复杂，要烧香化纸，请动梅山祖师，各路兵马。咒语很长，要将各路兵马请动，很不容易。但请好后，第二天必有收获。

其实，这些咒语都属于梅山文化范畴，梅山文化博大精深，还有诸多复杂的成分。但随着猎物的减少，狩猎者告别猎枪，流传下来的也许不多了。

迷狗的咒语

乡下还有一种“迷狗咒”，就是用来迷狗的咒语，只要念了咒语，请动师傅，那狗就会服服帖帖，跟着你走，好像自己家中养的一样。

这本是乡下偷狗贼中传承的咒语。偷狗贼见到狗来到眼前，伸出拇指、食指和小指，张开呈叉状向前突伸，指向狗头。然后完全张开五指成掌，象征性地从狗头抹到狗尾。一边做动作一边念咒语，念完毕，那狗就会乖乖地跟着人走。咒语很简单，是这样的：“抬头望青天，师傅在身边，您在高山请下平地，平地请您护身，我身化为狗走，狗走化为羊，前开三光，吾奉太上老君急急如律令。”

这种咒语旧时讨米的叫花子都会念，因为叫花子出门讨米，最怕的就是狗。只有把狗叫住，才能上门，所以听老人说叫花子是不怕狗的。也许他们学讨米的第一步就是念这种咒语，或许这种咒语本身就是丐帮的传承。当然，他们只是把狗叫住，并不要让狗跟着他们走。如果被主人发现，不仅那被迷住的狗会被主人叫醒，叫花子也会挨打的。

现在乡下偷狗贼可厉害了，根本不用咒语，用毒药毒，用带剧毒的弩箭射，无所不用其极。为什么市场的狗肉比牛肉、羊肉便宜得多，因为这些狗大多是偷来的，不需养殖成本的。在这些强盗面前，咒语也失效了。

镇邪用的图腾

神秘的巫术（三）

驱骇与收骇

乡下带孩子，会经常出现孩子发烧、哭闹的现象，带去看医生，打针、吃药，不见效。甚至一吃药就呕吐，乡里称为不受药。这时，有老人说，一定是孩子受“骇”了，要趋骇、收骇才行。

骇就是惊吓的意思，孩子在屋前屋后，或者在外面，常常无意中受到惊吓，凤凰人称为骇错了、受骇了，一般症状是发烧不退，吃不下饭，哭闹不止。如果打针吃药不行，就要找人去驱骇，或称收骇。驱骇是把“骇”驱走的意思，收骇也是把“骇”收走的意思，按凤凰话，这个“收”还与“肃”同音，也有肃清的意思。把“骇”驱走了，孩子的病自然就好了。

这驱骇有好几种方法，内容不一样，但据说都很灵验。

一是最简单的收骇。孩子突然受到外来的惊吓，惊恐不安，神志不清，茶饭不思，一般就近请一师傅“收骇”。这类师傅以前每个村寨都有，都是在生活中老一辈人传授的，但不是人人都有缘学会。据说学会的人，只要上厕所时想起师傅教他收骇的情景，就是对师傅的大不敬，就不灵验了。所以说要有缘人才能学会。

孩子受惊吓后，父母或爷爷奶奶晚上将孩子抱到师傅家中来，请师傅打扮一下。师傅左手抓住孩子的手，一般分男左女右，展开。用右手食指在孩子小手板上面画符一阵，口中念念有词，几分钟后，师傅说：“好了，跟爸爸妈妈（带孩子来的人）回去睡一觉就好了。”如此连续三个晚上收骇，孩子的病就好了。

这师傅收骇，其实也是念一段咒语："收天骇，收地骇，收牛骇，收马骇，收猪骇，收狗骇，收雷骇，收风骇。"这里，几乎将自然界的惊吓全部念进去的，自然，这些骇都收走了。

乡村有句俗话说，"人吓人，无药引"。孩子幼小，最怕的是被人吓，有时大人扮着鬼去吓孩子，孩子被吓往往比被其他动物惊吓还要严重。这种惊吓，据说是没有药可治的，非要收骇不可。

二是收米骇。病人的家属带着病人来求巫师，同时带来一升米，倒出部分放在碗里，抹平，再用病人穿过的青色衣服包扎起来。接着焚香化纸，巫师右手拿着包好的米碗，对着病人额前，按顺时针方向转三圈，一边转一边念："我弟子请您师傅，请您的神，请您说话句句灵。句句做好，保佑病人好太平。"

念完后，慢慢将青衣揭开去，看看米面上出现什么形状，据说可以分辨出病人受什么惊吓所致，如受摔跤、狮虎猪牛等动物惊吓、人的惊吓等。之后用收米骇的米，送给巫师一碗，其余由病人带回家，一家人煮着吃，不得给外人吃。包过米的青衣服要穿三天，在自己枕头边放四天，其后病就好了。

三是喊魂收骇。深更半夜，孩子睡着以后，由孩子的长辈，到阳台或者屋外，烧香化纸后，对着天空轻轻叫喊："天母娘娘，地母娘娘：我家某某在屋前屋后骇错，请您老人家保佑他（她）元神归位，魂魄归身。我家某某跟我回来了，回来了吗"，家中有人答应："回来了。"一问一答，连续三次。然后大人进屋关门，走到孩子床前，轻轻嘱咐孩子安睡。连续喊三个晚上，就行了。

这种喊魂收骇，如果孩子是在水边受惊吓的，还要带孩子到江边或井边去喊，又叫"捞魂"。时间也是晚上，大人们带着孩子来到河边，用筲箕对着河面撮三下，念的话语差不多，念完后接着问："某某跟我回家了吗？"孩子跟在后面回答："回来了！"一问一答，一直叫到家中，走到孩子床前。从河边回家前，还要从河中取三颗蚕豆大的鹅卵石带着，回到家放在孩子的枕头下，说这样孩子晚上就好睡了。如此也要经过三天，孩子的魂魄就算捞回来了。

四是开灶门骇。孩子受惊吓后，厌食，不太吃东西，骨瘦如柴，严重营养不良。这就需要请师傅开灶门骇。

烧香化纸之后，巫师用手指从铁锅子底下，摸一些锅灰，在病人额上，画一个“十”字，一边画一边念：“灶公灶婆，讨个黑药，保佑小孩，不兜啰嗦。”据说这样一弄之后，孩子就会感觉饿得慌，食量大增，很快就如常人了。

吹起牛角号，准备做法事

神秘的巫术（四）

放蛊与治蛊

“放蛊”，是湘西几大神秘传说之一。

传说在湘西一些偏僻地域，有些老百姓会“放蛊”，轻则使人浑身无力，病恹恹的，重则取人性命。外地人众说纷纭，当地人讳莫如深，因而越传越玄，更具神秘色彩。

湘西巫师用的工具

查《现代汉语词典》，“蛊”的解释为“古代传说把许多毒虫放在器皿里使互相吞食，最后剩下不死的毒虫叫蛊，用来放在食物里害人”。

在湘西，传说中会放“蛊”的人都是女性，俗称“蛊婆”，也称“草蛊婆”“草鬼婆”。这种技艺是只传女不传子的，而且一代只传一个人，代代相传。又说这种“蛊婆”每间隔一段时间，就要“放蛊”，要是不放的话，自己就会中蛊毒，求生不得，求死不能，十分痛苦，甚至会“胀蛊”而死，因此她们必须狠下心来“放蛊”。

放蛊的对象主要是陌生人。因为本地人太熟，不便下手，自家亲戚朋友更加不行。所以就把目标瞄准那些外来的陌生人。那些外地人进山一般居住时间不长，中蛊也是一段时间的事。她们一般下毒也不重，时间一长，慢慢失去药效，大多数中蛊人也就好了。

另据传说，放蛊人自己是有解药的。某人中毒了，通过仔细回忆，明察暗访，找到根源，再通过亲戚或寨中长者出面，找到放蛊婆，讨要解药。放蛊婆见被人识破，一般很不好意思，自然会给人解药。药一吃，不久就好了。

蛊婆也有下猛药的，但大都是深仇大恨，情人反目之类。如某女子和情人一见倾心，日久生情，发誓永不变心。但几年之后，情人另有了新欢，双方反目成仇。恰巧此女是会放蛊的，便暗中下药，自然是希望男方回心转意，便交待一句，某月某日前要来找她之类，确定最后分手。要是男的引起警觉，幡然悔悟，于某月某日前找上门来，摒弃前嫌，重归于好，女方悄悄取出解药，装作无意识地给男人吃了，男的病毒就不会发作，皆大欢喜。要是男的色迷心窍，执迷不悟，再不按期前来，就会病入膏肓，这时再来找旧情人要解药时，恐怕已经迟了，有些便那样丢了卿卿性命。

但凡到一个地方，当地有哪些草蛊婆，村中长者都会事先交待，要生人不要吃她们的东西，因为“病从口入”，“蛊”毒是从口中吃下去的，所以不乱吃东西便没有事。有时甚至连水都不能喝，因为那药是很细很细的粉末，传说蛊婆在给客人倒水时，趁机从指甲缝中刮下一点药粉进去了，生人同样中毒，所以说“放蛊”是很神秘而神奇的。

还曾听说蛊婆之间互相斗法比狠的，叫登蛊风斗法。双方隔远坐定，施法，放背篼或草鞋打架。只见那背篼或草鞋自己会跳动起来，互相打架。随着双方施用法术的提高，那背篼或草鞋会越跳越高，甚至会升到天空中去。不过据了解，这种斗法极少人见过，多是听人传说的。

在凤凰，我就听说过一些关于治蛊的解药和一些整蛊的办法，说来很是有趣。

某人中蛊后，表现为某处疼痛不止，其他药物很难治愈。这时有人会提醒说，一定是中蛊了。

真要中蛊了，有个简单的药方，称为防蛊药。其药方主要是雄黄、大蒜、辣椒、铁马苋、野棉花、秤砣叶等等，用来熬水，口服一次三口，一日三次；外敷用药加热涂于患处。据说，轻度的蛊毒很快就治愈了。

俗话说，“魔高一尺，道高一丈”，草蛊婆这么厉害，还是有人来治她。这不，凤凰还有一种叫“治蛊婆咒”的，专门治放蛊的草蛊婆，让草蛊婆前来求情，不然的话，会要她的性命。

其办法是，捉雄鸡一只，盛水一碗，摆在香案上，碗上放菜刀一把。若遇到某人病痛，怀疑被人放蛊，烧香化纸后，念道：“此天天不开，此地地不炸，此人人藏身。盖山人头落，盖鬼鬼归屋。”这时，掐鸡冠出血，用鸡血滴入碗内三滴。鸡血在碗内稀释走动了，证明被放蛊了。接着念：“六天公，六天婆，路上邪师（蛊婆）来动作。玉印下，玉印合，鸡血来动作。观音老母一把刀，请张天师傅显神灵，吾奉太上老君急急如律令。”念过后，其碗、刀不动，蛊婆闻到天咒后，会肚子疼痛不止。或者登门求饶，不然会慢慢痛死。

此外，还有隔蛊咒，也称克蛊咒，内容与上面大同小异。苗族巫师也有治蛊咒，那是用苗语念的，内容比较长，这里就不赘述了。

2011年5月，湘西州知识产权局发布消息，古丈县科技局干部向某发明了“一种治疗蛊毒病中药组合物”已获得国家发明专利，这是世界上第一种公开发布能够有效治疗“蛊毒病”的药物。

据科学的解释是，“蛊毒病”也叫虚弱病，是我国西南方地区比较常见的疾病之一。它不像一些书本和影视作品中所描述的那样神秘，也并非是被人“放蛊”所引起的，而是一种由有害微生物所引发的慢性疾病，其主要危害是破坏人体的免疫系统，使人丧失精气神。

为了找到这种疑难杂症的药方，20世纪80年代初，向某就开始利用工作之余，走村串寨，深入调查，潜心研究。经过30年的反复探索试验，2011年初，他终于在继承祖传秘方的基础上，把传统中药、苗药等有机结合，科学配方，研制成苗家纯中药的蛊毒病“解药”。据了解，该药方具有清热解毒、杀虫杀菌、镇定安神等功效，能起到增强免疫、固本培元的作用。

这种“解药”的问世，一方面揭开了所谓“放蛊”的真实面目，解除了蛊毒病患者的痛苦，同时也为湘西苗族中医药的发展带来新机遇。目前，发明人已经向科技部、卫生部和国家药监总局申报科技成果和科技进步奖。

至此，所谓“放蛊”的谜团终于揭开了，少了几分神秘，多了科学合理的解释。

当然，湘西的“放蛊”传说很多，扑朔迷离，高深莫测，绝非这么简单就能“解密”的，这就留给我们的科学工作者慢慢去研究吧。

椎牛祭祀

神奇的草药

刘鸿洲先生夫人唐老师，是凤凰的一位退休教师，今年 70 多岁。她本出身于凤凰的名门望族，祖父是凤凰辛亥革命的起义首领，后来当过民国的将军。新中国成立前，被人谋杀。

因为祖父在民国任过职，新中国成立后，她同父母历尽坎坷。60 多岁的父母同她一起下放到偏僻的乡下，其情其景可想而知。在乡下生活十多年后，按政策招工进城。因为她有文化，而县里当时缺少教师，后来转为乡村教师，一直在乡下学校教书，直到 50 多岁，才调回县城。由于在乡下的时间长，接触的老百姓多，加之为人谦和，爱好学习，学到了很多的草药知识，老百姓也乐于教她一些土方子，因而所知甚多，俨然一个乡村草医。

我同他们夫妇经常在一起，听她谈及乡村的草药，头头是道。尤其谈到一种保胎的草药，简直神奇。

她说，那是她怀孕 7 个月时，劳动中受伤，在县医院保胎，一位受聘在医院的老接生员专门传授给她的。是一个土方子，她已经用那个方子治好了上百例怀孕困难的妇女，屡试不爽，十分灵验。

其实那是一种很普通的草，长在田间地头，以前乡下扯猪草的也看不上。扯那草七株，洗干净，放在锅中用清水熬。煮开一阵后，用一个鸡蛋，打通一个小眼，将蛋清流出来，流进锅里一起煮熟，冷却后，将蛋清和水一起当水喝，喝完后就好了。

这药最大的作用是保胎。一般人怀孕后，感觉身体不适，或者习惯性流产，吃了就好。有一对夫妇，结婚十多年，怀孕多次，但女方习惯性流产，始终保胎不住。进医院治疗多次，民间方子也用了不少，就是不见效。两人为此准备离婚。刚好女方又怀上了，听说有这方子，主动找上门来。唐老师给他们找到药，没想到吃后，不再流产，终于生下一个胖小子，小两口和好如初，其乐融融。

还有一个妇女，20多岁结婚，怀孕多次，保不住胎儿。差不多到40岁了，再次怀孕。去医院治疗，医生说先打三个月保胎针再说。听人说起，找到唐老师。唐老师给她配了药，只吃了两次，就好了，生下一个健康的孩子。

唐老师说，小小的一种野草，根本想不到这么有特效。为了给人治病，唐老师在自家庭院中专门栽培了这种药，还有别的草药多种。人家找上门来，她都热心为他们找药、配方，耐心介绍使用办法，而从来不要任何报酬。她说，这是做好事，是积善，想到能给别人解除痛苦，心里就高兴。

唐老师说，乡下以前缺医少药，很多轻微病症，往往自己用土法子治疗，同样能起到好的效果。乡下人最喜欢用桐油治病，别看小小的桐油，可以治很多病。一可以治肚子疼。将布鞋底擦干净，抹上一层桐油，放到火上烤热，然后放在肚皮上轻轻烫，一会儿，肚子就不疼了，比打针吃药还见效快。二可以治头疼。乡下人头疼厉害，将一根筷子剖开，中间夹一根针，针头朝外，用线将筷子捆绑起来，将针固定。然后将针头蘸一点桐油，放在煤油灯或蜡烛上烧热，再将针头在患者头部扎，扎一阵，人就轻松多了。扎的时候，病人不仅不觉得疼痛，反而有一种轻松的感觉。三是用桐油配上别的草药，还可以治疗跌打损伤及各种疑难杂症。

以前人们出门在外，经常会遇到水土不服，主要表现为人不舒适、肚子拉稀、有气无力等等，严重的话，还会死人。出远门前，老人会告诉你一些注意事项。一是饮食上，多吃豆类的食物，豆腐、豆浆、豆腐渣等；二是带一些家乡本地出产的平时自己喜欢喝的茶叶，泡浓茶喝；三是冬天穿的外衣，睡觉时，搭在自己的铺盖上，让衣领方靠近下巴附近，据说人只要能闻到自己的气味，也可以消除水土不服带来的不适。不知道这个有没有科学道理，反正老人们是这样做的，也是这样教的。

刘老师也给我讲到一个土方子，治疗支气管扩张导致吐血的。用韭菜的根须，洗干净，放进擂钵中擂烂，放进碗或杯子中，接童子尿喝下去，有奇效，可以断根。童子尿倒是没什么气味，但韭菜根捣烂后，气味呛人。

乡村中还有许多土方子，只是我们没有好好挖掘出来，要是挖掘整理出来，可以治好许多病痛，而且这些草药，价格很便宜，甚至也没有什么副作用，实在是好东西。

如果我们都能像唐老师一样，尽自己的微薄之力，解除别人的痛苦，那么人们就可以减少很多病痛，又可以减少很多家庭支出，何乐而不为呢？

古树上的藤蔓，是一种良药

五　亲历

参加沈从文骨灰安放仪式

1992年5月10日，正值农历四月初八。农历这一天，在凤凰苗族地区，是一个隆重的节日，称为“四月八”或者“苗王节”，苗族群众每到这一天，都要举行盛大的聚会活动，开展隆重的祭祀仪式。

我那时已经从湘西团结报社调入湖南广播电视台湘西记者站，从报社记者变成电视台记者。早在一天前，就接到凤凰方面的电话通知，沈从文先生的骨灰安放仪式第二天上午将在凤凰举行。同时，这年的苗族节日“四月八”也在凤凰的山江镇举行。这两个活动都需要做好报道，到湖南电视台发稿。

沈从文1902年出生于凤凰，是现代著名作家、历史文物研究专家。1988年5月10日，沈先生因心脏病猝发，在北京家中病逝，走完了他86年的生命历程。1992年，在家中停放四年的先生骨灰，在妻子张兆和女士和儿子沈虎雏、孙女沈红等陪同下，回到了故乡凤凰。遵嘱将部分撒入沱江，部分安葬于听涛山下。

一天参加报道两个重大活动，在当时的交通情况下还是有压力的，好在两个地方相距不是很远。为此，我们通过电话问询，决定先参加沈从文先生骨灰安放仪式，后参加“四月八”活动。

5月10日早上，我们早早就从吉首出发了。当时吉首到凤凰50公里山路，因为路窄弯道多，需要近两个小时。我们赶到凤凰时，已近上午9点。沈先生骨灰安放仪式的第一个程序——将部分骨灰撒入沱江活动已经开始。沈老小儿子沈虎雏和孙女沈红等已经乘船沿沱江而下。我

沈从文部分骨灰撒在故乡的沱江中

们扛着摄像机，沿着岸边跑步追赶。到了沙湾下游，终于赶上。接着抓紧拍摄。只见沈虎雏及女儿沈红神态庄严，表情悲寂，手捧沈老骨灰和鲜花，慢慢撒入沱江。岸边围着许多人观看，有些人按照凤凰风俗习惯，燃放鞭炮，以表示对沈老骨灰回归故乡的迎接和祭祀。

这天天气良好，沱江的水格外清澈。小船在河里慢悠悠地划着，一会儿到了下游的杜田码头边。他们一行人下船，捧着骨灰盒，向听涛山沈老墓地走去。

听涛山以前是湘西镇守使田应诏为其母亲修建的私家花园。因其母亲姓杜，所以花园又名杜母园。沈从文先生在散文《一个传奇的本事》中写到，田应诏“无意整军经武，却在练军大教场的河对岸，旁山依水建立了座新式公园，纪念他的母亲，经常和一群高等幕僚，在那里饮酒赋诗”，写的便是这里。

听涛山也曾是沈从文小时候玩耍的地方。沈从文在《从文自传》中，多次提到他小时候逃学的经历，以及到荒郊野外玩耍的快乐，沱江

听涛山石刻

沿岸的听涛山便是他常去的地方。

沈老去世前，遗嘱要将骨灰回归故乡。家人遵其嘱咐，经过选择，最终定于这里。事先，由沈家出钱，凤凰方面已将墓地平整，墓碑刻字立好，只需将沈老骨灰安葬即可。

走过蜿蜒的小径，一行人爬上坡来，到了山腰的目的地。这时，沈老墓碑后已经挖好一个小坑。沈老的亲人们一捧骨灰、一捧鲜花，轻轻地放入小坑，然后用泥土掩埋起来。没有哀乐，没有鞭炮，山风凝滞，河水呜咽……

最后一捧泥土覆盖完毕，沈老夫人、虎雏、沈红等再也抑制不住一路上克制已久的悲伤，失声痛哭起来……

时值春季，山头开满许多无名的小花，有几个人采下一些小花，放置在沈老墓前，算是对沈老最好的祭奠。

沈老墓没有墓冢，只有墓碑。墓碑采自墓地后的石壁上，为当地特有的五色石。墓碑坐南朝北，未经修饰，呈蘑菇状，碑高 1.9 米，宽 1.5 米，厚 90 厘米，重达 6 吨。正面刻着沈老的手迹：“照我思索，能理解‘我’，照我思索，可认识‘人’。”反面镌有“不折不从，亦慈亦让，星斗其文，赤子其人”。这是沈老姨妹张充和女士所题的诔辞，每句的最后一个字连缀起来是“从文让人”之意，可算是对沈老中肯的评价。

至此，沈从文先生骨灰安放仪式完毕。我们全程拍摄下来，用于回去发稿。

其后，我们又驱车赶往山江，参加苗族“四月八”活动。下午赶回吉首，将录像带和文稿特快寄出，两天后，在湖南电视台新闻联播中播出。

这里需要补记的是，沈老夫人张兆和女士于 2003 年 2 月 16 日去世，享年93岁。2007年5月20日，其骨灰也合葬于此，并在墓碑后刻字为记。一对长年厮守的恩爱夫妻魂归故里，与青山为邻，绿水相伴，算是了却了他们生前夙愿。

张充和夫妇凤凰之行

北京时间2015年6月18日凌晨1时，“合肥四姐妹”唯一在世者、著名书法家张充和女士在美国家中逝世，享年102岁。张充和生前被称为民国闺秀、“最后的民国才女”，是著名的昆曲家、书法家。斯人长逝，我不由得想起他们夫妇访问凤凰的事来。

张充和也是著名作家沈从文先生的姨妹。她曾与沈从文共事，一直称沈从文为“三姐夫”或“沈二哥”，与沈从文一家往来密切。

沈从文先生的夫人张兆和出身于安徽合肥的名门望族。其祖父张树声是淮军第二号人物，李鸿章的左臂右膀，当过两江总督、两广总督、直隶总督。

张兆和共有四个姐妹和许多兄弟，大姐张元和、二姐张允和、小妹张充和，她们不仅模样俊俏，而且都是才女。她们的老师叶圣陶曾经说过：“九如巷张家的四个才女，谁娶了她们都会幸福一辈子。”

四姐妹的婚恋也很特别，都是自由恋爱，四位夫婿，都不同凡响，成就了中国近代史上的一段佳话。大姐元和嫁给昆曲名伶顾传玠，著名昆曲表演艺术家；二姐允和嫁给周有光，汉语拼音创始人之一，著名语言学大师；三姐兆和嫁给沈从文；小妹充和嫁给傅汉思，著名美籍汉学家。

1993年10月下旬，张充和女士与丈夫傅汉思先生双双结伴，来到凤凰访问。这是他们多年的愿望，因为沈从文生前曾多次邀请他们来凤凰看看。

这一年，张充和80岁，傅汉思77岁。两人都是美国耶鲁大学的著名教授，退休后居住美国。虽近耄耋之年，但两人身体还很硬朗，这次计划回中国走一走，看一看，特别是要看看一些曾经生活工作过的地方，以及一些一直神往的地方。

张充和夫妇来凤凰，完全是自费旅游。考虑到年纪大了，到地方需要有个照应，北京的亲戚朋友们为他们联系了凤凰县人民政府。政府派出当时的旅游局长田时烈，负责陪同他们游览观光，顺便照顾他们的生活。

那时的凤凰古城还比较本色，没有现在这样繁华，也没有这么多宾馆和接待设施。条件较好的数“青山如是楼”，建在县政府招待所前面的斜坡上，吊脚楼结构，错落有致，里面的设施也温馨雅致。名称是黄永玉先生根据辛弃疾《贺新郎》词“我见青山多妩媚，料青山见我应如是”而取的，宾馆名也为黄永玉所题。

当时已进入冬季，南方的山区，冬天很寒冷，但宾馆没有空调。为了让老人取暖，宾馆给他们房间烧了两盆木炭火，使房间温暖如春。

两位老人是从北京过来的，乘火车到怀化下车。凤凰这边，派出田时烈到怀化接站。然后来到宾馆，歇息下来。第二天，游览凤凰古城，泛舟沱江。他们虽然是第一次来到凤凰，但通过沈从文及其作品，对凤凰有一些了解。

来到凤凰后，看到凤凰的南华山中，树木葱茏，层林尽染；凤凰山城，飞檐翘角，玲珑别致；悠悠沱江，小舟摇曳；吊脚楼群，层层叠叠。老人感到无比新奇，心情也格外高兴，不停地拍照，夸赞。其后，又专程来到沈从文先生墓地，为“沈二哥”扫墓。

沈从文墓位于沱江下游的“杜母园”，穿过长长的石板小径，他们来到沈老墓地。这里背靠青山，面临沱江，朝迎旭日，暮接归舟，别是一番风景。两老人来到这里，赞叹不已，觉得真是一个好地方，很适合沈从文先生淡泊的性情，是沈老最佳的归宿。

当看到沈老墓碑后面镌刻的“不折不从，亦慈亦让，星斗其文，赤子其人”的文字时，老太太眼睛湿润了。这正是她所题。当她在美国听到“沈二哥”去世的消息时，夜不能寐，写下几句诔辞，以示对“沈二哥”的怀念。

张充和在沈从文墓碑上的题词

虽然他们夫妇是自费旅游，不愿意政府出面接待。但临离开前，凤凰县政府为尽地主之谊，还是出面招待了一餐。县长陈久经和在家的几位领导陪同他们共进晚餐，向他们反复解释凤凰接待条件差，请他们“将就”之意。而张充和夫妇对凤凰感觉良好，更多赞美之词。

老夫妇此行，还要去贵州和云南昆明。那时凤凰附近没有机场，张家界机场也没有开通，他们要先到贵州遵义，然后从贵阳坐飞机到昆明。而凤凰到遵义要坐汽车，有几百公里里程。县领导知道后，要派车送他们去遵义。张充和听说后，很幽默地说，那你们只要派一辆车来，不要派司机，她和老傅都能开车，只要交代把车放到遵义哪个地方就行了。县领导说，那不行，你们这么大年纪了，哪能开车？张充和微笑着说，她们在美国都是自己开车，跑遍了美国。说完，向傅汉思挤挤眼。傅汉思也笑着附和。县领导当真了，说，这是在中国，贵州这边是大山，路况复杂，一定要派司机才行。看到领导们认真的样子，张充和夫妇大笑起来，在座的朋友也跟着笑起来。

第二天，田时烈乘车送他们去遵义。因为路途遥远，他沿途给老人唱苗家山歌助兴，他们听了很高兴。一路上欢歌笑语，直到把他们送到目的地。

张充和夫妇凤凰之行，观看了凤凰古城的美景，领略了少数民族风情，心情愉悦，眉开眼笑。特别是张充和女士，诗情喷发，还填写了《题凤凰沈从文墓》词五首。其词如下：

其一

凤凰好，山水乐无涯。文藻风流足千古，苗家人是一枝花。此处最宜家。

其二

凤凰好，老幼喜洋洋。休道物华今胜古，古城中有古心肠。此处最难忘。

其三

凤凰好，主雅客心宽。湘黔古道黄泥坂，迎送辛勤山外山。苗曲当阳关。

其四

凤凰好，沈墓面沱江。更喜在山泉一脉，路人来止饮清凉。相对话麻桑。

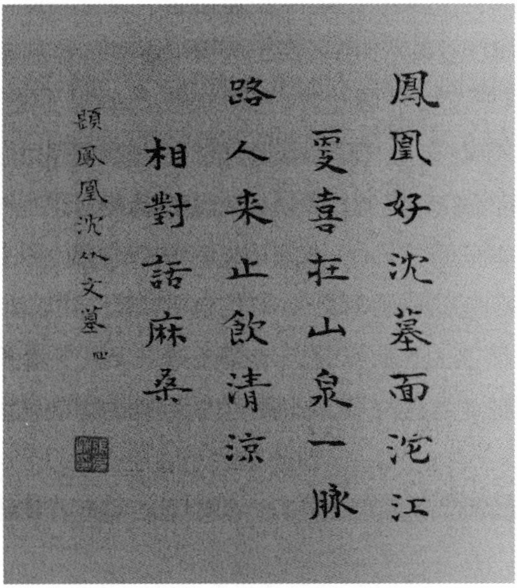

张充和题沈墓之四

其五

凤凰好，渡口暮归鸦。忽听爷爷呼翠翠，一时诗画幻奇霞。何处笔生花。

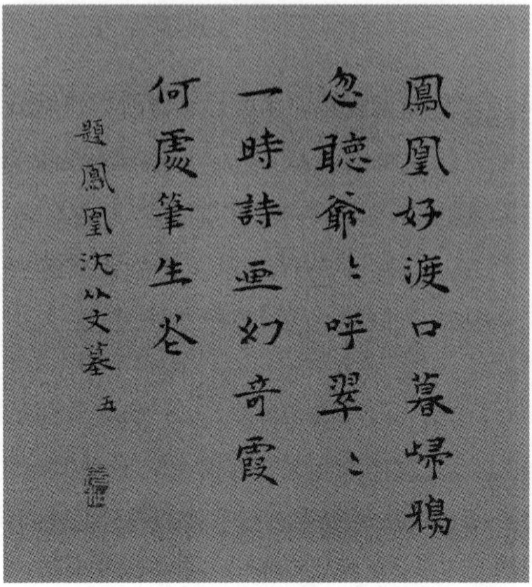

张充和题沈墓之五

这几首词，不仅表达了他们对凤凰的美好感受，也表达了他们对“沈二哥”及其故乡凤凰的炽热情感。

陪黄永玉先生在凤凰野炊

20世纪90年代中期，黄永玉先生回到故乡凤凰小住一段。为了答谢故乡领导和朋友们的盛情，在官庄的河滩上搞了一次野炊，设全羊“宴”。我有幸参加了这一活动。

官庄是凤凰的一个小地名。中国南方叫“官庄”的地名很多，多是古时官道经过的大村庄，故名官庄。凤凰官庄位于沱江下游，是当时乡政府所在地，只有几十户人家。官庄紧靠沱江，对面是一个沙洲，一片古树林，以前还有一个水碾。黄永玉先生每次回乡，最喜欢到这里走玩。

官庄河畔

黄老爱上的是这里的自然环境。一片长长的沙洲，长满了绿草，草里又开出一些无名的野花。沙洲下面，则是一排古树，树干苍老遒劲，树叶郁郁葱葱。树的下方，是一座小水坝，是旧时用石头砌的，根据水势砌成不规则状，呈圆弧形，石头上已长满青苔。每到夏天，两岸的大树枝繁叶茂，足可以将整个坝面遮住，孩子

们则在水池里游泳玩乐，牛有时也进入池里洗澡歇凉，和顽皮的孩童一起，构成一幅天然的水上游乐图。

黄老是个顽固地挚爱故乡的人。每年都要回故乡，都要到儿时玩耍的地方走走看看，用他自己的话说，每当创作才思枯竭了，就要回故乡吸取营养，找寻灵感。事实上，每次故乡之行，老人都能满载而归。

每次回故乡，有感于故乡父老乡亲的热情接待，老人都要进行一次答谢活动，地点一般就选在官庄，按凤凰的习惯，杀全羊以待客。

事先，黄老把钱交给凤凰的晚辈朋友，要他们去买本地山羊和油盐柴米，并将山羊宰杀，清洗好，运到官庄的河滩上。

接着，在河滩上架起锅灶，请最好的师傅掌勺。一般叫当时的县发改委主任田仁喜主厨，一帮人帮忙。

黄老的创意也实在奇特，羊血和米熬成粥，全羊一锅子炒好，炖烂，然后摆在绿草丛中，人们围成圆圈，席地而坐，爱酒者大碗喝酒，大块吃肉。吃饭者端着饭，插进去夹菜。端菜者吆喝着，将大腕的羊肉端进来。那羊血粥盛在桶里，爱喝的自己去装。很多人没有喝过羊血粥，尝试着装上一碗，没想到羊噪气味特浓，一般喝不下去，好在有凤凰的擂藠头，将藠头和盐、酸辣椒一同捣烂，味辛辣，很刺激，是喝羊血粥最好的下饭菜。客人们吃得高兴，黄老更加高兴，叼着大烟斗，带着两只英国纯种爱犬，一会儿躺在草地上，一会儿奔跑着，让人们摄影、摄像，真是其乐融融。

黄永玉先生在官庄郊游

客人们来到这里，更多的是陪黄老体验乡下这份闲适，这般美景。阳光下的草地，古树旁的河流，听潺潺流水，闻鸟语花香，加上野性的羊肉“宴”，早已陶醉了。

河滩下面那座碾坊，曾被破坏过，在黄老的直接干预下，后来恢复了。20世纪80年代初，某电影制片厂拍摄电影《老板哥和电妹子》，外景就选在这里。这是根据古华小说《蒲叶溪磨房》改编的一部电影，以水碾的变迁为背景，反映改革开放以来农村的巨大变化。当时碾坊已分产到户，摄制组给户主补了点钱，根据剧情需要，对碾坊进行了改造，将原有的水碾拆掉了，改成了打米厂。黄老回凤凰看到后，很生气，准备给电影厂主管领导写信，反映摄制组不应该如此损坏人文景观。摄制组听到后，很快找到黄老，当面承认错误，并表示拍完后恢复原样，黄老这才作罢。由此，也可见黄老对故乡一草一木的一片深情。

后来，凤凰有个聪明人，看到官庄河滩的自然环境，觉得有利可图，把它租赁下来，开了一家餐馆，架起一座吊桥，另增加了一些儿童游乐设施，更名为“水浒城”，招徕游客。

再后来黄老回乡，看到河滩的景观遭受破坏，再也不去了。

见证洞藏酒鬼酒启封

2008年7月8日上午，酒鬼酒洞藏文化酒启封大典在湘西凤凰著名风景区齐梁洞隆重举行，原国家内贸部部长陈邦柱，原海军政治部副主任张宗银将军，湖南省政协副主席石玉珍和全国知名的白酒专家一行参加了启封仪式。

说起“酒鬼洞藏文化酒”，必须追溯到七年前。2001年7月，首都北京申奥成功，举国欢腾。为庆祝、纪念这一世纪盛事，酒鬼酒公司决定实施“酒鬼洞藏文化酒工程”，并采用湘西民间洞穴藏酒之经验，在素有“华夏洞王”之美誉的凤凰齐梁洞中建设“酒鬼洞藏文化酒基地”。这年的12月18日，酒鬼酒公司邀请国内酒界专家、各大媒体齐聚凤凰齐梁洞，举行了盛大洞藏仪式，精选了370吨已窖藏十年的极品酒鬼密封于陶坛，封存于齐梁洞中，并赋名为“酒鬼洞藏文化酒”，拟于北京奥运会开幕前夕启封。

弹指一挥间，七年过去了。酒鬼酒公司决定于2008年7月8日这个吉祥的日子举行启封大典，将深藏洞内的玉液琼浆开封取出，作为奥运庆功酒，让世界人民分享这源于神秘湘西的美酒，共同祝福北京奥运圆满成功，为全世界奥运健儿壮行加油。

上午九时，艳阳高照，大地披彩，齐梁洞口鼓乐齐鸣，劲舞欢歌。随着湖南省政协副主席石玉珍宣布“酒鬼洞藏文化酒启封大典开始”，一时间，甲马号、震山炮、撼山鼓一齐奏响，齐梁洞外一片欢腾。紧接着，象征着湘西原始神秘文化的傩面舞、茅古斯舞也先后登台，演绎出

洞藏酒鬼酒启封仪式

设于奇梁洞内的“湘酒鬼洞藏酒基地”

湘西文化的古老和蛮荒。随后，主要领导和白酒专家一行来到齐梁洞内洞藏酒现场，见证启封。

齐梁洞内，彩灯辉映，如同白昼。潮湿的空气中，弥漫着一股浓烈的酒香。身着大红衣服的苗老司，焚香叩拜，祈祷打开封洞石。只见工作人员列成两队，站在封洞石旁，将封洞石搬开，开坛取酒。紧接着，将一坛坛洞藏美酒搬出来，并请领导和嘉宾为酒坛披上大红挂彩。然后，在激烈的锣鼓声中，工作人员将酒抬出洞外。

至此，启封仪式宣告结束。全国著名主持人曹颖、李兵主持了这次盛典。

凤凰的石拱桥

凤凰有许多石拱桥，这些桥，不仅历史悠久，而且美观大方、经久耐用，至今保持着它的风采。

虹　桥

虹桥，位于凤凰古城下游，原名“卧虹桥”，始建于明洪武年间，另一说法是建于清康熙九年（1670），民国三年（1914）重修。虹桥共有三个拱，因为桥拱呈半圆弧形，像彩虹一样，故改名“虹桥”。原桥面两侧各建有12间吊脚楼木板房，为商铺，中间为人行长廊。1955年，因为修建公路，车辆要从桥上经过，拆除桥面亭廊，改成公路桥。每天大小车辆，川流不息。而这座古石桥竟承载起这么大的重量，安然无恙，真是古建筑中的奇迹。直到2000年，在黄永玉先生等倡导下，才又将虹桥上的亭廊和货摊恢复，成了现在的模样。

据说虹桥的修建，主要是为了修复风水。

明初，湘西五寨司“蛮族”多次反抗朱氏朝廷，自拥“蛮王”，声称要“平分天下”。军师刘伯温进谏：“观龙脉风水，五寨司龙虎风云气盛，要想平息‘蛮叛’，只有斩断龙颈，让江水改道。”明太祖朱

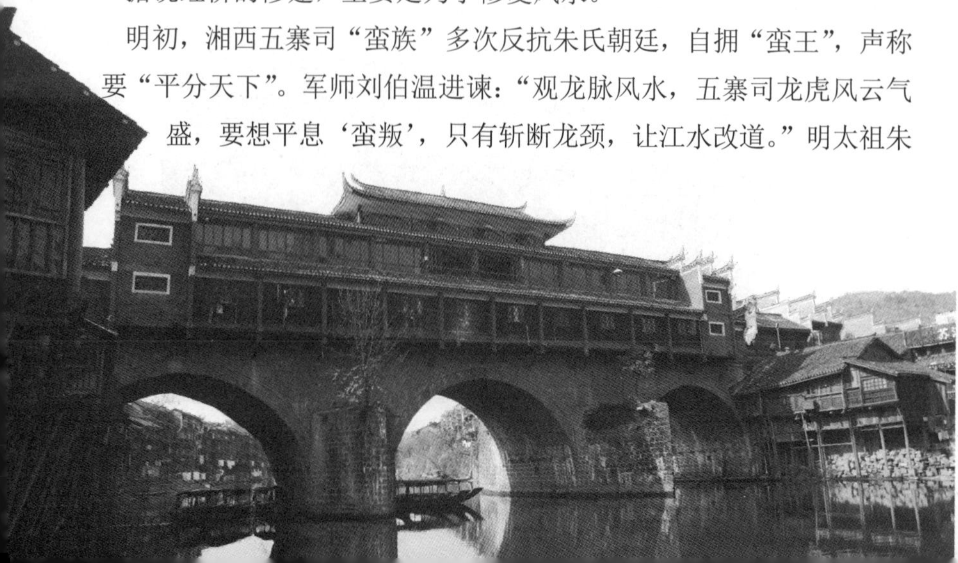

虹桥

元璋用朱笔在山河图中的龙颈部一点，传下圣旨，派兵挖通。从此，凤凰的龙脉被斩断，沱江水直流沙湾。龙脉被斩断后，凤凰不仅不出人才，连老百姓的生存也越来越困难了。有人便想到怎么去修复风水。经风水大师的指点，便在原来开河道处架设一座桥梁，这就是虹桥的来历。

据老一辈凤凰人说，虹桥上的亭廊和货摊一经拆除，凤凰的经济就走下坡路，市场萧条。虹桥修复好后，凤凰的经济也繁荣了。

现在，虹桥不仅成为古城凤凰的重要交通枢纽，也是游客观光拍照的好地方。

三拱桥

位于凤凰县三拱桥乡三拱桥村，凤凰至乾州（今吉首）的古驿道上，跨万溶江支流而建。

该桥系明朝永乐三年（1405）修建，为三孔石拱桥，故名“三拱桥”。全长 31 米，宽 6.7 米，高 12 米，单孔跨径 8 米。墩台、拱券用粗石料砌筑，石灰拌桐油为浆，驼峰式桥背，两端各设 24 级踏步，桥面设廊房式凉亭、店铺及灵官殿，桥两头建有客栈。

1955 年，修建吉首至凤凰公路时，该桥改造为公路桥，桥上建筑被拆除。1972 年，吉首凤凰公路改道，在泡水河出口处新建一桥。但三拱桥保存至今，仍在使用。又因为该桥名气大，所在的乡镇也以“三拱桥”命名，沿袭至今。

三拱桥

西门江桥

位于吉信镇的西门江上，跨万溶江而建。因该江位于原得胜营（现吉信镇）的西门处，故名西门江桥。修建于明万历四十四年（1616），由得胜营地方官绅募捐建成。

该桥为单孔石拱桥，全长33米，宽8.7米，高16米，净跨17米。拱券为鹅蛋形，紧贴两岸石壁砌筑。料石用糯米粥拌石灰浆砌，灰缝细小。桥面原为驼峰式，两端各设36级踏步登上桥顶。1955年，修建吉首至凤凰公路时，利用原桥拱，改建为公路桥。

西门江桥

西门江桥建造过程中，采用悬空搭架技术，拱券上方存搭架开凿的方形石孔，显示了当年架桥工匠的高超技艺。

传说该桥竣工时，有一神仙赶着由三座小山峰变成的三只鸭子来踩桥，问工匠师傅说："新桥能踩吗？"师傅见其皓发银须，绝非凡人，便答道："可以踩！"当老人赶着三只鸭子走到桥中，桥拱"咔咔"地响。师傅忙施法，用一把岩匠铁尺将拱券撑起，铁尺被撑弯，桥则安然无恙。现在拱桥迎水面有一凸出部位，传说就是神仙踩桥变形的。此后，岩匠将压弯的铁尺改成直角岩工尺，沿用至今。

乌巢河大桥

从凤凰县城去腊尔山，要经过一条乌巢河。说是河，其实是条小溪，河面宽不过十米，但这是一个大峡谷，两岸群峰高耸，绝壁悬崖，是一道天堑。以前不通公路，只有乡道，小河上架有一石拱桥，十分闭塞。1989年，凤凰县人民政府开始在这里修建一座石拱桥，历时三年建成。不仅使天堑变通途，而且这座桥一建成便闻名中外。这就是有“天下第一大石桥”之称的乌巢河大桥。

在乌巢河大桥的桥头，立有一座石碑，碑上有国家前交通部长王首道题的“天下第一大石桥”。碑文记载，该桥为全空式石肋拱桥。主跨120米，宽8米，高42米，长241米，为全国石桥之最，也是目前世界上最大跨径的石拱桥。

乌巢河大桥的设计者是本乡本土的凤凰人，土家族工程师田云跃。他1929年4月出生于凤凰县木江坪乡一个农民家庭，曾参加中国人民志愿军赴朝参战，复员后一直从事公路建设工作。他读书不多，但一生勤奋好学，凭着一股凤凰人的冲劲，刻苦学习公路与桥梁工程技术，先后设计建造了“空腹式石肋拱桥”“空腹式石肋双曲拱桥”“全空式石肋拱桥”等5种桥型。并将桥梁造价降低了30%以上。还先后发表多篇桥梁论文，成了名副其实的“土专家”。

乌巢河大石拱桥的设计，是在大断层地质禁区架桥，这是一种大胆的创新和尝试，这种设计，当时有关部门甚至不敢批准施工。后经相关专家论证，有关领导挑硬担才决定建造。之所以选择建石拱桥，主要是就地取材，节约开支，加上对田云跃石拱桥技术的信任。这是需要胆识的。再说，当时人们的质量意识、责任意识强些，施工质量是有保证的。

20多年过去，乌巢河大石桥至今巍然屹立，气势若虹，稳如泰山。它不仅沟通了腊尔山周边地区与凤凰县城的联系，也是为少数民族边远地区架起的一座幸福桥。现成为凤凰旅游的一大景观，正在迎接着各方的游客。

乌巢河大桥全貌

筸子坪的古兵营

在吉首与凤凰的交界处，有一个叫筸子坪的地方，2009年初夏，我和朋友爬上筸子坪镇后面的山头，发现了一个古城和兵营遗址。

这里位于万溶江畔，吉首到凤凰的209国道从江边的峡谷中穿过，站在山头，居高临下，周边景象，尽收眼底。据了解，这是当年筸子坪长官司的一个古城和兵营所在地，史称“筸子哨营”。清《凤凰厅志·道光志》载：“凤凰沿边，东北自湾溪，西南至鸡公寨止，四十八寨苗獠，归筸子坪长官司管辖。”“筸子坪长官司故城，厅东北七十里，明太祖甲辰元年置元帅府，永乐三年改长官。其城有二：一在山巅，一在小麓。今废。”据此可以知道，这里也是当年的古城之一。为了控制附近苗民，筸子坪长官司在这里设置古城和兵营，派驻军队，扼守着吉首至凤凰的交通要津。在冷兵器时代，这是一个最好的战略要地和军事据点。

连接“筸子哨营”的是一条青石板路，由山下到山顶延伸着，至今保存完整。现发现的古兵营有石头砌成的寨门、城墙、营房、水井、工事等，大都保存得比较完整。在城墙中，还留有枪眼，可以对外察看和射箭开枪，易守难攻。整个古城设置有序，功能齐全，尚可见其昔日的格局。只是因为年代久远，没人居住管理，任风吹雨打，有些才慢慢坍塌，爬满了藤蔓。

这里其实也是中国南方长城的一段。明代边墙从亭子关至乾州镇溪止，就经过这里。也可以说，这是南方长城的重要一段。

凤凰的阳戏

阳戏，是湖南西部最具影响的民间小戏剧种，主要流传于湘西土家族苗族自治州、张家界市和怀化市地域。凤凰的阳戏，因在演唱中夹杂凤凰的口音和腔调，很有特色，在湘西阳戏中独树一帜。

2005年，湘西阳戏准备申报湖南省非物质文化遗产，申遗办公室邀请我拍摄一部电视专题片。其中主要场景都在凤凰拍摄，我因此对凤凰阳戏进行了近距离接触并深入了解。2006年，湘西阳戏申报成功，被列入湖南省第一批省级非物质文化遗产名录。

为什么叫“阳戏”呢？我们采访了凤凰阳戏团老团长侯应军先生。侯先生时年80多岁，是湘西州级民族民间文化遗产传承人，原凤凰县阳戏剧团团长、编剧和导演。他告诉我们，阳戏说简单一点，就是正月阳春农闲时演出的歌舞小戏，所以叫阳戏。阳戏曲调唱腔都是从山歌小调发展演变而来的。音乐丰富多样，技巧通俗简单。表演带有浓郁的生活气息，表现出独特的地方风味。

据《凤凰县志》记载，凤凰阳戏始于清乾隆末年的1755年左右，距今有200多年历史。起初只是一种民间流行歌舞和说唱表演。到了嘉庆、道光时期，又出现“采茶戏”，它糅合歌舞说唱，形成剧情简单的二小（小丑、小旦）阳戏。咸丰、同治时期，发展为三小（小丑、小旦、小生）阳戏。清末民初时期，三小阳戏发展成有三生（老生、正生、小生）、三旦（老旦、正旦、小旦）、一丑一净（大花脸、三花脸）八种角色的戏，人称“八顶网子”的行当。

凤凰阳戏具有凤凰当地的民族风格和特点。一是具有地方性。它的唱腔道白是凤凰口语，土气十足，打击音乐还留有酬神还愿的痕迹。二是现实性。它的剧目来源于生活，反映当地群众生活，富有现实意义。三是群众性。阳戏产生于群众生活之中，深受群众喜爱。

凤凰阳戏角色齐全，配套完整。有全套乐器、齐全的服装和道具。唱腔质朴粗犷，节奏明快，曲调优雅，道白地方口语，通俗易懂。内容广泛，剧情幽默风趣，多为反映当地民众生活劳作和风土人情，很有艺术感染力。

唱阳戏

凤凰阳戏的剧目有《捡田螺》《雷交锤》《三宝舞龙》《捡菌子》《掐菜薹》等数十个。剧目内容多反映民间生活生产、男女恋情及民间故事等。《捡田螺》讲述了一小生布仲石在稻田中捡田螺，遇白猿仙姑化变少女白秀英，前来向布仲石求婚，几经周折，布仲石方才答应的故事。

《雷交锤》是一出久演不衰的代表性传统剧目。剧中讲述乡里员外饶大富酒醉归家，路经李家庄，调戏井边汲水少女李凤英，被佃户雷交锤冲散。饶大富得知李凤英是雷交锤的表妹，便诱逼为媒。雷假意允从，到李家与表妹李凤英计议，以雷交锤男扮女装代嫁，戏弄饶大富。

剧中再现了凤凰“哭嫁”等民俗，设计出“三拳三脚”情节，对饶大富极尽戏弄，风趣幽默，高潮迭起，赢得观众阵阵掌声。

阳戏曾经有过辉煌，民国时期，湘西镇守使田应诏、民国陆军新编三十四师师长陈渠珍两家在凤凰还“大傩愿”。吉首、泸溪、古丈、麻阳、凤凰等地阳戏艺人云集凤凰县城，演出阳戏大小剧目 40 多个，连演七天七夜，誉为盛事。《雷交锤》为必演剧目。

1957 年，凤凰县阳戏剧团正式成立。鼎盛时，剧团共有 50 多人，演出传统阳戏剧目和改编剧目多种，驰名省内外。“文革”时改为毛泽东思想轻骑队，主要表演歌舞。1979 年，侯应军等创作的《龙山全》获湖南省优秀剧本二等奖，演出二等奖。另一阳戏剧目《边城雾》获湘西自治州剧本一等奖，演出二等奖。

沈从文先生曾说过，到湘西不看阳戏，等于只到了半个湘西。著名戏曲专家、中国戏曲研究院副院长张庚评价阳戏：“此剧种很有特色，稍加整理即可与黄梅戏相媲美。”

近年来，因外来文化的冲击等多种原因，阳戏与很多传统文化一样，近乎濒危。一些传承人都已相继去世，幸存的老艺人大都年岁已高，年轻人对这些老剧种不感兴趣，因而凤凰阳戏亟须保护。

凤凰傩堂戏

1982年5月上旬，沈从文夫妇在黄永玉等陪同下回到久别的故乡凤凰。13日下午，在黄永玉老房子的坪场上，县里几位民间艺人为沈从文和夫人演唱了傩堂戏的几个折子。锣鼓儿一敲起的时候，沈老开始激动起来。《搬先锋》是“还傩愿”中的一节，一个女艺人唱了起来：“正月元宵烟花光，二月芙蓉花草香……”当唱到“八月十五桂花香”时，沈老也情不自禁，手舞足蹈地跟着唱了起来。唱毕，他已泪流满面，掏出一块小手帕轻轻擦拭着泪水。

艺人们唱完，沈老送走了他们。但是，他还沉醉着，黄框眼镜后一双眼睛红红的，仍然盈着泪水。他对在座的人说：“这好，这些曲子我们小时都会唱，读书时常听人唱通宵，这也是我们逃学的理由。”

什么戏让沈老如此激动？这就是凤凰的傩堂戏，也简称傩戏。

陈家祠堂古戏楼，曾经是表演傩戏的好场所

“楚人信巫鬼，重祭祀”。在湘西，历史以来，酬神祭鬼盛行。在祭祀时，由巫师演唱词曲。到明万历年间，开始演变为“傩愿神戏”，这是傩堂戏的胚胎。到清末民国初年，这种戏盛行一时。由于这种演出是在举行法事的厅堂进行，所以又叫“傩堂戏”。

傩堂戏是凤凰最古老的剧种，它的表演源于酬神还愿的伴舞，逐步发展成高台戏剧，形成自己独特的风格，就是“土”“俗”“纯”“细”。说它“土”，其表演动作，实际上就是跳神动作的戏剧化；“俗”就是表演通俗，不追求奇巧，以简单明快的动作再现人物的自然美；“纯”就是表演纯朴逼真，完全是群众的自然生活，稍加处理，易为群众接受；“细”就是表演细腻，情节入情入理，引人入胜。

凤凰傩堂戏分两大流派。清末，得胜营（吉信镇）的靖疆营人文天送，幼年从师学艺，精于傩堂戏，以后设馆授徒，弟子侯桥保、谭静仁二人学成，又收徒传艺，形成傩堂戏的两大流派，即狗爬岩傩堂戏和得胜营傩堂戏。前者表演细腻，富有喜剧色彩；后者深沉质朴，保留地方特色。两大派流传于凤凰城乡，历久不衰。

凤凰傩堂戏表演剧目很多，大体分两类：

一类是始祖戏，有《搬开山》《搬先锋》《搬师娘》等，都是酬神还愿的正戏。

二类是正本戏，属演变剧目，多种多样。正本戏又分大戏、小戏和折子戏。大戏都是传统戏，最有代表性的是“三女戏”，即《孟姜女》《龙王女》《庞氏女》。小戏为地方性剧目，有《三宝舞龙》《雷交锤》《白猿戏晋》《王二边框》等。折子戏剧目有《庵堂会》《芦林会》《池塘会》等。

凤凰傩戏一般演出前要举行复杂的法事。首先，傩师在堂屋或堂屋外的院子里精心布置傩堂神案。堂屋正面或院子正对堂屋的一面布置竹子编扎的彩楼牌坊，称为“三清殿”。殿前置一张神案桌，桌上供奉司傩大神——傩公和傩母的木雕头像，摆放令牌、神卦、司刀、玉印、牛角、牌带、马鞍等法物。牌坊正面悬挂“三清图”和“师坛图”。“三清图”是绘在纸上的三轴彩画，每轴画上有众多神祇。“师坛图”是历代傩坛祖师神位图，其上写着傩坛历代祖师传承表。演出前，傩师身着法装首先虔诚地祭拜“师坛图”，祈求历代祖师保佑演出获得圆满成功。法事施行的全过程充满着森严、肃穆的气氛，使人感到已进入一种神秘、恍惚的“神化”境界。

傩师施行法事完毕，演员便佩戴面具上场表演戏剧。演出结束后，傩师还要在“师坛图”前举行谢师仪式。傩戏演出的全过程演员都要佩戴面具，显得更加神秘。

凤凰傩堂戏不仅受成人青睐，也受孩子们喜爱。沈从文曾自述他小时候，经常为看傩堂戏而彻夜不归，甚至逃学。可见其对傩堂戏入迷的程度。

我们现在看傩堂戏，除了感受这种原始古朴的戏种不同凡响之外，更能体验到凤凰文化的独特与厚重。

看戏的苗家妇女

凤凰茶灯戏

凤凰茶灯戏也简称茶灯、茶灯舞，是湘西很有影响的地方小戏。每年春节，群众组织舞狮子，耍龙灯，茶灯戏也伴随而行。它是在古代汉族民间小调、劳动山歌和灯舞诸多基础上发展起来的，是劳动者欢庆丰收、赞美生活、歌颂爱情的一种民间歌舞剧。

茶灯戏起源于何时，已无可考。约在明末清初出现，到清嘉庆以后，茶灯戏就更为流行了。

凤凰茶灯有两个流派：文茶灯和武茶灯。其区别是，武茶灯中有不少的武打场面，而文茶灯则没有或很少有武打场面。文茶灯流行于凤凰县东部和北部地区，武茶灯流行于县南部一带。各流派都有众多的传统剧目和一些反映现实生活的创作剧目。

凤凰的茶灯戏都是小型歌舞剧，没有大型戏班，演员少，或二人，或四人，多则八至十人。男女演员均身着彩色服装，打扮得妖媚多姿。他们同台载歌载舞，表演轻松活泼，热情欢快。它的唱腔是流行于民间的小调，语言通俗易懂，曲调优美动听，又富于乡土气息，因而深受民众喜爱。

茶灯戏内容丰富，有反映喜庆丰收的欢乐，有表现劳动生活的愉快，还有歌颂纯真爱情的幸福，皆具有风趣而简练的故事情节。作为一种民间曲艺，茶灯戏没有悲剧，都是喜剧。如《掐菜薹》《夫妻观灯》《小放牛》《蚌壳舞》《十二月采花》《十二月绣花》《四季花儿开》等剧目，都反映人们愉快的劳作和甜蜜的爱情。所以越来越为人民大众所喜爱。

吊脚楼上的风景

茶灯戏的演出一般是在新春后的元宵节前后，这一段时间，正值农闲，农民有时间演戏或看戏。一般在乡镇赶场演出，搭个简易台子就行。也有乡镇之间巡回演出的。还有应邀进城演出的，一般在城里的朝阳宫（陈氏祠堂）、杨家祠堂或田家祠堂演出，另有在广场人多的地方演出的，常常形成“茶灯闹元宵”的盛景。湘西州以前经常举行文艺汇演，凤凰多选调茶灯戏节目，让人耳目一新，常常获奖。

新中国成立后，凤凰茶灯戏受到重视，搬上了舞台。1957 年 3 月，凤凰茶灯曾被推荐到北京，参加汇报演出。1970 年代，又参加湖南省、湘西州的文艺汇演和调演。1980 年代，还组织民间艺人对一些古老剧目进行整理发掘，使该艺术得以保留并发展。

天坑救人记

湘西属典型的喀斯特地貌，地形复杂，多岩洞天坑。所谓“天坑”，也叫“天眼”，就是山地的一低洼处，有一天然石洞，从洞底往上看，就像一个天眼一样。这种天眼可以消水，也可以从洞中引水出来，但因为高深莫测，容易发生危险，所以大人一般教育孩子要远离这种“天坑”。

说有事就有事了，20 世纪 90 年代的某一晚，凤凰腊尔山某乡里放电影，一群孩子结伴去看电影，路过一天坑时，一十六七岁少女一不小心，失足掉下了天坑。

腊尔山是凤凰的一个高山台地，境内山高沟深，地势险要。孩子掉下去后，便没有回音。孩子们报告给孩子父母，父母十分焦急，会同当地老人商议，组织营救。

这是一个没人去过的天坑，里面黑洞洞的，阴风怒号，不知道到底有多深，煞是怕人。孩子的姐姐十七八岁，为了救妹妹，主动要求下洞去。这边全村人拆下所有箩筐上的棕绳，连成一条长绳，捆住姐姐的腰，慢慢放她下去。姐姐下到五六十米深时，那棕绳在石头上反复磨擦，竟然磨断了，姐姐又摔下去了。参加营救的人拉回空绳索，一时傻了眼，决定回村借绳索继续营救。

附近的绳索都借完了，还是达不到长度，有人便找乡政府求援，乡政府到底有明白人，说你们自己怎么能救人？这事可找警察呀，于是一个又一个电话拨出去，最后找到了吉首市消防中队，他们有长绳索，又有救援能力。

吉首市消防中队在指导员的带领下，带上营救工具开车出发了，很快到了现场。此时离妹妹掉下去已经六七天了，离姐姐掉下去也两三天了，下面的人生命垂危，需赶紧抢救。指导员是个二十几岁的小伙子，决定亲自下去。为了便于到洞底救人，另一位消防战士也一同下去。洞里面黑漆漆的，伸手不见五指，里面传来一股股恶臭，让人难受。他们下到洞底，只见那先掉下去的妹妹已经死亡，身体正在腐烂，发出恶臭。后掉下来的姐姐因为受伤严重，身体虚弱，奄奄一息。他们赶忙为伤者喂水，进食，然后将其捆绑着，最先把她吊上去。接着，他们忍受恶臭，将妹妹的尸体用油布裹住，包扎好，再吊上去。轮到指导员和战士被吊上去时，都争相让对方先上去。最后指导员命令战士先上去，而自己最后上去，忙乎了一天，至此，救援工作全部结束。

这位指导员是我的一位堂弟，被记二等功一次。后来转业到邵阳市交警支队工作，现任某大队长。

凤凰腊尔山苗寨

和气酒

20 世纪 90 年代，我被抽调到湘西凤凰县腊尔山搞扶贫。

腊尔山是位于凤凰的高山台地，是有名的苗区。境内居住的绝大多数属于苗族。旧时代，因为民族歧视政策，加之山高路远，这里的苗族同胞很少同外界接触，也很少同汉族通婚。相对于城镇附近的“熟苗”，这里的苗民旧称为“生苗”。这里至今还保存着很多古老的苗族习俗，处理各种矛盾很多情况下是通过喝酒唱苗歌来解决的。

驻村扶贫了半年多，各方面工作都搞得差不多了，只等收获后总结完就算结束了。这时，村里偏偏就出了一桩事情，闹到我们工作组来了。

原来，我们所驻村有一个苗族男青年，诨名叫“二狗”的，本来已经在家里找了对象，同居后，已有了两个孩子。在这些生苗地区，以前农村孩子都是自由恋爱，很开放的。两人通过赶“边边场”，对歌，情投意合，就同居，家里摆几桌酒席就算完婚了，很少去乡镇府打结婚证的。但是，有了孩子，就等同于成家立业了。只要两人夫妻恩爱，就这么过着，虽没打结婚证，也算是合法的。

苗寨

没想到的是，这“二狗”南

下广东打工，遇上了一个贵州松桃姑娘，长得漂亮，两人也很谈得来，慢慢就同居了，而且又有了一个孩子。这“二狗”以前是骗贵州姑娘，说在家没有结婚的。现在贵州姑娘抱着孩子跟着上门来了。而家中又有妻子儿女，一夫两妻，一下子闹得不可开交。尤其是贵州女方，来了几十个人，一定要“二狗”和前妻分手，同贵州姑娘结为夫妻。而这个前妻是附近村寨的，跑回娘家一哭诉，娘家也来了几十人，眼看就要打起群架来，有村民就跑到工作队来反映，算是报案。

这下可麻烦了。我们工作组组长老刘是文化局的老科长，一个典型的知识分子，带着高度近视眼镜，平时老实巴交的，有点迂腐。听到这一情况，手足无措，额头上浸出豆大的汗珠来。不停地对我说：“你看，你看，闹出事来了。”我说：“快去找村支书，他们有办法。”

一会儿，村民叫来了村支书和几个村干部。支书老吴，是个50多岁的苗家汉子，个子不高，皮肤黝黑，但一双眼睛亮闪闪的，十分有神。因为长期搞基层工作，为人又机灵，处理各种问题很有一套。听了情况后，他沉思良久，然后对我们说，这事如果要你们按政策处理，只怕很难。但如果按我们的乡里办法处理，就容易解决。

我问，按你们乡里办法，怎么解决？支书说，一下子来了这么多人，肯定要吃饭、喝酒，然后再坐下来商量。绝不能让他们饿着肚子，那是解决不了问题的。事情是男方引起来的，叫男方破点财，家里杀两头猪，准备粮食、酒菜，让大家吃饱喝足，顺顺气，再谈。另外，据了解，贵州女方也是我们苗族，所以就按我们苗族处理问题的规矩，双方各推出几个代表，一边喝酒，一边唱苗歌。这唱苗歌的内容就是两个女方都从各家的立场，说明自己这方是正式的，对方是非正式的，直到唱得对方无话可说为止。先准备三天三夜，要是不分胜负，又继续唱。但我估计，不要三天就能分出胜负来。刘组长有点犹豫地问，这样可以吗？支书说，“乡里鼓儿乡里敲”，一切由我来操办，你们不用管。

退下来后，我和刘组长聊天，这事真还不好处理。按政策吧，两个妻子都没有履行结婚手续，也就是没有打结婚证。从法律上来说，都是不合法的。但在这偏僻苗区，老百姓又认可的，也就是约定俗成的，算是事实婚姻。这小伙子娶了两个老婆，按事实婚姻来说，应该算是犯了重婚罪。但女方都没有要告他重婚的意思，反而双方都争着要他。就算有人告他，又没打结婚证，怎么去判他？就是强行判他有罪，去蹲班房，留下两个妇女，拖着几个孩子，怎么生活？常言道，“清官难断家务事”，就看看老吴支书能不能把这事处理圆满。

很快，在老吴的张罗下，男方家将家中养的两头猪宰杀了，从镇里买来了很多豆腐、干海带，打来两大桶苞谷烧酒，每桶 25 公斤装的。家中还取下很多一串串的红辣椒，用背篓背到水井边洗干净。一家有事大家帮，附近乡邻都来帮忙弄饭菜，搬桌椅板凳。

支书将双方头面人物，也就是家族长者都叫过来，提出这个传统处理办法，得到了双方的应允。

这天晚上，男方办了酒菜，支书作陪，给两家女方亲戚们轮番敬酒。乡里摆的是八仙桌，支书是主方，坐上席。贵州方是客方，与支书坐一张板凳。另一方坐支书旁边，“二狗”父亲坐对面。支书是一个能说会道的人，特别善于在酒桌调节气氛。敬了一轮又一轮，把双方都灌了很多酒，使对立紧张的气氛开始缓和下来。

吃饱喝足后，支书在男方的堂屋里，摆了两张桌子，每桌为一方亲戚代表。同时摆上火锅和酒，火锅里，炖的是猪肉、辣椒和海带，还有一些豆腐，热气腾腾的，香气扑鼻。接着他们一边喝酒，一边对歌起来。满屋里坐着或者站着很多看热闹的人，像乡村看戏似的热闹。

因为他们唱的都是苗歌，我基本无法听懂。只能根据他们的表情来判断。好像我们平常讲道理一样，讲道理、摆事实，说明自己方是正确的，对方是错误的。

对歌延续了两天两夜。第三天上午，贵州方接不上歌词了，表示认输，准备带女子回去。

这天中午，支书又摆酒，说是给双方喝一杯和气酒。支书说，既然是对歌决定的，就按我们事先讲的规矩，你们自愿放弃这段婚姻，女子跟你们回去。女子以后还要嫁人，觉得带着孩子不好，就把孩子交给男方，由男方抚养。觉得舍不得孩子，就把孩子带回去抚养。从此，男女双方在感情上要一刀两断，哪个再牵牵绊绊，以后出了问题就要谁负责。

酒席散后，贵州女子抱着孩子，哭哭啼啼不肯放手，执意要带走。家族长者看了，也于心不忍，就同意她抱走。支书将男方父亲叫到一边，嘀嘀咕咕，似乎是叫男方准备一点钱，打发女方。男方好不容易，凑了几百元，交给女方。然后，支书叫人点起一挂长长的鞭炮，开始送客。

一阵“噼里啪啦”声中，两行人分头离开了村庄，长长的队伍，延续了很远很远……

古石拱桥

也谈凤凰旅游

前几年曾经写过一本《本色凤凰》，从几个方面对凤凰古城及其旅游作了一些解读。没想到，这几年凤凰旅游发展太快了，有点跟不上形势了，所以这里还要再谈一谈凤凰的旅游。

事情缘起于国庆黄金周给朋友们订房。

一年一度，国庆黄金周期间，总有朋友或者朋友的朋友要来凤凰度假，打电话要我给他们订房。对于朋友的事，我向来是有求必应的，尽管比较麻烦，甚至会带来一些误会，但我无怨无悔。

去年黄金周期间，我就办过一桩费力不讨好的囧事，至今回想起来，还有点愤愤不平。

去年的9月29日，朋友的朋友说要去凤凰，而且指定要住临江的吊脚楼客房。我给凤凰的朋友一联系，朋友说，这时才订房呀，早订满了。临江的房子黄金周期间每晚要600元左右一间，而且要交全款预订。我给这边的朋友回信，朋友说，订吧。我考虑每年房子都紧张，迟了只怕没有了，就电话要凤凰的朋友去找房子。朋友去找了一条街，好不容易找到两间客房。开价每间600元，因是熟人，好说歹说砍到580元，便将钱一交，订下来。

朋友的朋友去凤凰住了两天，没说什么。第三天临走结账时，不干了，说房价太贵了。他问了周边的，都要便宜一些。老板反复给他解释，订房每天一个价，房子越紧张价格越高。对方不听，要老板少钱。老板给我凤凰的朋友打电话，凤凰的朋友又给我打电话。这么反复几次，搞了半天，把我也搞烦了。最后给凤凰的朋友说，没关系，他们要是不愿出，就算我的得了。最后朋友的朋友还是把账结了，但我能想象那种气呼呼的神情，一定是很不快乐的。而我则好心办成坏事，更加不快乐。

国内很多要去凤凰的朋友，其实对凤凰都不太了解。一方面认为凤凰比较偏僻落后，有如沈从文笔下的凤凰，有些甚至以为不通汉语，茹毛饮血，特原始的那种，还有些以为凤凰地方很大，游客很少，住房是不成问题的，所以凭想象去估计判断。殊不知，通过这些年的旅游开发，全都变样了。

首先，凤凰的景观变化了。除了古城老街，北门码头，城墙边的吊脚楼和一些老建筑严格保护，没什么变化外，其他都变了。就说房子吧，由一层两层楼变成了四五层。每一块巴掌大的地方都建楼房了。现在看去，凤凰是个十分拥挤的小城，走进去有一种备受压抑的感觉。

其次，凤凰的人居环境变了。由于游客的大量涌入，原来只有三四万人的小城现在人满为患，居住了五六万人。最多时，一天的游客就有上十万人。可以想象，游客多于本地居民的城市是个什么样子。每年的黄金周期间，去凤凰的小车无法停，本来比较狭窄的公路沿线停满了汽车，交通更拥挤了。为了解决停车问题，黄金周期间，凤凰县政府还作出决定，将县城学校的运动场围墙打通，做临时停车场。古城里游客熙熙攘攘，摩肩接踵。大街小巷中，人潮拥挤，川流不息。整个凤凰城超负荷运转，人满为患。我的一个很好的朋友，是凤凰的著名画家，原来住在古城对面的一条叫兵马弄的小巷中，环境十分幽雅。可这些年，周围都办起了宾馆客栈，每天半夜都不得安宁，他现在正想办法搬出凤凰去居住、创作。他深有感触地说，是旅游发展要将他们老凤凰赶出凤凰了。

最后，凤凰的社会秩序变了。因为游客太多，各种需求量大，城市变得极端商业化。客观地说，主流还是好的。但欺骗游客、坑蒙拐骗的事件经常发生。敲诈外地游客的事也很频繁。甚至也发生过外地少女被强奸跳楼的事。主要是旅游发展太快，游客涌入太多，政府的各项综合服务措施跟不上来，所以有一点乱的感觉。

从2013年4月1日起，凤凰古城实行门票制度。造成社会各界的质疑与不满。后来经多方解释，慢慢才被人接受。

为什么要收门票呢？大家知道，以前去凤凰古城是不收门票的。这仅仅局限于古城的老街，几个城门，以及临江的游道。但进入城区内的景点是要门票的，像沈从文故居、杨家祠堂、陈家祠堂（朝阳宫）等。2001年10月14日，张家界黄龙洞投资股份有限公司与凤凰县人民政府正式签订《湖南省凤凰县八个旅游景区（点）经营权转让合同》，以9.36亿元的合同载明金额获得凤凰县八大景区（点）50年经营权。依据合同，以经营开发凤凰八大旅游景区（点）为主的凤凰古城文化旅游投资股份有限公司于2002年1月1日正式经营。当时的门票价格是通票180多元。为了提高效益，开始只售通票，不卖单一景点票。后来群众意见大了，又出台一个半通票，即县城附近5个景点捆绑销售，票价130多元，稍微好一些。其实群众只喜欢每个景点买票，看一个买一个，合理合算。卖通票、半通票，多少有点强奸民意的味道。老百姓虽有意见，但也无能为力。

我曾陪同新闻界、文艺界的朋友多次去凤凰。以前因为我们经常给凤凰古城作报道，来客人时，给公司老总或营销总监一个电话，报个人数，去就近景点取票就行了。后来要书面发函衔接，再后来要通过旅游局，越搞越复杂了。我就不再找他们，带朋友直接去沈从文故居。想掏钱买票，单价好像40元一张。可是不行，必须买半通票。朋友们一看要130多元，大都不愿进去，就在门口照一张照片，算是到了凤凰，到了沈从文故居。为了弥补这一缺陷，我经常带朋友们去沈从文墓地，那是沱江下游一个叫杜母园的地方，依山傍水，环境十分幽静。沈从文自幼逃学时，经常在这里走玩。逝世前，表示要回到故乡去，所以亲属们将他的骨灰葬在这里，一方面满足了沈老的意愿，另一方面也给凤凰增添了一个文化景观。这里墓后古树参天，墓前流水潺潺，是个十分静谧安详的所在。尤其值得一看的，这里还有许多碑刻，文化气息特别浓厚。朋友们到沈老墓前一拜谒，完全沉浸在这种山水人文的境界中，早把对门票制度的不满情绪释放了……

后来，凤凰的一些头脑精明人士，开始搞乡村游。用很低廉的价格租赁一个苗寨，开发乡村旅游。这本来无可厚非，关键是他们的运作方式比较奇特。要搞旅游，就必须有游客，游客怎么保证？就到张家界各大小旅游公司去营销。148 元到 188 元的票价，乡村旅游公司只收 20 元，其余全部返回给张家界公司和导游。如此暴利自然使张家界那些公司和导游趋之若鹜。于是乎，凡到张家界旅游的游客，被张家界那些公司或导游鼓动来凤凰游，100 多元的门票，不贵呀，也就跟着车来了。以前凤凰古城是不收门票的，于是他们带着游客先到凤凰古城过一路，北门江边照几张留影，甩下一些垃圾，就算看过凤凰古城了。然后，将旅游大巴开到附近乡村，看看苗寨，有些还有简单的拦门、苗鼓及苗家绝技、歌舞表演。再吃一餐中饭，饭钱另算，每人 20 元至 30 元不等，导游还可以拿回扣。如此下来，游客觉得不错，费用不高，不仅游了凤凰，还看了苗寨。乡村游公司每个游客贡献 20 元，每天最多可以接待数千人，几万元到手了。张家界那些旅游公司和导游更赚得盆满钵满，欣喜欲狂。这中间，受损失最大的是谁呢？那就是凤凰古城公司和凤凰县政府。凤凰的游客每年成倍增加，古城公司的门票收入却总是徘徊不前，甚至出现下降。政府要收取的大量税收严重流失。这就是饱受旅游界诟骂的“零团费”。成群结队的游客拥进凤凰，除了乡村游公司收取那一点微薄的费用外，凤凰县政府得不到一分钱，反而要安排很多干警、保安人员维持秩序，要组织很多卫生人员打扫卫生，还有其他很多服务方面的工作。而一旦出了问题，又要找政府的麻烦。你说冤不冤？凤凰县政府忍气吞声已经很久很久了，尤其对张家界这些公司的唯利是图行为已经深恶痛绝。甚至一听到张家界导游那卷舌太重的普通话就很反感。后来经过反复调研论证，才推出门票制。尽管外界不太愿意接受，但他们没有退路，还是要收取。朋友们看到这个内情，一定会对门票制度多一份理解了。

说一段题外话。1987 年以前，张家界还属湘西土家族苗族自治州管辖，张家界景区成熟以后，为了对湘西州老百姓回报或者感恩，每年的冬季，也就是旅游淡季，安排一个星期时间，免费让湘西老百姓上张家界旅游。这一制度推行了许多年，很受湘西老百姓的褒奖。这次凤凰实行门票制度，对湘西州内、相邻的怀化市、贵州铜仁地区的老百姓凭身份证实行免费，唯独对张家界老百姓不实行免费，这里面多少包含凤凰一些决策者对张家界那些旅游公司和导游的不满成分，认为给他们免票，简直是引狼入室。就是他们搞乱了凤凰旅游，真是害群之马呀！

说得太远了。2013 年 10 月 1 日下午，又有朋友打电话要我帮助订房。当天晚上的，火烧眉毛了才想到订房。也是朋友的朋友的领导什么的。作为朋友，我义不容辞。但吸取去年的教训，我给凤凰 N 个朋友打去 N 个电话，了解星级宾馆、私人客栈、临江吊脚楼的价格、房源。行情同样很紧张。临江吊脚楼房子全部订完，不靠江边的有，标间最低 400 元。天下凤凰大酒店人家退订的几间房子，最低价 529 元，还是友好单位协议价。给朋友报过去，说太贵了，有没有古城里面的？一听就是没来过凤凰的。凤凰古城里面哪有宾馆？就是有，你半夜三更到凤凰，从哪去找？客栈老板们忙得昏天黑地，难道一个个游客去接？车子又停在哪里呢？我劝他们住天下凤凰，告诉他们那是凤凰唯一一家四星级，党和国家领导人都住那里。平常标间就是 300 多元，黄金周期间 500 多元，还算贵吗？关键是好找，进凤凰城，过桥就到了，那牌子十分醒目。而且里面很大，好停车。又经过 N 个电话，总算敲定了。我不知道他们满意不满意，我已经尽力了。出去旅游，不受骗、不受罪就行了，花点钱又算什么呢？

凤凰的旅游还有许多要进一步完善的地方，凤凰县委、县政府正在努力。我相信，凤凰的明天一定很好，来凤凰的游客一定会开心快乐。

补记：2016 年 4 月 10 日，凤凰宣布从即日起，凤凰古城“暂停景区验票，保留景点验票”，说明经过几年的发展，凤凰旅游的管理越来越规范，市场越来越成熟稳定，已步入正常的发展轨道，展示着美好的发展前景。

溪桥夜月

附录　主要参考书目

清史稿．中华书局，1998．

凤凰厅志．香港天马图书有限公司，2003．

凤凰县志．湖南人民出版社，1988．

楚南苗志·湘西土司辑略．岳麓书社，2008．

龙庆和．湘西苗疆志．香港天马图书有限公司，2007．

中兴将帅别传．［清］朱孔彰．岳麓书社，2008．

国朝先正事略．李元度撰．岳麓书社，2008．

湘西古文化钩沉．柴焕波著．2007．

熊希龄传．周秋光著．百花文艺出版社，2006．

往事．毛彦文著．百花文艺出版社，2007．

陈渠珍遗著．陈元吉编．湖南人民出版社，2008．

湘西统领陈渠珍．鲁岚著．中国文联出版社，2001．

沈从文文集（1—12卷）．花城出版社，生活·读书·新知三联书店，1984．

沈从文传．凌宇著．北京十月文艺出版社，1988．

沈从文传．［美］金介甫著．中国友谊出版公司，2000．

沈从文自述．河南人民出版社，2006．

沈从文年谱．吴世勇编．天津人民出版社，2006．

沈从文与湘西．刘一友著．青海人民出版社，2003．

沈从文家事．刘庆红著．新星出版社，2012．

合肥四姐妹．金安平著，凌云岚，杨早译．
黄永玉散文．花城出版社，1998．
一路唱回故乡．黄永玉著．作家出版社，2006．
火里凤凰．黄永玉著．文汇出版社，2002．
永不回来的风景．黄永玉著．湖南美术出版社，2006．
黄永玉自述．李辉著．大众出版社，2004．
文星街大哥．刘一友著．漓江出版社，2007．
苗族与凤凰．吴曦云著．香港天马图书有限公司，2006．
湘西文史资料（1—43 辑）．政协湘西州文史委员会编．
凤凰文史资料（1—12 辑）．政协凤凰县文史委员会编．
凤凰县文昌阁小学校志．校志编纂委员会，2002．
民族英雄郑国鸿．肖大葆编著．湖南教育出版社，2004．
愚汉拾页．田广著．香港天马出版有限公司，2006．
边城筸军．滕跃进著．岳麓书社，2014．

图书在版编目(CIP)数据

凤凰:那些人,那些事/范诚著.—长沙:岳麓书社,2017.7
ISBN 978-7-80761-931-4

Ⅰ.①凤... Ⅱ.①范... Ⅲ.①散文集—中国—当代
Ⅳ.①I267

中国版本图书馆 CIP 数据核字(2017)第 047090 号

FENGHUANG NAXIEREN NAXIESHI

凤凰:那些人,那些事

作　　者:范　诚
责任编辑:刘　文
责任校对:舒　舍
装帧设计:罗志义

岳麓书社出版发行
地址:湖南省长沙市爱民路 47 号
直销电话:0731-88804152　88885616
邮编:410006
岳麓书社网址:www.yueluhistory.com

2017 年 7 月第 1 版第 1 次印刷
开本:710×1000　1/16
印张:19.75
字数:320 千字
印数:1-4 000
ISBN 978-7-80761-931-4
定价:38.00 元

承印:长沙鸿发印务实业有限公司

如有印装质量问题,请与本社印务部联系
电话:0731-88884129